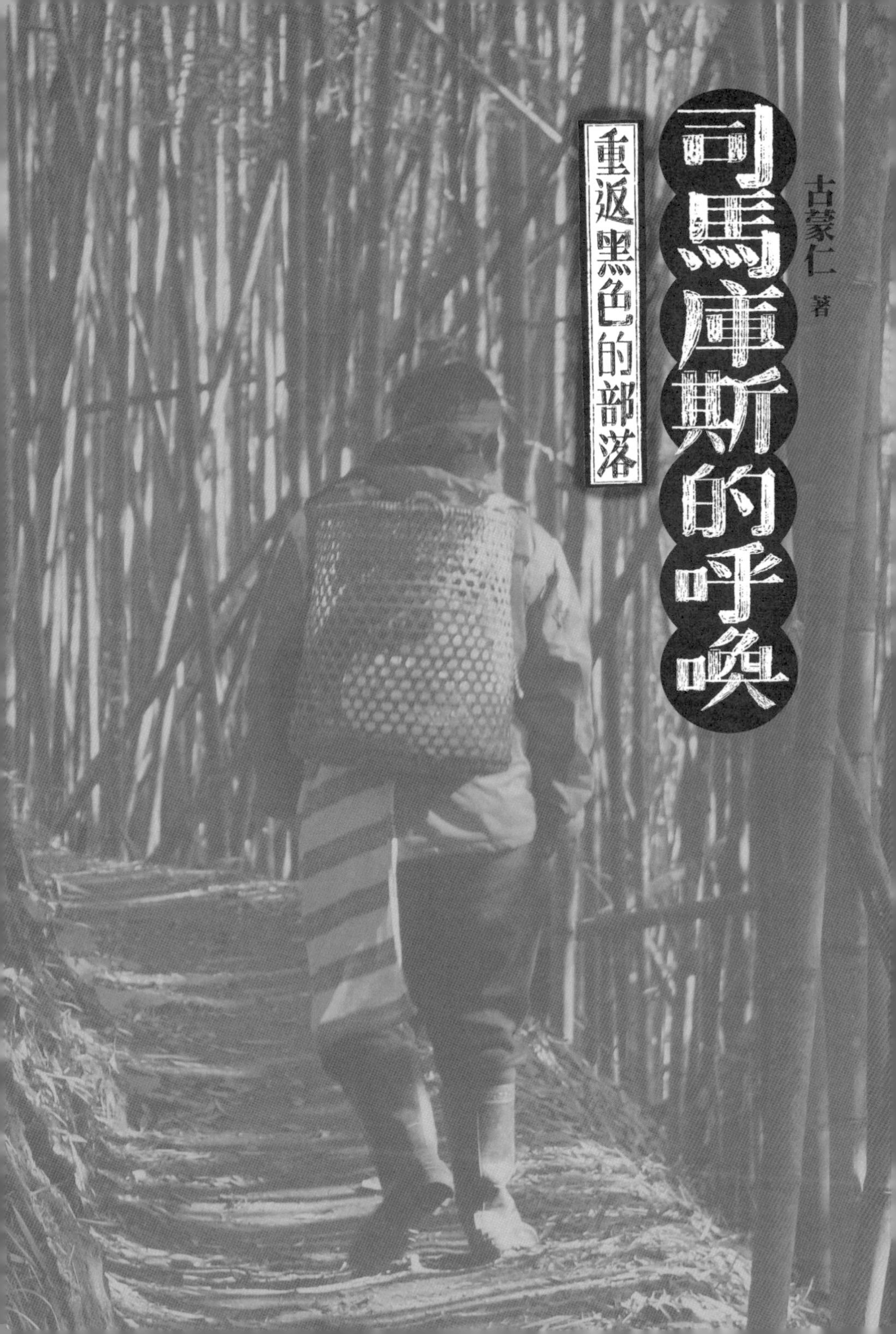
司馬庫斯的呼喚
重返黑色的部落
古蒙仁 著

目次

中卷：產業興衰

下卷：城鄉舊事

推薦序一

「文學」貢獻給原住民族的禮物

孫大川

Paelabang Danapan

一、

一個作者願意那麼慎重地重編自己近半個世紀以前的作品，顯示這些文字對作者本身一定有著非常特殊的意義，甚至他可能還認為這些舊作，即使放在現今的臺灣社會仍具有一定的存在價值。而書名定為《司馬庫斯的呼喚：重返黑色的部落》，進一步表明以報導文學起家的古蒙仁兄，其文學志業啟蒙的道路上，原住民關懷占據著獨特的位置。

新書分上、中、下三卷，和原住民直接相關的有五篇。寫作的年代，除了一篇二〇一四年為重返部落而寫的之外，其餘諸篇都是一九七七年至一九八〇年間完成的，分別收錄在各卷之中，顯示原住民的議題不完全是孤立的，它是臺灣大社會整體變遷中有機的一環。

七〇年代是臺灣面對內外挑戰最劇烈的時期，從兩岸關係、國際環境到國內政治，都有星火燎原的趨勢。長期被忽視、被邊緣化的原住民，不但成為人權、環保議題關注的焦點，更成為本土認同、臺灣意識、歷史重構、族群政治等命題無法迴避的存在。

原住民雖然弱小，但卻是臺灣主體性和民主化實踐過程中，最具指標性的判準之一。換句話說，四百年來以漢人為主流的臺灣社會，第一次學著要以平視的眼光面對原住民。古蒙仁兄當年以年輕人的熱情，完成的一系列報導文學作品，反映的就是那個大時代臺灣歷史精神的躍動。

二、

不同於日據時代為帝國服務的田野調查報告，也不同於後來人類學家的學術興趣，古蒙仁兄文學報導的指向，是原住民當下的生活現實。面對強大的外來文化、資本主義邏輯和配合運作無所不在的國家暴力，原住民如何自處？他們遭遇了什麼？有什麼感受？

古蒙仁兄進入北部的尖石鄉秀巒村、中部的環山部落、南部的多納村以及外島的蘭嶼，他一方面注意到各族不同部落在交通、產業、教育和資源上的種種困境與匱乏；另一方面也發現傳統文化的遺留，和現代性價值的衝突。

他甚至觸及到原住民在多重內外重壓之下，酗酒自棄、幽曲難解的心靈世界。在秀巒村領略到泰雅人強悍卻又純樸、自足的性格之同時，他困惑於部落另一個突出的現象：

使外人納悶不已的，是他們縱酒、狂飲的積習依然存在。泰雅是一個嗜酒的部族，他們強烈驃悍的族性，表現於外是出草馘首；表現於內則是舉杯狂飲，非至爛醉如泥，決不罷休。今日的泰雅人已不再出草，結果便是進一步的在酒精中麻醉自己。一醉解千愁，醉眼惺忪的世界，成了他們逃避煩惱的最佳庇護所。酗酒、鬧事、打架，已是秀巒村的傳統。所以飯菜可以不吃，酒可得每日照飲。小店裡的米酒供不應求，醉酒的漢子東倒西歪，泰雅人就是這麼令人難以了解。

三、

早逝的唐文標先生在為古蒙仁兄第一版《黑色的部落》書序裡，曾強烈地為泰雅人辯護，認為族人之所以在酒裡跌倒，不能歸因於其自身的文化，而是長久以來殖民者誘導以及傳統文化崩解、失序的結果。其實，唐先生的批評和古蒙仁兄的觀察，都是正確的。唐先生聚焦於全球殖民結構的宰制影響，而古蒙仁兄則意識到此一影響內化入原住民文化乃至人格世界的嚴重情況。

我自己早年也有同樣的觀察，深深憂慮於嗜酒對族人健康及文化創造力的破壞。早年拙作《久久酒一次》裡，我也有許多相應的反省。不過，我同時了解，這需要一個解殖的過程，原住民主體世界的安頓，無法假手別人，須由族人自身努力掙脫出來才行！

經過七〇年代的醞釀，八〇年代伴隨臺灣民主進程的深化，臺灣原住民從「原權會」的組成，揭櫫「還我姓氏」、「還我母語」、「還我土地」、「原住民自治」等等主張，結合雛妓救援和婦女運動，蘭嶼反核廢與環保意識的匯流，以及農民、勞工等階級意識的興起。原住民的解殖過程，因而和臺灣多元文化及人權發展共呼吸，才有了九〇年代以後，原住民族入憲、中央原民會成立、各項專屬法律的訂定，以及二〇〇五年「原住民族基本法」的通過。

四、

這當然不是古蒙仁兄早期文章所能預料的結果，然而從四十多年前報導文學的揭露，接著八〇年代《人間雜誌》文字配合影像的推波助瀾，聲稱這是「文學」貢獻給臺灣原住民族的禮物，應該不會是太離譜的說法吧。一九九三年我創辦《山海文化雜誌》，推動原住民族文學，我們許多重要的作家阿道．巴辣夫、莫那能、夏曼．藍波安、瓦歷斯．諾幹等等，都明白表示報導文學和《人間雜誌》對他們的深刻影響。

看來，「文學」對原住民「主體世界」的安頓，是起作用的。當一個民族不再依靠別人的調查、描述、推測、研究與定義時，他就擁有了自己的能動性和創造力，他開始有機會走出自己的路。

二〇一四年古蒙仁兄重返司馬庫斯時，內心的激動是否包含這樣的理解呢？文學的想像竟能召喚現實的變動，何等驚人的力量啊！只是這回我們追問的方式，不再是文明改變了部落多少？而是我們自己改變了多少？我們是否已經準備好要開始和原住民真正的相遇，一如唐文標先生的序裡所期待的那樣。

孫大川，臺東卑南族人，山海文化雜誌社創辦人。曾任行政院原住民族委員會主任委員、監察院副院長。目前任臺大、政大臺灣文學研究所兼任副教授，總統府資政。

推薦序二

書寫黑暗，接引光明

須文蔚

傳奇的開端

古蒙仁是早慧的小說家，大學時就執著於創作，耽誤了成績，延畢一年時，正逢高信疆在《中國時報．人間副刊》開闢「現實的邊緣」專題，邀約青年作家書寫報導文學，在報社預算大力支持下，得以利用半年的時間，以深度調查的採訪模式，拜訪了漁村、礦山、農村及原住民部落，深蹲於偏鄉，和底層人物共呼吸，一個大學生發表了臺灣一九七〇年代第一批的報導文學作品，收錄於本書的〈沒有鼾聲的鼻子——鼻頭漁村初旅〉就是其中的佼佼者，為新文類奠基，成就當代文學的一則傳奇。

高信疆所掀起的報導文學風潮，最具體的標竿，莫過於第一屆時報文學獎報導文學類的系列作品，讓臺灣讀者眼睛一亮，發現了文學具有碰撞現實與改變社會的能量。其中最著稱的，莫過於古蒙仁獲得推薦獎〈黑色的部落〉一文，樹立了報導文學的文體要素：作家以見證者身分調查、訪問與報導，背景歷史資料經過考據，敘事中夾述夾議，在感嘆與抒情中感動讀者、關心弱小者。

在一九七〇年代湧現的報導文學寫手中，相較於新聞系出身的翁台生、林元輝等人，擅長新聞特寫，古蒙仁的報導文學並不採第三人稱，而是採取散文書寫的第一人稱敘事，文章中時時看到「筆者」的身影，影響了相當多後續的報導文學作者。在「漸趨式微的狩獵業」一節，作者宛如說書人，以遊記般的筆觸，將平地人的笨拙與原住民的敏捷相對比，顯現出作家進入山林的窘迫形象，令人不禁莞爾。

古蒙仁在臺灣文壇還在摸索「報導文學」的書寫特徵時，就以高超的文字經營能力，重視段落轉折與收束，展現詩意與議論能力，無論是電力設施沒有鋪設到秀巒村，因此「愛迪生的手伸不到這麼偏遠的山地，光明離他們仍然是十分遙遠！」或是參與狩獵時，完全看不到獵物，「我裹於層層的被毯中，望著獵寮外黑沉沉的莽林，十月末的凜冽寒氣竟凍得我整夜未曾闔眼。」都讓人印象深刻，也道出了部落特殊的文化、習俗與智慧，更喚起了各界重視原住民族面臨的困境與危機，確實發人深省。

地方學建構的先行者

古蒙仁其後任職於《時報周刊》外勤採訪編輯，在本書中有二十篇作品，以臺灣各農漁村的產業興衰、勞動現況、文化風情等，代表了這一個階段書寫豐富的成績，成為臺灣的地方學建構的先行者。

一九九〇年代開始出現的地方學係指，以臺灣各地行政區域為範疇，進行歷史、文學、藝術、文化、產業與社區營造等面向的研究。其實早在一九七〇年代中葉，當臺灣的大專院校還沒出現專業的臺灣研究時，古蒙仁以熱情與學養書寫報導文學，每篇五千字左右的篇幅，多元的主題，積沙成塔，累積為數可觀臺灣文史的書寫紀錄。

其中探究臺灣茶葉種植歷史與現況的〈鹿谷的春茶王國〉，展現林業興衰的〈太平山林場〉，描寫製糖業變遷與臺糖小火車退役的〈臺糖小火車的終站〉，在在呈現出作者精湛的地方歷史研究成果，藉以對照當代的實況，激盪出具有批判力道的報導文學篇章，更讓臺灣的鄉土與舊事步入媒體與閱聽人的視野中。

攀上報導文學寫作高峰

古蒙仁以小說聞名於文壇，絕大多數的報導文學書寫採散文或報導筆法，但他不以既有的成就為滿足。古蒙仁在一九八〇年於《失去的水平線》的序中，就相當有自覺地提出：「就較長的眼光來看，報導文學還在發展成長之中，各種文學上的形式技巧都可拿來做實驗，都可給它增添動機，來開創它的格局。」他自身最具體的實踐，就是在一九七九年完成的〈失去的水平線——草嶺潭崩潰記〉

一文，以極具有魄力與創意地揉合小說筆法，攀上報導文學寫作的另一座高峰。

報導文學務必排除虛構，不像小說創作能出入虛構與紀實，可以為了作者的想法而虛構事件、典型化人物、改寫現實世界。細讀〈失去的水平線〉一文，古蒙仁努力刻畫人物與角色，無論是殫精竭力的陳文祥局長、蕭山橋課長，或是奔走危機現場的李明修村長，都鮮活地躍然於紙上。特別是人們面對災難時的呼號，帶入了具有地方感的語言，誠如凱利．貝納姆（Kelley Benham）所強調，讓現場人們說話的語氣和神韻能保留下來，更能觸動讀者的感受。

〈失去的水平線〉中更有著懸疑與緊張的情節，究竟草嶺潭的土石壩是否能抵擋得住水壓？古蒙仁不斷拋出觀察與疑問，例如：「現時水位正以每小時十五公分的漲幅上漲，那麼，預計七天之內即會溢流，屆時的蓄水量將達四千三百五十萬立方公尺。而這五百萬立方公尺的土石壩，能負荷得了嗎？它又能屹立多久呢？誰也不知道！」或如「風從兩端峽谷間呼嘯而來，吹得潭面上一片波光粼粼，倒映的山影益發顯得陰暗幽森，峭楞楞地透著一絲絲寒意，令操舟其上的洪勝榮等四、五個人，如履薄冰，毛骨悚然。」都讓讀者提心吊膽，懷抱強烈解謎的動機，進而一路閱讀下去，感受到人在大自然面前的渺小與無力。

古蒙仁筆下，土石壩潰決的時刻，由於翔實採訪，能掌握住細節，讓場景充滿震撼力與張力，劇力萬鈞，震撼無比。更重要的是，古蒙仁所打造出的場景不僅記錄下草嶺潭崩潰的始末，更深刻傳達事故中情感的、細膩的與無常的衝擊，絕對值得更多研究者仔細分析與討論。

見證時代，也見證文字帶來的光明

古蒙仁所書寫的《黑色的部落》一書，與同一時代的報導文學作品，曾引發一場報導文學光明面與黑暗面的批判。特別是尹雪曼的〈從報告文學到報導文學〉一文，直指當時貼近土地與同情弱者的書寫，是落後、腐敗、衰亡的黑色影像，甚至批評為「一種變相的黑色文學讀物」。在言論高度管制的時代，相信帶給報導寫手巨大的心理壓力與挫折，但並沒有澆熄作家走進田野的熱情。

《司馬庫斯的呼喚：重返黑色的部落》一書的出版，見證了古蒙仁在風雨如晦的時代，以文字照亮人間陰暗的角落，以書寫激起社會改革的動力，全書最令人動容的篇章就是〈司馬庫斯的呼喚——重返黑色的部落〉一文，時隔四十年，公路開通，電力與電信系統完善，部落搖身一變，成為社區營造與永續經營的典範，族人的感激不僅推崇古蒙仁的成就，也具體而微地揭顯了報導文學的影響力，印證曹丕所主張：「文章經國之大業，不朽之盛事。」

義大利作家伊塔羅．卡爾維諾（Italo Calvino, 1923-1985）曾說過：「經典是從未對讀者窮盡其義的作品。」《司馬庫斯的呼喚：重返黑色的部落》一書正是一本值得再三閱讀的經典，甩脫舊時代保守評論的標籤與視野，讀者將會看到一位青年作家堅毅的身影，他以實踐的精神，充分的田調，多元的筆法，書寫黑暗，接引光明，成就了臺灣報導文學史上意義非凡的篇章。

須文蔚，詩人，報導文學寫手，政大新聞系博士，國立臺師大文學院副院長。

原序

從「失去」到「再生」

——一個報導文學工作者的省思

古蒙仁

一九七八年十月，出乎我意料之外的，〈黑色的部落〉在第一屆時報文學獎中，得到報導文學推薦獎。在報紙披露期間，這個荒山中的部落，曾在我們的文明社會中激起了某些迴響。同年年底，《黑色的部落》收集了另外幾篇有關漁村、礦村及農村的報導，正式出版，是我第一本報導文學的專集，多少代表了那些年來我從事報導寫作的一點小小成績。

在這同時，經由時報文學獎的大力推動，得以銜接起一九七五年頃《中國時報．人間副刊》所推出的「現實的邊緣」的高潮，短短的四、五年間，報導文學這個嶄新的文學型式，由萌芽到成長，由理論到實踐，由批評中再出發，到今天，無可否認地，它已在當前的文壇，乃至整個的社會中，發生了一定的影響。

它所呈現的題材，擴大了我們的視野；它所提出的問題，加深了我們對事情的了解；它所揭櫫的

「關懷」和「擔當」的精神，也將隨著它日漸增大的影響力，將「愛」與「光明」的訊息，傳布到社會的每個角落，期使我們走向一個更和諧、更理想的世界。

在這股潮流之下，我亦步亦趨，從「現實的邊緣」以降，四、五年來，我的筆端始終浸淫在這兒，我的報導的觀念和寫作，也緊隨著這股潮流的節拍而起伏，從不斷的摸索、追尋中，漸臻成熟穩健。因此，從整個報導文學發展的背景來看，也多少能反映出自己成長的軌跡，我的報導的源頭和所汲取的養分盡蘊乎其中。

說起來大約是一種機緣吧！後來我所投身的工作，與報導竟是緊密地合而為一的，除了定期的寫作一般的報導文學外，經由工作上的便利，我更得以進入到某些新聞事件的第一現場，報導最尖銳、最有時效性的題材。這種工作上的訓練，使我具備了敏於觀察的「新聞視角」；也使我在題材的選擇上，另闢新境，將報導的層面，推展到更具衝擊性與挑戰性，充滿著現實意味的事物上。

在這條工作線上折衝奔波，轉眼又兩年了。兩年來，我的足跡走得更遠，從城市到鄉村，從工廠到田野，從各種的建設到天然的災禍，我對社會各階層的了解逐日深刻，所報導的領域不斷擴大，於今所撰寫的文字，已累積達二十餘萬字，繼《黑色的部落》之後，終於又有《失去的水平線》的出版。

比較起《黑色的部落》來，《失去的水平線》這一本集子所蒐列的文字，顯然有許多的不同，我想可以從幾個方面來看：

一、立場的不同

在寫作《黑色的部落》期間，我是個自由的創作人；更確切點說，我還是個充滿著天真與幻想的學生。因此不管是在題材的選擇或者寫作的態度上，完全本諸年輕人的熱忱。這種感情的特質是浪漫的，它只求忠實於報導的對象，而不顧及任何外在的規範和約束；而且除了真相外，它是充滿了理想和熱情的。基本上，我是站在一個作者的立場來寫作的。

到了《失去的水平線》這個階段，我的學生時代已經結束，且服完兵役，開始在報社的刊物裡工作。固然這種工作的性質，大致仍和我以前在外面所做的採訪一致。可是既是一種工作，而且是在一份發行量頗為廣大的刊物裡面工作，那麼便要涉及到刊物的立場，我不再是一個自由的寫作人，而是針對某一特定題材來寫作的人。這種方式的特質是寫實的，也是批判的，它不只需要忠實於寫作的對象，有時還要站在刊物的立場說話。因此屬於作者個人的想像和理想便較難發揮，我變成站在大多數人的立場，為社會大眾而寫作的記者。

二、題材的擴大

由一個業餘的，因著興趣與理想而寫作的人，轉變為專業的記者，最顯著的不同，便是接觸面的擴大。

眾所周知，專業的學養與經驗，未必優於業餘者的，可是在當前的社會環境下，專業所代表的精神，是一種效率和以之而建立的權威，卻往往較易為人所接受和信服。在這個基礎上，專業記者遂享有許多的方便，這當然有助於題材的開發。

在《黑色的部落》諸作中，我主要著眼於漁村、礦村、農村或部落這些特定社會中一般的生活層面。它們是一個大的集合體，一個自足的世界，隱藏在它裡面的還有許多不同的、個別的生活領域，可是我的腳步只能停留在此，而無力跨到裡面去。

這種現象在《失去的水平線》中，憑藉著職業上的方便，大部分都予以串結起來了。若說《黑色的部落》是一個面，那麼《失去的水平線》便是分散在這些面中的許多許多的點，它們聚攏起來，便是一個很具體、很清晰的社會諸貌，因此《失去的水平線》裡的諸章，可以看做《黑色的部落》的小注腳，詮釋了一個多面性的社會存在的意義。

三、新聞事件的介入

隨著國人對於現實課題的關心，具有時效性的報導，也愈來愈成為人們注意的焦點，在這種趨勢下，新聞性的題材，已成為傳播媒體爭相報導的重點。

在《黑色的部落》中，我的興趣在一個社會的變遷的過程，試著從歷史的、地理的、文化的以及經濟活動各種角度，來探尋這種變遷的痕跡。它是在靜態的狀況下，做較長時期的觀察，從實際的生活中去體會，因此這類的報導大多屬於專題性的，而與時間性或新聞性比較沒有直接的關係。

在我後來從事的採訪工作中，新聞性的題材便不斷地出現了。從臺蕉輸日的逆轉開始，到福隆挖寶的懸案，北投女侍應生戶的廢止。這一連串的採訪行動，到草嶺潭潰決時達到了最高峰。

這時我所面對的，不再是一個靜態的社群，而是一個隨時在變動、發展的不可知的事件。因此對一個採訪者而言，不管是體力或知能上，都是一項更大的挑戰，從而也得到了更多的喜悅，至今我仍難忘大雨滂沱中，從草嶺涉過清水溪河谷下到平地時的感受。那是過去兩年我所做過的五十餘次採訪中，印象最深刻，也是寫得最滿意的一篇報導。以之做為這本書的命名，也是為了紀念這一段最難忘的時刻。

面對著這個瞬息萬變的時代，處身在這樣錯綜複雜的社會，各種訊息紛至沓來，充塞在我們的周遭，身為一個媒體記者，如何來研判、分析，並正確地傳達出去呢？這些問題，不僅困擾著大多數的傳播學者、媒體工作者，也同樣困擾著有心的報導文學的寫作者。

假如我們僅將報導文學視為單純的新聞事件的反應，或者一個專題的呈現，與一般的新聞報導又有何異？它們又如何能逃過「朝生暮死」的宿命？那麼又哪裡談得上文學的永恆呢？因此報導文學除了題材本身外，它必然具備著一定的表現形式，方足以得到文學的認可。

報導文學一開始所標榜的「以文學的手法來寫作報導」的說法，顯然不足，也缺乏說服力，後來承襲了新聞寫作的形式，使得報導文學一直懸在散文和新聞的狹縫之間擺盪，成為一個奇妙的混合體。一方面它會在現實的事件中尋出路，一方面卻又陷在散文的思維方式中感傷悼念，大發思古幽情。

面對著這種尷尬的處境，一個寫作者如何來掌握它的形式呢？誠然，一種文學類型的出現，是一個時代風尚的產物，也是無數的開創者經過不斷的熬煉、試驗所累積下來的成果。從較長的眼光來看，報導文學還在發展成長之中，各種文學上的形式技巧都可拿來做實驗，都可給它增添動能，來開創它的格局。

基於這樣的認識，在《失去的水平線》中，我開始嘗試將一些小說上的技巧，運用到報導作品上，如倒敘、對白，敘述觀點以及文字的映像效果等，這些都可在〈北投風月的最後一夜〉、〈大溪一代陀螺王〉、〈桂竹林的大家族〉、〈多納村的新娘〉等篇章中，尋找到它們跳躍的蹤跡，而到〈失去的水平線〉時，除了鮮明的人物場景外，更營造了一股懸宕的、逼人的氣氛，幾乎要發展成一組映像化的文字電影。

這時我才了解到小說與報導之間的微妙關係，也了解到一切文學作品之間的共通的關係。我認為今後報導文學若要提升它的地位、肯定自己的價值，單靠本身的條件是比較困難的，唯有建立在這一切藝術的共通點上，吸取其他文學類型的優點，來發展自己的形式，從別處的經驗中，修正更適合自己的傳達方式，庶幾才能產生更大的格局，躋身文學的殿堂。

一九八〇年八月二十二日

附注：此文原為《失去的水平線》序文，因論及報導文學的形式及我寫作方式的改變，才蒐錄於本書中。

新序

再生奇緣

古蒙仁

一、

我雖熱愛寫作，但並非專業作家，更不是所謂的暢銷作家，與多產的朋友相較，自認為作品並不算多。近日為了配合這本書的出版，花了點時間整理出我的著作目錄，從一九七六年到二〇二二年，這四十六年間我一共出版了二十八本書，平均每一年半就有一本，令我頗感意外。它們在目錄上一字排開，洋洋灑灑，竟占了兩頁之多，看起來軍容壯盛，已有著作等身的架勢，又令我十分欣慰，差可告慰自己半生的筆墨生涯。

其中有五本小說，八本散文，報導文學則有十五本之多，占了半數以上。文學界習慣稱呼我為報導文學作家，從著作目錄的比例上看來，確是當之無愧的。但話說回來，這份目錄雖然可觀，美中不足的是現存的書籍殘缺不全，目前在市面上能找到的已寥寥無幾，又讓我感到十分愧疚。

尤其是早年出版的書，經過四十多年來的時代變遷，大部分已經絕版，出版社大多不再發行，有心的讀者想買、想看，只能到二手書店或舊書攤碰碰運氣。但書海茫茫，最後也只能望書興嘆，徒呼負負。我輩作家的嘔心瀝血之作，從此成為明日黃花，怎不令人感到氣餒。

二、

一九七八至一九八三的五年之間，是我創作力最旺盛的年代，也是報導文學寫作的巔峰期，陸續出版了六本專書，分別是《黑色的部落》、《失去的水平線》、《蓬萊之旅》、《天竺之旅》、《臺灣社會檔案》、《臺灣城鄉小調》。其中用力最深、採訪過程最艱苦的便是〈黑色的部落〉和〈失去的水平線〉。這兩篇報導曾榮獲第一、二屆時報文學獎報導文學類的「推薦獎」和「優等獎」，一九九一年更榮獲第十屆「吳三連文藝獎」，是報導文學界公認的經典之作，也是我的代表作。

這兩本書都由時報文化出版公司出版，挾著文學獎的光環，出版時自然十分風光，備受文壇及各界矚目，也曾造成一股風潮，帶動臺灣報導文學的勃興。此後十年之間，人才輩出，各領風騷，各種刊物競相刊載報導文學作品，專書也紛紛出版問市，締造了報導文學的全盛時期，那真是臺灣報導文學的黃金年代。

一九八三年這六本書出版之後，我即赴美國讀書，兩年後返臺，轉換跑道到《中央日報》國際版主編「海外副刊」，兩年之後升副總編輯兼採訪主任，此後十年之間都在編輯臺上工作，因而離開了我所熱愛的上山下海的採訪工作，報導文學的寫作遂告一段落，改而從事靜態的散文創作。一九八七至二〇一〇的十三年之間，陸續又出版了《流轉》、《小樓昨夜又東風》、《天使爸爸》、《同心公園》、《虎尾溪的浮光》等八本散文集，搖身一變成為一個散文作家。作品經常在各大報的副刊發表，走的是感性與幽默的風格，遠較報導文學容易親近，因此閱讀者眾，作品甚受歡迎。

這八本散文集都由「九歌」出版，而散文正是九歌的主力產品，擁有相當廣大的通路和讀者群。久之我那批「時報」出版的報導文學專輯反而乏人問津，或被書店束之高閣，逐漸被人遺忘，成為我內心中永遠的痛。因此讓早期的報導文學集重新出版，成了近年來我念茲在茲的首要任務。

三、

然而在商言商，這批四十年前的舊作，還會有讀者嗎？沒有讀者，出版社願意出嗎？一想到這些牽扯不清的問題，我的心就涼了半截，滿腔的熱情剎時就被澆熄。何況近年來的出版市場不振，出版社的經營益形困難，還好意思去為難出版界的朋友嗎？如此一想，這個殘念便被打斷了，只好暫時擱置下來。

去年九月，我去時報文化出版公司拜訪董事長趙政岷兄，兩人都是時報的老同事，聊起我們那個年代新聞界的人和事，有太多共同的記憶，因此聊得相當愉快，欲罷不能。談罷正想告辭時，他主動提起我早年那幾本報導文集的內容，也應該是四、五年級生的共同記憶。假如能夠重新整理出版，既能讓老讀者重溫臺灣七、八〇年代的風貌，也可加深年輕人對鄉土的認知，應該很有意義。我一聽正中下懷，大喜過望，連忙點頭稱是，表示回去可立刻整理，交時報文化出版公司出版。

一樁懸在我心頭多年的心願，沒想到會在這一場拜會中達成協議，我內心中那個永遠的痛也不藥而癒，可說是老東家送給我的一件厚禮；對我來說，更有一份「回歸」的溫馨感覺。是的，畢竟我離開時報這個大家庭已有好長一段時間，對於老東家的包容和寬待，更能銘感於心。

四、

回家後，我立刻從書架上找出《黑色的部落》和《失去的水平線》等六本舊作，拂去上面的塵埃，逐本、逐篇地詳閱過一遍，從近兩百篇中精挑細選出二十四篇，先影印下來，再花一個月的時間，重新修改訂正。

因為事隔四十多年，與採訪當時的人事全非，時空背景迥異，今日重讀已有些不適，必須大幅度的改寫，過程相當繁瑣且勞神費力。但我卻甘之如飴，因為我再度神遊了採訪過的那些地方，裡頭的人物也一一在眼前浮現，久別重逢，倍感親切。

我將這二十四篇文章分門別類，依其屬性和內容，分成上、中、下三卷，分別是「現實的邊緣」、「產業興衰」、「城鄉舊事」，主要是為了方便讀者閱讀。三卷合為一書，昔日六書的精華盡蘊涵其中，可謂集其大成，只要看完本書，已絕版的舊作便可略過不看。因此我將此書的出版，視為我投身報導文學寫作的總結，在此終可畫下一個圓滿的句點。

感謝時報文化出版公司及趙董事長，為我締造了這本書的再生奇緣。在出版市場如此艱困的時期，仍願出版這類冷門的書，讓我在報導文學的領域能留下這些珍貴的作品，共同見證臺灣那個美好的年代，以及我一路走來的心路歷程，此生可以無憾矣。

二〇二二年一月十五日

上卷

現實的邊緣

沒有鼾聲的鼻子
——鼻頭漁村初旅

緣起

一九七五年六月上旬，我和幾個朋友有個小小的旅行。那時候的臺北，籠罩在一片迷濛的梅雨裡，我們出發的時候，雨把北海岸一帶的風景，落得更加的蒼莽、抑鬱。黃昏時，我們抵達一個漁港，我們在港邊的一個張著帆布的小野店前休息。雨天的漁港，淒清而婉然，防波堤外的浪花撲打著，遠遠的太平洋像一隻溫和的巨獸，仰臥在水天一線的千里煙波裡。一個寂寞的漁村，一個美麗的小港口。

夜裡睡夢中，被輕輕的波濤聲喚醒，隔著一扇矮矮的窗，對岸漁會的燈火，在港中搖晃不定。那樣輕柔的濤聲，那樣搖晃的燈影，在靜謐得有點離奇的那個深夜裡，像在對我傾訴一段坎坷的命運，一個美麗而悽愴的故事，那麼娓娓地訴說著。那是一種神祕的語言，但是你懂，我也懂；用不著翻譯，更無須解釋。它輕輕摩挲著你的臉頰，撥動你我每一根心絃，叫你感動，叫你流淚，叫你在感動流淚中重新感受到它所賜給你的一股無瑕之歡欣，一股無言的溫暖。

那是我第一次到鼻頭角，也是我二十幾年的年輕生命中第一次感受到它對我的呼喚，我覺得我該為它做些什麼。

六月底，我離開住了四年的新莊，回到鄉下老家。開始準備真正屬於我的另一個更遠的行程，那就是鼻頭角，我決定在那邊住一段時間。

二十八日我路經臺北，晚上到時報總社找主編高信疆，我們談了一些今後的計畫，然後談起他正在緊密籌劃而即將推出的一個新專欄——「現實的邊緣」時，彼此在那剎那間似乎都有「吾道不孤矣」的喜悅與衝動。漁民是他這個專欄中相當重要的一環，卻還沒有人寫；在我這方面則是苦無一個適當的地方，能夠發表這類報導性質的文章，於是，我們都開心的笑了。

我們立刻就展開工作，上樓到資料室中找資料。好友劉燦榮則忙著為我安排漁船和鼻頭角的食宿問題。三十日早晨，我們在基隆港口搭船，六月的陽光，照在一望無垠的浩翰巨洋上，六馬力的小漁船的引擎嘭嘭嘭的鼓浪前進。

沿岸的風光，歷歷在目，八斗子的漁船，泊在遠遠的港灣裡，深澳的火力發電廠，瑞濱的新建油港，以及水湳洞的巨型煉銅廠，次第相連，崇山峻嶺間，冒著縷縷輕煙。工業化的建設，逐漸在改變沿岸的自然景觀、人文景觀；而我喜愛的，還是那片未經開發的處女地。小路一條，蜿蜒在海岸上，磊磊的巨岩，石隙間拍岸的白浪，柔和而自然，且帶有那麼一點野性的趣味，那才是美。

我們的漁船更美。乘風破浪的壯志，乘桴浮於海的瀟灑。海使你感到渺小，也使你感到偉大，使你在一種壯烈的氛圍裡，感受到宇宙之大，天地之大。在這種啟悟中，自然而然感到那整片汪汪的巨洋，正在擁抱你，給你力量，給你勇氣，給你靈魂以汩汩的傾注，傾注它所擁有的一切。

兩個小時的顛簸，我沉醉在諸如此類的幻想裡。我的精神被一股神異的力量，提升到極度亢奮的飽和狀態之中。鼻頭的燈塔，逐漸清晰地顯出它底輪廓，我知道鼻頭角就要到了。我們的漁船開始迴轉，減低了速力，緩緩地穿過防波堤，我又看到了那個美麗的小港灣，在六月正午的陽光下粼粼的閃耀著。

那兩排熟悉底民房，那環繞的群山，小孩的嘻笑聲，升火待發的漁船引擎聲，混雜成一片，像一蓬蓬的蒸氣，往上直冒。掠過一陣輕微底昏眩，我站在船頭微笑，然後對自己說：你的願望就要實現了，用你全心的愛意，去擁抱這個僻遠的漁村吧！

在漁村，在你從來沒有過的生活背景和經驗底下，剛開始，你也許只是出於好奇，出於新鮮，出於一種情感上的渴望和衝動。一方面，你惑於社會改革者的抽象理論和響亮的口號；一方面，又迷戀著老莊歸依自然，回歸自我的原始鄉愁。而你終於會發現到，這樣的熱情十分虛假，這樣的理想也十分空洞。這時你才會明白，勉強自己，或是給自己戴上一張面具，都是痛苦的，也是愚蠢的。

事實上，漁村就是漁村，百餘年來，它就那麼蜷臥在那裡。只有張開你的雙臂，走向它，擁抱它，融入它。去傾聽它的呼吸，去感覺它的脈搏，然後你才有資格說：我來了，我確實來到了它的懷裡，為的是秉持的一份理想和熱情。

如果，我還能說些什麼，如果，漁村的生活確實使我獲得了什麼；那麼，請讓我為你慢慢的道來吧！對我，或者對整個漁村，我所遺留下來的那些痕跡，容或只是雪泥上的鴻爪，只是夜晚曇花的一現，轉瞬即將被太平洋的潮水靜靜的淹沒。

一、房東的一家

小小的漁村，也分成許多不同的區域，擁有各自的名稱。我住的那一帶叫做港尾仔，是屬於漁港尾端的部分。每當漲潮的時候，港邊的石塊鋪成的小路，全浸在水中，要拐一道斜坡，從後門才得以進入。我們住在二樓，房子是很古老的木屋，一個典型的漁民的住宅。歪歪斜斜的柱梁，遍布著青苔的頹壁，水泥剝落了，油漆脫蝕了，百餘年的歲月，終於使它彎下了脊椎，顯出了蒼蒼的老態。

外貌，是蒼老了，卻讓你感覺到一股遒勁的力量，依舊在支撐著一個堅強的信念。通過一層狹窄黑暗的木梯，走進廳堂，你就會感到它給你的信賴。房東太太是一個有潔癖的女人，房間裡、廳堂上，洗刷得一塵不染，柱子和木板尤其可以看出洗刷過的蒼白痕跡。

我的房間是靠左邊的一間廂房，裡面只有一張桌子，一盞燈，一張寬敞的木板床。瓦片上，開了幾扇天窗，光線很好，躺在床上，可以看到屋後那片翠綠的山影。夜晚有時滴落幾點星光，有時濺滿了月色如水，我的夢中也就有星子，有月影。

而我最喜愛的還是廳堂外面的陽臺，它是用粗糙的水泥砌成的，圍以粗重的石欄，石欄都有些傾頹了，而這些一點都不要緊。我喜愛的是上面習習的海風，是那開闊的視野，站在上面，可以俯視整個漁港，漁船就泊在岸邊，似乎一跳就可以跳到船上。

每天清晨，我一定要先上陽臺遠眺，看歸來的漁船駛過平靜的港面，看漁村的幼童在港邊追逐嬉戲，看防波堤外的太平洋翻身醒來。有時候，就靠著欄杆寫點東西、看點東西、想點東西，我甚至滿懷著信心和野心，要以漁港為背景寫一部長篇。陽臺的靜謐會給人帶來許多的幻想，我在幻想著我的人物情節時，眼前的人物和背景，即紛紛的躍進我的腦海裡，我不禁啞然失笑了。

中午飯後，陽臺有太陽了，但站在門邊，依然可以望見港口。這時漁村的孩子，全下海游泳了。即使是一些小不點兒，也游得真像一隻小青蛙，或者是一隻小蝌蚪。有的套著游泳圈，有的划著小舢板，整個漁港都洋溢著他們的嘻笑聲、潑水聲，那對我是一個誘惑呀！記得剛來的第一天，我和燦榮換了泳褲，兩步路就跳到海水中去了。後來發現港內的機油太多，就轉移陣地到學校下面的斷崖去。

房東太太是一個壯碩的四十餘歲婦人，梳著一個光溜溜的小髻，挽在後頭。有抽菸的習慣，經常銜著一支紙菸，怡然自得。據她說是當年為治鼻塞病開始吸的，後來一上癮，改也改不掉了。房東出外捕魚，一去就是三、四天，裡裡外外都要她照應，她精明能幹，裡頭永遠是乾乾淨淨的。他們有四個孩子，大的在基隆闖了一陣子，現在回來幫忙捕魚。二兒子沉默寡言，讀小學五年級。老三、老四是一對寶，胖嘟嘟的，十分淘氣，經常跑到我的房間裡搗蛋，我也喜歡逗逗他們，而經常被他們反鎖在房間裡，總要靠他們母親來解圍，才得以出來。

每天中午，是我和房東太太相聚最多的時間。她喜歡看電視劇，中視的鄉土劇，是每天必看的節目。我們常坐在廳裡的涼蓆上，一邊聊天，一邊看電視。那一對寶也經常在旁邊糾纏不清，總要挨了母親一陣打，才含著眼淚坐下來。過去我一向不看鄉土劇，一看就會令我全身發麻，起雞皮疙瘩。但到了這裡，當房東太太每天給我講解的劇情，基本上，已能入鄉隨俗的予以接受。

下午午睡後，我通常都要外出，將房門扣上，走後面的山徑出去。有時去拜訪幾個人，有時去蒐集一些資料，有時帶著我那群國中生的「死黨」到海邊去游泳、去爬山，傍晚趕回來洗澡吃飯。飯後就到漁村閒逛，或者到後面山上找國校老師們聊天，回來時，都已經十二點多了。

午夜的陽臺，想像中，應該是有幾分羅曼蒂克的情調。但是，這兒是漁村，是一戶風雨飄搖中的漁家。在充滿鹹味的淡淡海風中，傾聽著太平洋岸的潮聲，也許更勝於男女的軟語呢喃吧！粗獷是必須的，在漁村，必須先學會粗獷，然後才懂得什麼是溫柔。我知道，房東太太今晚又失眠了。一燈如豆，在昏濛濛的房間裡，我看著她披衣出來。她仍然在惦念著海外未歸的丈夫，猶在陽臺屢屢的憑欄遠望。漆黑的海面上，漁火點點，卻望不見惦念在心頭的那熟悉的船影。

房東是一條留著小平頭的漢子，四、五十歲的光景，眼睛瞇瞇的，皮膚黝黑得發亮。並不很壯，但腳步沉穩，望著他，就彷彿望著一波排山倒海的浪頭在朝你撲來，本能的會使你倒退一步。他是屬於剛毅木訥型的，很少講話，聲音總是低濁的往下壓，有時你就不知道他在說什麼；而他確實是標準的好人，標準的討海漢子。在飯桌，一杯清澈的米酒嚥下去後，他會告訴你馬來西亞的那兩年是怎麼過的。在夜晚的陽臺上，他會靦覥的說他的往事。有時房東太太捧來一些點心，我們就會聊得更愉快些！他會得意的對我說：少年仔，好好的待下去，哪天我帶你到海上見識見識我們討海人。

通常第二天我起來，他就出去了，他的那個大兒子也是。留著一頭濃髮的他，比他的父親更黑，瘦瘦長長的身子總是穿一條沾滿油汗的牛仔褲。我們喜歡跨坐在欄杆上，駝著背，看港內倒映的燈火。他有一些小小的祕密，會偷偷地告訴我，像女人，或者機車這一類的。有時，我們就在陽臺上睡去。夜半涼了，他爬回廳裡的涼蓆，我回到床上去。第二天起來，他也不見了。

房東太太又會抽起菸來，她的菸頭一點猩紅，十分醒目。漁港睡了，山影、燈影、船影，在朦朦朧朧的波光瀲灩中，也睡了。她會嘆口氣，將菸頭抖落港裡，彷彿聽到嗞的一聲，其實什麼聲音也沒有。她進去睡了，我回去仰躺著。星光、月光，又落了滿床都是，不是夢，只是夢的一個開端。

二、漁港的巡禮

黃昏的漁港，是最忙碌的時刻。但那陣子總是捉不到魚，許多漁船都不出港，頂多在沿岸一帶兜個圈，還是空著漁網回來。漁船泊在港邊，顯得很凌亂，漁民們並不在乎這些，多少年來，它們就是那個樣子了。有些漁民趁這個時候修補漁船，乒乒乓乓的敲響了黃昏的時光。這時我已經吃過晚飯，洗過澡，開始沿著港邊的水泥道散步。認識的小孩子們簇擁著我，拉我的手，喊我的名字，小狗小貓就在我們之間到處亂竄，亂吠，非常熱鬧。

我喜歡到防波堤上遠眺，海上的黃昏，多的是譎異變幻的雲彩，一大片一大片的橫在茫茫的天際。海水在日落後，開始轉為蒼灰的色調，陰沉沉的，彷彿哭喪著臉似的。這時最好是等著燈的亮起，從基隆，從瑞濱，從水湳洞的一線邊緣上，剎時會點上千百盞的小燈，迤邐一線綴在海灣上，然後洩在海水中，在遠遠的彼岸搖曳。防波堤正在趕工修築中，預計颱風季前可以完成。港外堆滿了巨型的沉箱，起重機銜起其中的一個，孤零零的掛在半空，不知是哪個工程師兼藝術家的傑作。

和順商店就在防波堤下，是村子內較具規模的雜貨店，兩層的樓房鋪著發黃的磁磚，巍然立在後面那整排凌亂的民房之前，只是它也有些老態了。老闆娘是一個細細白白的女人，經常打扮得整整齊齊的，看不出確實的年齡，只覺得她還很年輕，漁村中不容易有的那種年輕和娟秀。

我常常去那邊寄信，有時也喝些飲料。有一個黃昏，在那裡避雨，還和她聊了一些地方上的舊事。我一邊問，一邊記在簿子上，她便以為我是什麼新聞記者，對我是更客氣，也更不肯說話了。她是那種小心謹慎的女人，有時還帶有少女的矜持與嬌羞，一遇到這種情形，我們便只能尷尬地笑了。後來她介紹了幾位較能「講古」的朋友給我，提供了我不少資料，也給了我不少幫助。

從石階下去，拐個小彎，迎面就是一個露天的攤子。搭了一張帆布，遮陽光，也遮雨水，還在港邊釘有一排長椅，供遊人歇息。小攤子賣蔬菜、水果，也賣冷飲和糕餅之類的小玩意，那是一對姓孫的夫婦擺設的。他們的房子蓋在攤子上，有石階可以上去。房子漆著乳黃色，很新穎，也很牢固，我第一次到鼻頭旅行，就是宿於該處。

姓孫的夫婦都已是五十開外的人，待人誠懇，有古道的熱腸。孫先生和我一見如故，我們談得最是投機，有時去那邊看看電視，有時還留在那邊吃飯，他還一直邀我搬到他們樓上住，我只能婉謝他的好意。

王金火先生住在中間的一座樓房上，他任職於漁會，又兼鼻頭國小的家長會長，自己也出海捕魚，是漁村內的大忙人。每天都可以看他挾著一袋公文，東奔西走，馬不停蹄。他生性豪爽，交遊廣闊，家中時有大宴小宴。有一晚我登門拜訪，他正在大宴嘉賓，陳朝南校長亦在座陪客，我也被強拉進去，灌了三大杯啤酒，才放我出來。

我常常去拜訪他，他博學多聞，閱歷深厚，對鼻頭地區的文物掌故，風土民情，瞭若指掌。他抽著菸，繚繞的煙絲縈迴著他的記憶，屬於中年人特有的那種睿智和成熟，稍稍的世故，對世事的流離，人生的困頓的憬悟，恍若帶著我進入了業已成為廢墟一片的那個時代。屬於我的年輕的夢幻，漸漸的，漸漸的，便在陽臺上的陣陣海風中，吹散了，驚醒了。

我還住過那附近的一個樓閣，在最後面的山壁下。那時燦榮還沒有回去，還有一個姓郭的少年，基隆人，十六、七歲，讀不下書，倒當起海員來了。我們經常打著傘，在黃昏的細雨中走到漁會前的平臺散步，去逗漁會裡一個接電話的小妹。小妹很清秀，梳著兩根辮子，但也很小氣，我們幾乎無法得逞，最後只好知難而退。我們便在港邊呆坐，看小孩子釣魚，少年的水手，具有一種流浪的氣概，最後，我們總是回到樓閣的陽臺上，聽他講航海的故事。

漁會後面，有一間破落的房子，那就是盛傳鬧鬼的鬼屋。傳聞是一個密醫，醫死了兩個小孩，兩個小孩即化為陰魂，盤據該處不散。我曾經造訪數次，徘徊良久。房子確實陰森，即使光天化日之下也使人毛骨悚然。但現在已有一個老婦人住在裡面，老婦人背駝得厲害，縮在黑暗的角落裡，動都不動，你真會以為那就是鬼了。

漁會旁邊是派出所，有兩個警員，我曾進去看過幾份報紙，後來就沒有再去過了。派出所進去，後面的山坡上，是海防部隊的檢查哨，出入的漁船要在這兒檢查。我倒喜歡大社山腹下的媽祖廟，民國甲寅年荔月重修竣工後，它已呈現著一片金碧輝煌的新氣象。漁民經濟情況的改善，使得神明也沾了光。但是廟一蓋起來後，倒顯得冷清多了，只有一個老人，時常在那兒低迴，第一次去的時候，他喝了點酒，給我看相，以後，他就沉默多了，他經常靠坐在廟門的石柱上，綴補漁網，我就坐在門檻上和他閒聊。這時才看到他的手腕沒有了，圓圓一圈，在空中笨拙的揮動，哦！我竟有點悽慘無言了。

夜晚的漁港總是非常地寧靜安詳，路燈下，鋪石板的小徑上獨自走過，每每發現自己竟是漁村中唯一在動的影子。我就會停下來，站在路邊，或找塊石頭坐下，去看一座無人的荒村，去體會惟我獨醒的孤獨。常常不自覺地，這樣一坐，就是一個小時。站起來後，發現自己又把那片寧靜的氣氛攪亂了，真不知是走好？坐好？

三、少年遊

海邊長大的孩子，先天上就具有一種討海人豪放不羈的襟懷，從呱呱落地的那一聲哭啼裡，他們的生命中就擁有了船、海、天的蒼莽意象。以後的日子裡，艱難的生活環境，更培養了他們艱苦卓絕的生命意志。你可以在他們每一個小小的生命中，聞出那股濃烈的江湖味，彷彿一開始，他們就在扮演著少年俠客的角色。

漁村有許多小孩，他們告訴我，他們叫王哥，叫柳哥，叫凸肚仔，叫黑點仔，還有二齒的，還有劉三，許許多多親切可愛的名字，似乎可以用來喊全村的小孩。因為他們每個都太像了，似乎可以從這些綽號中劃分成某些較具體的類型。王哥是胖胖圓圓的，柳哥是瘦瘦乾乾的，凸肚仔挺著一個圓滾滾的肚皮，二齒仔少了幾顆門牙。

也許除了這些形體上的差異外，你就找不出他們有什麼分別。他們留著小平頭，渾身上下就那麼一條短褲襠，連鞋子也沒有。手中不是釣竿，就是小漁網。他們整天在水中翻滾，在港邊追逐，一個個全成了一截截的小黑炭，一蹦一蹦的小皮球。

到了國中的年紀，他們這種性格上的特徵，逐漸發展在行動上、言談裡。更因為青春期的來臨，使他們自覺到成為一個男人，或做為一個男子漢的意識，更為清晰，更加明顯。我的三個忠實的小伙伴身上，都有這樣的傾向，對於我的飄然來到，剛好在他們的心目中塑造成了師兄之類的偶像。他們尊敬我，也愛戴我，像誓守江湖上的幫規和承諾。

李國雄是他們三人中的小頭目，高高壯壯的，調皮搗蛋，愛說笑話，運動神經特別發達。第一次看到他，是在他家開設的福利社前喝汽水，他和一群同學在打躲避球。他的球速很強，身手矯健，極為出眾，使其他的人在場內雞飛狗跳，老是挨打。他的母親就得意的告訴我，那個打躲避球的就是她的孩子，叫雄仔。

張東益較矮一些，有點像他常玩的陀螺，眉毛低低的，老是皺著眉頭的樣子。說話又急又快，給人一種很滑稽的感覺，很可愛，叫人喜歡撫摸他那個削得光光的小平頭。戴崇盛的綽號叫蓋仙，是他自己告訴我的，但看起來並不怎麼會蓋。全身的皮膚黑得發亮，兩隻腳特別長，老是穿著一雙破木屐，走起路來屁股一翹一翹的，像隻母鴨，很有韻律，也很好辨認。只要他在港邊的水泥路上走過，遠遠的就可以看出是他，而且彷彿還能聽得見他那拖得很沉重的木屐聲。

真正認識他們，是在斷崖下的海邊，我和燦榮去游泳，他們也在那邊玩水。他們戴著黑色的水鏡，拿著漁叉，一條濕淋淋的內褲緊貼在胯下。用不著什麼介紹，我們就很熱絡了。岩岸的海底，是一個彩色繽紛的世界，對我，這樣的世界是全新的。當我潛入水底，幾乎要被那無與倫比的絕佳景致攝住了心魂。水是淡藍的，較深處是朦朦朧朧的一團深藍。珊瑚礁上有貝殼，有水草，更有各色各樣的小魚群在洄游。波浪起伏著，頂上的浪花在水中仰視是一團濛濛白霧，更帶動底下的水草，輕輕地搖晃著，七彩斑爛的魚群在那兒穿梭，在那兒織一匹錦……

以後，我常常和他們去游泳，尤其是燦榮回去之後。總是在下午三點多的光景，他們在學校的福利社前等我，我們爬下斷崖，走過高低不平的岩礁。先在水中游幾趟，然後坐在岩礁上看陽光下的海洋，看海面上駛過的船影。我們默默的坐著，晒熱了，又跳進水裡，比賽游泳，打水仗。他們三個都不是我的對手，有時嗆得他們都要流出眼淚來。然後我們又躺下去，躺在岸邊的一塊平臺，水花湧進來，剛好湧上我們的胸膛。

我們躺在那兒聊天，聽他們講故事，講他們的過去，講他們那個年輕漂亮的女老師。他們更替我出主意，要我去追她，還從海底撿了許多美麗的貝殼，要我送給她。他們總是那樣口不擇言，胡說八道。有時還會引起一些小小的爭執，雙方又打起水仗，水花滿天滿臉中，往往太陽都已經斜了，我們才喘著氣回到岩礁上。他們帶我去一個隱僻的山窪洗泉水，赤裸著身子晒太陽，也晒我們的衣服。

有時，我們並不急著回去，我們沿著海邊的岩礁繼續走。沒路了，便翻上斷崖，手腳並用的在石隙草叢中鑽出一條路來。我們去看燈塔下的孔雀石，走一條很陡的稜線到山上看石橋，到牛埔山上看媽祖過火的坪頂，去眺望遠在海外的彭佳嶼三島。他們會唱著歌，學一些動物的叫聲，或者說一些俏皮話。和他們在一起，永遠覺得好玩、新奇。

黃昏時，他們最喜歡拉著我上山，要我去找那個女老師。其實他們膽子是很小的，我要他們去把她請出來，他們誰也不敢去，結果我們只能在通往燈塔的小徑上散步。遇到羊群，他們便追著牠們跑，一路上都是咩咩的羊叫聲，他們便抱著肚子笑，十足的促狹鬼。我們通常都要到臨近海崖的那片草坪上坐一陣子，看漁港出來的漁船在暮色中遠去，看著夜色如何掩上海洋，我們才慢慢的走回去。

有一個晚上，和他們說好了去釣魚。他們拿著釣竿、電筒，沿著海岸出發去了，雄仔划了一隻小木船載我出去。夜裡泛舟，在我是第一遭。我們出了防波堤，在岩礁一帶繞了一圈，沒有看到他們的影子，我便叫他把船划出去，划出了岩礁，划進了夜色中的海洋，我們將船停了，任它在海面上漂流。漁港的燈火，遙遠得只是水平面上的一束倒影，九份在半山上閃爍著蒼白的微光。海洋從來沒有像那夜般的溫柔，躺在它的懷裡，我像一個哺乳中的嬰兒，依偎在母親起伏不定的胸膛上，慢慢地熟睡了。

少年的他們，也不過是像這樣的一場夢吧！在以後的某一天突然醒過來後，會發現到他們所曾擁有的一切，都已成為美夢一場。聽不到午夜歸航的漁船聲，看不到海面上的點點漁火，驀然回首，只是一片的淒涼夜色，只是一片的茫茫海水。因為他們一夜之間，彷彿已長大成人。

四、女老師們

她們都是年輕輕的女孩子，師專剛畢業，就分發到這邊來了。離開了白衣黃裙的學生時代，初執教鞭，面對的就是一個這麼僻遠的地方，剛來的時候，真想大哭一場。一次閒聊中，吳修鳴老師這麼回想著。但也有一年多了，一年後的今天，再度提起那一瞬間的感受，一向勇敢堅強的她，彷彿還有幾分不能自已的愀然。

一年的時光，儘管夠了，可是另一道新生的裂痕，又慢慢的形成。我去到學校，正逢上畢業典禮，驪歌四起，唱得七月初的夏天，膩膩得令人格外難受。我的來到，正是這股感情泛濫成災的時刻。我和她們之間的開始，也意味著一種關係的結束。

呂月美老師是我第一個認識的老師，她生得嬌小玲瓏，臉很甜，經常微笑著，在畢業典禮的會場給我留下匆匆的一瞥後，想不到當晚就在漁港邊的小路上遇到了。她下山來打電話，順便來看幾個學生，我看她被一群學童簇擁著在港邊散步，便過去和她打招呼。她有點吃驚，尤其聽說我要訪問她，更顯得手足無措。我和燦榮送她回去，一邊閒聊起來，氣氛才慢慢地沖淡，便答應盡量的幫忙我。

她的所謂幫忙，不外是多介紹幾位老師給我罷了。那時我想，這確也算是一種幫忙，否則那六、七位老師我一時也未必能夠完全認識。只記得我們拿了椅子坐在校園裡，開始聊得不怎麼起勁，吳修鳴老師回來後，氣氛才慢慢地形成。她的妹妹是吳鑾英老師，本來坐在辦公室裡看電視，被教國中的辛老師喚過來後，便靜靜的坐在我旁邊。

她背對著光線，我看著她的時候，只能看到一團模糊的影子。即使是黑影一團，我也能夠感覺她所擁有的優雅氣質。她幾乎什麼話也不說，只是嫻靜的坐在那裡，有時笑笑，那笑聲也是十分含蓄，端莊的。

那晚十分晚了，我們才回去。向呂老師借了一支手電筒，和燦榮兩人摸著黑路下了山。一夜的暢談，我們的身上尚流動著那熱烈的情緒，這股情緒一直高漲著，我們躺在床上後，猶未能平息。

第二天一大早，我們就正式上學校訪問了。我在辦公室裡查資料、翻照片，和總務邢主任談學校的擴建計畫。老師在隔壁的教室上課，朗朗的讀書聲，悅耳的歌唱聲，女老師們輕快的朗誦聲，與窗外普照的陽光揉和成一片，像陽光中浮游的塵埃沙粒，密密的緊挨著，充塞在整座校園，響徹了沉寂的山隅。只讓你覺得一切都十分的完美，十分的充實。彷彿世界於你，已沒有什麼苛求，也不覺得有什麼缺憾或不滿了。

那天黃昏，我和燦榮沒在漁港逛，我們直接漫步上山。山上傳來兒童的合唱聲，遠遠就看到呂老師帶了一群制服整齊的幼童軍，在山坡的草坪上做遊戲，校長穿了一件寬鬆的睡衣在旁邊搖著蒲扇，一邊還呵呵的笑著。我們朝他們打聲招呼，繼續在小徑上散步。歌聲彌漫著整座山頭，我們也輕輕的哼起來，就在那時，我們聽到另一種歌聲，柔和委婉地飄在黃昏澄明剔透的一片晴空裡。我們拐了一道小彎，小徑旁的草坪上坐了兩個人，歌聲就在我們不期而遇的四對眸子間斷了。

那是吳鑾英和陳雪卿兩位老師，記不清當時怎麼和她們聊起來的了，我們索性也坐下去。燦榮和陳老師聊得愉快，相反地，我和吳老師之間幾乎是相對無言的境界。我們面對面的坐著，那是我第一次正面去看她，凝視著她因為我的逼視而無所遁跡時，臉上泛起的紅暈和羞怯之情。日落後，海上升起薄薄的煙嵐，夜慢慢地深了，我們才站起來，朝學校走回去。

以後的幾個黃昏，就沒再見過她。

我們每個晚上，還是搬了椅子在外面談天。我和呂老師談她的羅曼史，和凌俊嫻老師談現代文學，和陳雪卿老師談一些日常的瑣事。她就坐在我的背後，或者在辦公室裡看電視，幾乎都不出聲。她更有早睡的習慣，常常在我們談得最熱烈，最興奮的時候，一個人默默地拿著椅子，回房間睡覺去了。我的感覺好像猛然坐下去時，冷不防的被抽掉了椅子，整個身子在那瞬間垮了。興致或者情緒，也就消失得無跡可覓了。

終於在一個星期六的晚上，我再度鼓起勇氣去找她。那個晚上很罕有，其他老師都不知哪兒去了，我們之間一些不必要的矜持和尷尬也都沒有了。我們無所不談，她的聲音總是低低的，笑起來就是那麼淺淺的，一切都顯得有條不紊，秩序井然，我才發現她竟是一個十分理智、十分冷靜的女孩子。至此，一個完美的形象，才在我的心目中建立起來。

第二天的星期天，我們有更多的時間相處在一起。原打算寫稿，卻因為尋不著靈感，便又逛到山上的學校去，剛好在福利社前遇到她。她打著一支淡紅的小花傘，穿著一件綴滿白點黃點相間的洋裝，輕盈極了，婀娜極了，我們一齊回到辦公室。整個上午，辦公室都沒有人，我們隨便談一些話。她的興致很好，經常笑著，那麼輕輕地笑著，我真願意時間就在那時候停住，永遠的停住。

中午，一大群老師們從燈塔回來，決定午餐吃麵，要我留下來。她們煮了好大的一鍋，好在我留下來，否則真要吃不完兜著走了。吃了麵，還有點心，還有水果，那真是豐盛的一餐，我們的胃口好極了。下午她們決定下海去游泳，還約了雷達站的幾個年輕士兵，他們帶來橡皮艇和游泳圈，女老師們真的下去了。在斷崖，在礁石，在濺滿浪花的海邊，這都是她們的第一遭，也是最後的一遭，心裡牽掛著即將來臨的分別，似乎感情也就格外衝動，格外奔放了。尖叫聲，嘻笑聲，掉入水中的驚慌呼叫聲，海邊是熱鬧的，浪花輕輕地拍著岩岸，輕快得像在唱一首充滿稚氣的兒歌。

黃昏時，我們回到學校，吳老師姊妹剛好有事要到下面的漁村，我和雄仔陪她們一齊下山。她穿著一件淡褐色的長裙，裙裾在崎嶇的山道上一晃一晃地，她修長的身子便彷彿輕輕地飄著一般。我們在港尾仔分手，我回去洗澡吃飯，她們到王金火先生家裡。我洗了澡出來，看見她也站在對面的陽臺上，上半身傾靠著欄杆，十分專注的在眺望著什麼似的。我便下了樓梯，到對面的陽臺上。我們一起站在那裡遠眺，那時剛好有一艘小木船，咿咿啞啞的划過剛上燈的港面，王金火太太問我們想不想坐船，她顯得極其興奮，我們便下了樓梯，走到港邊。

王太太將槳接過來，放上兩塊乾淨的木板，我們坐上去，雄仔權充船夫，就輕輕地划進了波心。我們很快地划出了防波堤，船開始隨著波浪搖晃著，她有點怕了，要雄仔停下來。我們停在那裡看沿岸的燈火，看星光下的海洋。她開始唱歌，有時只是低低的哼著，哼完之後，我們常會不自覺的笑起來。笑聲中，還可以聽到柔和的波浪聲，可以聽到輕脆的水響。溫柔的夜，寧靜的夜，在海水的漂流搖晃中，也慢慢地漂流搖晃過去了。彷彿只剩下那不絕如縷的歌聲，在我的心底低沉地迴響。

第二天下午，她們一大群統統下來了，拿著行李，提著皮箱，從山上的小徑下來。我一眼就看到她，打著小陽傘，穿著挽袖的粉紅色上衣，淡青色的水兵褲，臉上映滿了小花傘輕輕的色調，美得真像一朵冉冉下降的雲彩。我接過她的行李，陪她們姊妹到王先生家裡辭行。然後上了船，我們默默地坐在船尾，船開了，橫過漁港，開到檢查哨。我下了船，校長老師們全擁上去。不久，船開了，引擎砰砰地響著。我站在港邊的石墩上，陽光好強，港面上是一片灼亮的耀眼的波光，照得我幾乎睜不開眼。而我知道，船已遠遠的去了，那支映滿陽光的小花傘也是。

五、出海的日子

老師們走了，我的那些無謂的煩惱和傷感，也隨著她們的離去而離我遠去。我必須重新振作起來，我在床上躺了整整一個下午後，起來到海邊散步。我重新感知到海洋那充滿粗獷的氣息對我的招喚，也重新感知到我身體內那股擁抱海洋，投向海洋的欲求的高漲。站在山頭上，目送著蒼渾的落日沉下太平洋底，我的內心也重新回復了平靜。

天黑後，我回到漁村，到孫先生家裡坐。他告訴我明天要到澳底修船，問我要不要一齊出去玩，可能的話還出海去捕魚。我幾乎要跳起來了，這不是我此行的最大目的嗎？這不是我夢寐以求的一個夙願嗎？我說過，我要學習的是做一個完完全全的漁人的過程，我渴望著出海，除了基於這個因素外，更為了海的神祕和誘惑將會導引我進入一個全新的生命境界中，而不僅僅是做為一個漁人的願望的實現。

第二天早上八點，我們的漁船就出去了，除了孫先生夫婦外，還有我的死黨雄仔。孫先生夫婦搭檔捕魚，已經有很長的一段時間了。他們戴著墨鏡，布滿風霜的臉上刻印著頑強的生命的痕跡。二、三十年了，他們的歲月就像船尾拖著的那道白浪，轉瞬間即被汪洋的大海寂然闔上，他們穩穩的把著舵，眼睛永遠看著前方，朝向未來，朝向那未知的命運。那是一種期待，也是一種挑戰，毫不妥協的挑戰。

船開得很快，鼻頭過去了，龍洞過去了，然後是和美，然後是一片低平的丘陵。一個半小時以後，澳底到了。澳底是一個大港，建有規模龐大的防波堤和碼頭，高高低低的建築，已具有一個小市鎮的雛形。

我們順利的通過檢查哨，我和雄仔在那邊下船，孫先生夫婦開船進造船廠的船塢裡修理，我們並約好了中午在雄仔的阿姨家吃飯才分手。戴著舊式的斗笠，穿著一條髒兮兮的短褲，腳下拖著一雙破拖鞋，我們就這副漁民的打扮，上澳底街道觀光去了。

鼻頭沒有汽車、沒有機車、沒有腳踏車，乍然聽到喇叭聲，感覺上似乎有些隔閡了，但還不至於完全陌生。看到琳瑯滿目的店鋪，望著熙來攘往的行人，感覺上就是彆扭，也搞不清是什麼感覺。回到了文明的喜悅？或者是斬斷了根的痛楚？鼻頭並不是我的根，相反地，我的根一半埋在南部的小鎮裡，一半露在都市櫛比鱗次的高樓下。從文明進入半文明再回到一個稍具文明的地方，我真想逃避，那我就不敢想像在臺北車站下車的剎那，如何去邁開我的第一步。

我們真的逃到附近的一間小廟裡，我們在廟廊下睡了很舒服的一覺，然後回去吃飯，雄仔的阿姨並不是一戶寬裕的人家，吃過飯，我們就走了。我們去泡冰果室殺時間，有文明的地方就會產生這類的煩惱，雄仔呆坐在裡面，似乎是難以了解的。然後我們去造船廠，那造船廠也是很老舊的。孫先生在那兒督工，我和雄仔跑到海邊閒坐，海邊的礁石有時真會看膩了，那個下午就是。五點多回去，船正在上漆，我們躺在漁網上又睡了一覺。醒來，日頭斜了，大鵬號以全新的姿態展現在我們眼前。孫先生告訴我，決定出去捕魚了。掩藏不住內心的喜悅之情，我緊緊握住他的手，再三向他道謝，他倒覺得納悶起來。

我們在一家食堂吃過晚飯，七點正，漁船正式開航。經過檢查哨，穿過防波堤，進入廣大的海域時，黃昏只剩下幾片怯生生的餘暉，在海風逐漸颳起的海面上打顫。未幾，夜幕就撒下了它的巨網，逃也逃不掉，我們只好束手就擒了。

我想起螳螂捕蟬的故事，說與孫先生聽，倒引得他一場哈哈大笑，豎著拇指連說我的比喻好極了。其實這網也有不少破綻，上燈後，山上、海邊，乃至海面上的漁船，紛紛亮起燈來，那張看似密不通風的黑網，就一個洞接著一個洞的破成密密一片，更何況還有天上閃亮的星斗。我又說與孫先生聽，他幽默地說：那我們也戳它幾個洞吧！

他選定一個地方，將馬達熄了，拋下錨，然後開了小型發電機。竹竿挑著的一盞小燈領先亮起，船首船尾又亮起兩盞，又大又亮，裝在一個大玻璃罩內，用繩子輕輕垂入水中，煞時水面泛起一片青白的燐光，船身四周的海底完全被照亮了。小魚群很快的追上來，在水燈邊團團轉，連那些透明的水母和水蟲，也無所遁跡，一隻一隻暴露在燈光之下，我才看清了牠們的真面目。

雄仔貪睡，獨自一個人擁著被單在船尾睡過去了，孫太太也下艙養精蓄銳去了。我和孫先生靠著左舷坐下來，起先覺得船身搖晃得厲害，後來才慢慢的適應過來，倒不覺得有暈船的跡象。孫先生習慣的燃了一根金馬，我們就天南地北的聊上了。

邊聊著邊看水裡魚群的動態，半小時之後，還是那些小魚群在打轉，小管的影子見都沒見到。突然之間，游來一隻尺餘長的白帶，繞著漁船快速的洄游，只看孫先生不動聲色的拿起漁網，往下一撈，潑辣一聲，那魚就乖乖的落在網中了。孫生生談笑風生，根本不當一回事，我卻被他露的這招著實嚇了一驚。

船身搖搖晃晃的，一個小時過去了，兩盞大燈依舊照著那些小魚群。孫先生連著又抽了幾根菸，還是沒有魚跡。他似乎有些認命了，也不嘆氣，就坐著和我認真聊天。我請教他如何看星象，那時繁星滿空，熠熠發光，他指指點點了半天，我卻一個也無法辨認。他又拿出羅盤，教我如何使用，並說了一些迷途漁船的故事給我聽，都是頗饒興味的。

三個小時過去了，海面上一片寧靜，夜來的海風涼颼颼地有點寒意，海水底下依然是兩個空洞的光圈。想像中的小管麇集的奇觀，魚群吃火的傳聞，至此已無緣欣賞。孫先生懊惱的熄了燈，收錨回航。漁船的引擎劃破周遭的沉寂，在黑夜的海面上鼓浪前進。

六、回去的時候

明早的船，我就走了。諸位，這是我在鼻頭的最後一夜，算算看，已是第二十個晚上。

今夜，無風，亦無浪。雄仔划船載我進港，水波靜悄悄的，沒有一絲聲響；你們也靜悄悄的，沒有一絲聲響。小小的窗口透著懶慵的燈光，你們都睡了，漁港也睡了，我們輕輕的上了岸，深恐驚醒了你們的夢，我們默然的走過路燈下的小通道。星光滿空，我和雄仔在港尾仔分手。

他回家去了，我看他推開夜色下虛掩的木門，咿啞一聲，高高長長的身子轉瞬就消失了蹤影。我知道他的感覺的，少年的他似乎充滿了一股無言的哀愁，瞧他剛才上坡時孤單的背影。整整一天了，他陪在我的身邊，一步也沒離開我。我們像往常一樣的去海邊散步，去斷崖下游泳，晚上還划著船到海上去。我要他好好的讀書，以後到臺北去找我，他垂著頭，很難過的樣子。我從來沒看過他那種樣子，似乎在一瞬間長大了很多，也成熟了很多。

現在，只剩下我一個人了，我站在那裡，卻不曉得幹什麼好。你們都睡了，我也去睡吧！但是不行，這是我的最後一個晚上了，我這樣告訴自己，我必須設法使自己盡量清醒。而我能夠做些什麼呢？在這樣一個臨別的晚上，也許去想點什麼吧！可是，我的腦袋裡亂糟糟的一團，幾乎要炸了，就讓它炸吧！炸成碎片吧！然而我還是會看到它，就像看到你們站在我眼前一樣。

這栩然的影像，這朗然的聲音，是何時刻上我的心版？一刀一筆，一言一笑，刻印得多深、多真摯、二十個晨昏風雨曦月，二十個日出月落星沉，我在你們的面前走過，在你們小小的門窗前漫步而過。我們打招呼、微笑、點頭、簡短的寒暄。雖然你們之中，我還有許多不認識，我們依然點頭，依然微笑，再見面時，我們又是朋友了。

你們也許會覺得奇怪，這個不修邊幅的年輕人跑來這邊幹什麼？一頭蓬鬆的黑髮，一件淺藍色的套頭運動衫，一條黃色的短褲，老是在港邊的小路上蹓躂，老是拿著一本小冊子坐在港邊的木凳上寫字。有些小孩子會自做聰明的告訴你們：他是記者；有些會說：他是作家；有些乾脆就說我是有錢的少爺，到這邊度假的。其實，我什麼都不是，我來到你們這裡，只是來向你們學習如何做為一個漁人，如何去生活，如何去奮鬥，如是而已。

也許你們又要笑了，二十天你能學到什麼東西？你以為你這樣就是漁人了？事實上這真是可笑的。但你們也不能否認我是學到了很多，至少，我懂得了什麼是漁人，什麼是漁村，以及懂了我並不能成為一個很好的漁人，包括我們這一代的許多年輕人在內。

只是，明早我就要走了，要離開你們了。我還要走很遠的路，去更偏僻的地方。我已經接受了你們的歷練和琢磨，這些都是做為我走入更荒涼的窮鄉僻壤所賴以支撐下去的精神力量。

鼻頭只是我的一個起點，往後，還有更曲折的山徑，更險峻的海隅，更貧窮更落後的村落，在那看不見的荒煙蔓草斷垣頹壁後，等著我，朝我呼喚，學那些千里跋涉的苦行僧，懷抱著滿腔救贖的悲願，去廣泛的追尋與投入吧！

夜已經很深了，諸位，我想，我該回去了，回到我的那間小樓閣。今夜星空燦亮，我的窗上又會下一陣流星雨吧！

一九七五年八月一日　寫於九份天主堂

原載一九七五年十一月十七日至十一月二十五日《中國時報．人間副刊》

淘金夢碎
——九份、金瓜石的原貌

一、神祕的山城

一九七五年七月十二日，我搭船從深澳海岸經過。那時，太陽剛從東方的海面上昇起不久，基隆山的巨大側影，傾投在它背後一帶的山坡上。山影像一層輕淡的黑紗，罩著半山上一片密密麻麻的建築。房子緊密的綴連在一起，古老傾頹有如中世紀歐洲的殘堡，觸目盡是一片荒涼的景象。

船很快的開過去了，這匆匆的一瞥，閃在眉睫的浮光掠影，卻已然化成一團神祕迷離的投影，漸漸地籠罩在我的心頭。彷彿還帶有一點無可奈何的淒然，像是對命運的一種無言的控訴，又像是一份對自己的沒落的自嘲。總使人覺得那種方式的古老、衰敗，是源自一場艱苦的奮鬥，和心力交瘁的掙扎。雖然最後終於疲憊地倒下去了，但在時光之流，歲月的長廊之外，猶兀自支撐著那老邁的生命。

我向船夫打聽之後，知道那就是九份。古老的九份，就這麼吸引了我的目光。在我了解它曾經有過的輝煌歷史後，更湧起一股強烈的好奇心，驅使我走向那個金光閃爍的時代，那個盛極一時的礦村，以及當年的淘金熱潮下麇集的淘金者們。

二、初臨的剎那

七月二十七日的中午，我提著一口皮箱，終於踏上了那塊映滿陽光的大地。公路局的班車嘶吼著繼續往上爬，四周的旅客們也已散去，我一個人站在候車牌下，車牌上寫著「九份」兩個大字。像是要叫自己相信眼前的事實，我在口中喃喃地念著：九、份，這兩個簡單而又熟悉的單字，組合成的竟是這麼一個撲朔迷離的世界。

抬頭，是一間間古老的房子，歪歪斜斜的倚著半山腰，往上層層重疊上去。陰沉的色調與荒亂的野草襯著蔚藍一片的晴空，使得陽光竟然也有幾分黯然。底下，是層層的峰巒，公路清晰的盤過每一座小山，小岔路蜿蜒著通向山腳下的海邊。深澳海岸擁著一灣碧藍的海水，海水接著天，也接著低空緩緩飄過的雲朵。

站在上面，聽不見濤聲，看不見絲毫起伏的波紋。靜極了，靜極了，我所初臨的斯土，彷彿已置身於世外，彷彿已遭世遺忘。接納我的是一陣陣淡淡底輕風，拂過來，拂過來，從歲月的那端，從歷史的那端，我聞到了那沉澱下來的霉味，濃郁的沁入了我的鼻息。彷彿還在我的耳畔，呢喃著那蒼老的聲音：來吧！小伙子。拿出你的筆來，來挖掘我身上更珍貴的另一種黃金。

三、古老的天主堂

我大學同學李添富是有心人，他家住九份，我託他找一間房子，果然幫我找到了一個臨時的棲身之所。在他家吃過午飯後，他即帶著我出來。

陽光膩膩的，在彎彎曲曲的一條舊巷道裡，被兩邊狹隘的廊簷壓擠得只剩一條狹長的光影，融進了經常濕漉漉的水泥路面。我們走過那重重的陰影，走過那一間間闇暗的屋子，走過許多大門深鎖而布滿蛛網的空屋。

一派破落的氣象，叫人心底湧起一股陰森底寒意，使人不期然想起美國的所謂鬼鎮（Ghost Town）。由於人口不斷的外移，自然而然就蒼老了，破落了。這種人為的因素，是否也難逃歷史的鐵則，而導致它走向同樣的一條路上來呢？無論如何，這只是我最初的印象，在我未來停留的半個月裡，正是讓我好好探索，仔細沉思的一個主題。

九份天主堂就在輕便路，沒有想像中的庭院，大門就面臨著馬路。門窗漆著朱紅的顏色，屋頂上用水泥砌了一個十字架，牆壁的四周全部重新粉刷過。即使這樣，它仍然是古老了，老得古意盎然。尤其對街一些古舊的樓房的陰影，垂覆在它的身上，彷彿披著一襲灰衣，壓在老朽了的骨架上，益發顯得老態龍鍾。

教堂共有三層，依著山勢起伏建在地下。後窗卻擁有極佳的視野，打開整片的玻璃窗，基隆山巍然的山影就豎立在眼前。山腳下，還可以看到蔚藍的深澳海岸，那時日光正強，整個九份山城，浴滿日光的呈現在窗口外。一絲聲響也沒有的午後，使人覺得那是一框色調濃重的油畫，塗著厚厚的一層顏料。

日光、石梯、山巒、蓊鬱的林木、傾頹的屋脊，都被過分強調得顯出一副慘烈無言的愁容來。我肅立在窗前良久，被眼前的景致，帶向一個典型的充滿卡繆風的阿爾及爾陽光下的小城鎮。透過一層荒謬的悲憫，我看到那反覆出現的死亡主題，又再次寂然的撒下它的陰影。在烈日之下，在午後的海濱，悄悄地，正蘊釀著那令人窒息的氣氛。

四、諸神的黃昏

九份多的是大大小小的廟宇，第一天搭車上山，就看到各式各樣的宮廟，鎮守著屬於它們自己的那片寧靜安詳的小天地。在山巔，在崖谷，在臨溪的一彎清涼上；蒼翠的林木，掩不住紅瓦片片，柱梁羅列。那天，又剛好逢上觀音大士的聖誕，車子經過七番坑時，供奉觀音菩薩的金山寺前人山人海，車子絡繹於途，十分熱鬧。可惜我匆匆過境，未能下去湊熱鬧，總覺得是一大憾事。

第二天黃昏，添富的弟弟添發，就自告奮勇的帶我去逛那些大大小小的廟宇。高中剛畢業的他，對於宗教的概念，可以看出還只是停留在情緒上的執著或反動罷了；有時還以小知識分子的眼光，做一些惡意的批判。我卻笑而不語，我要他欣賞，純粹地欣賞。不管是廟宇本身的建築，或者供奉的神明，換一個角度，它們都是一種藝術，一個具體而微的生命，從古老的年代延續下來的一段歷史。

其實，我自己也未必能達到這樣的境界，毋寧說我喜歡的是那種氣氛，那種古舊的氣息吧！在黃昏漸漸翳去的天空，我們拾級而上，走過曲曲折折的小徑，穿過暮色下的廊廡。大殿裡靜悄悄地，在略顯得黝黑的天光中，一粒粒暗紅的香頭，浮懸著幽邈深邃而顯得無限遼遠的一片空曠和死寂。我們面對著神像的黑影肅然而立，在許多時候，我們的沉默，似乎也已融入了那暗紅一片的幽光之中，隨著那一柱煙，裊裊上升，裊裊上升。

我們出來後，黃昏僅剩下海邊一抹蒼茫的夕照。我們走過廟後的墓地，萋萋的野草，凌亂的碑石，在風吹雨打的歲月剝蝕下，呈現著更為荒涼殘破的另一張面目。我們坐在那裡遠眺，環視一路走過來的那些廟宇，大的、小的、新的、舊的，瓊樓玉宇，斷垣頹壁，都在暮色四合中，逐漸消失蹤影。

只有燈，一盞一盞的亮起，從山上的小廟一直亮到山腳的住宅，再亮到遠處的深澳海濱。一家一家，一戶一戶，映照著那小小的一窗窗燈影，很溫柔，也很動人。恍然之間，似乎昔日號稱「小香港」的九份，又張開了眼睛，洗盡了鉛華，卸下了彩衣，在一場美夢破碎後，依舊留戀著那殘破的夢影。整個九份的燈影，不過是重複在敘述著這樣的一個故事罷。

五、暗街仔的流連

從教堂前的石梯往上走，繞過幾戶人家的天窗和煙囪，呈現在眼前的，就是九份的小街，當地人稱為「暗街仔」。街道相當狹小，又曲折迂迴，高高低低，空氣中彌漫著菜市場溢出來的酸菜魚肉的腥味，混雜成一股陳腐的酸臭氣。兩排店鋪緊緊挨著街面，招牌、廣告、電線桿。林林總總，花花綠綠，橫的豎的，什麼花樣都有。但基本的色調，仍然是古舊的、黯淡的。在整條灰黯的街道上，難得找出一絲鮮豔的色澤，看不到井然的秩序，凌亂簡陋而吵雜。

每天早上，從一個賣油條的小孩沿街叫賣吆喝聲開始，繼之而起的就是賣豆腐老人沉重的鈴鐺聲，一條街一條街的喊著、響著，暗街仔就這麼被吵醒過來。黎明初現，稀稀落落的就有一些燈在菜市場裡亮起。炸油條的一位胖大婦人，熟練地將菜刀飛快斬過一條條的麵粉。運菜的鐵牛，乒乒乓乓的闖進狹小的街道，隨著那劣質汽油燃燒排出的惡臭煙味而來的，往往是幾聲刺耳的喇叭聲，然後是嘎嘎不止的煞車聲、咒罵聲。緊接著，是一家家店鋪開門的碰撞聲，老人的咳嗽聲，小孩的啼哭聲。買早點的開始上街了，我常常是這夥人中的一個。空著短褲，趿著拖鞋，悠閒的逛過那幾條街，去買麵包，也是去散步。

我真喜歡那幾條看上去猶在酣睡的老街，喜歡歲月在它們身上留下來的痕跡。一根歪斜的梁柱，一堵布滿青苔的頹牆，龜裂的石梯上突出的頑石，或者是陽臺上蒼灰笨重的石欄，都能引起我的躑躅和流連，透過那些古老的建築形式，一股厚重的歷史感情，就那麼沉甸甸的橫在我眼前。

當年的暗街仔，歌臺舞榭，燈紅酒綠，是淘金者的樂園。海天殿閣，笙歌達旦，是燈火輝煌的不夜之城。而如今，多少的繁華風流，多少的綺麗豔事，都付諸笑談之中。醇酒與美人，華屋與錦衣，也在縱情於聲色犬馬，迷戀於酒坊賭場的陰暗背後，導演著一齣齣傾家蕩產，家破人亡的悲劇！

如今，一切俱已化為歷史的陳跡、暗街仔的酒樓妓院，也只留下劉禹錫烏衣巷口的夕陽斜照。入夜後的燈光依舊亮著，唱片行的唱機老是迴旋不去一些過時的臺語流行歌曲的傷感和哀怨。我每天，每個晚上，踽踽走過行人稀少的街巷，坐在對街的一家冰果室裡，默默地聽著，默默地喝下飲料。一曲一曲的老歌，唱得行人散盡，燈火幽明，該也有相似的淒涼吧！

六、黯淡的金瓜

金瓜石距離九份不遠，只有三、四公里的路程。其實，它們之間的直線距離要更短些，只是隔著基隆山的巨大山谷，公路枉繞了好大的一圈。坐車子大概十餘分鐘，步行也只不過半個多鐘頭。

我第一次去，就是用步行的。那時是黃昏，和另一位同學郭宏才兩人在舊道站等不到車子，他就建議用走的。他家住金瓜石，在九份、金瓜石的那條柏油路面上，據他說，不知印下了他多少的足跡。我想那是真的；那是一段很有情調的路，尤其是黃昏。

七點多的光景，太陽下山了，基隆山下的海水蕩漾著薄薄的一層夕照，在兩山聳峙的一個缺口裡漫漫而去，可以看到水湳洞的煉銅廠，煉銅廠前汙濁的海水，以及更遠處蜿蜒的海岸線。白白的一小點，竟是我夢牽神縈的鼻頭角燈塔。也許是太遠了，也許是暮色漸漸濃了，我佇首翹望，只剩渾沌莫辨的一片暮雲低垂。

公路從這兒一個大轉彎，海水看不見了。只有山，層層起伏的山。背日的山影下，是我們兩人的影子；對面迎日的山頭，還有餘暉繚繞，照耀著高不可攀的群峰之巔。上面有兩座特異的山頭，朝天並峙，在暮影沉沉而殘照未退的煙嵐氤氳中，巍然聳立著，透露出一股磅礴雄渾的氣勢。宏才指著告訴我，右邊的一座是金瓜山，左邊的叫茶壺山。金瓜山的峰頂恍若一個直立的金瓜，翹首長空，金瓜山因此而得名。只是多年的開鑿挖掘，風雨的侵襲剝蝕，昔日那個玲瓏婉然的金瓜，已漸漸變得尖削瘦嶙，一如老人乾枯的雙頰。

左邊的茶壺山倒看不出什麼茶壺的形象，它的造型險峻冷傲，陰森的倒像是歐洲的城堡。我的腦海裡迅疾地反映出卡夫卡筆下的城堡，神祕而帶著一絲詭譎不祥的凶險。在兩座山之下，公路彎彎曲曲的盤過墳場，繞過水泥橋，我們的身影也盤過去，盤繞著涼颼颼的山風海風，盤繞著點點亮起的燈火。

宏才的父親服務於臺灣金屬公司，公司宿舍就建在公路局車站旁邊的斜坡上。我們走下一道平緩寬闊的石梯，石梯兩旁植滿蒼松，暮色蒼茫，依舊可看出它們挺立的俊俏姿影。石梯旁邊的廣場，蓋有宏偉的中山堂，是臺金公司的禮堂，平時租放電影，成為員工眷屬們休憩遊樂的地方。宏才住的宿舍，就在中山堂的斜坡之下，日式的建築，靜謐安詳。我去拜訪他的父親，向他請教臺金公司的歷史、財務、經營方面的細節。我們整整談了一個晚上，極為融洽愉快，使我受益良多。夜很深了，才趕搭末班車回九份。

以後的幾天，為了蒐集資料和實地觀察，我成了九份、金瓜石這條路上的常客。為了省時間，全部改搭公路局的車子。十幾分鐘的路程，成為我每天馳騁心懷的最佳享受。金瓜石真美，充滿寧靜優雅的鄉村氣息，別具有一種閒散的鄉居格調。尤其是臺金公司整齊清潔的住宅區，在那偏僻的山邊海隅，儼然就是近代文明騷擾不到的另一個武陵。

工作完了，最喜歡和宏才在雨後的紅磚小徑上閒步。有一個早上，落了一場大雨，我們坐在中山堂光潔的石階上，看遠處山窪的雨景。兩旁的松林全披上了晶瑩的水珠，松林下，時有打傘的人散步而過，不慌不忙，像是在欣賞雨景，而本身也成為雨景中極為生動的景致。

宏才生性沉默寡言，我們時常坐在走道的一座水泥橋上乘涼，默然的坐上半個下午。而我最喜愛的，還是金瓜石的夜景。常常在他家坐到九點多，兩個人出來散步，坐在公路局車站前的一道矮牆上，看底下疏落的燈火。總要到最末班車的鈴聲催急了，我往下一跳，再往上一跳。然後搖搖晃晃的窗影上，映著的是山，是燈，是重重疊疊的山影和燈影，以及孤零零的一個人影。

七、礦坑的邊緣

很小很小的時候，父親帶我看過一部名叫《宇宙大怪獸》的科幻電影。在這麼多年之後，故事情節已被其他的電影糾纏得分不清楚了。但是，那個怪獸的巨卵，在礦坑被發現時，從破殼而出到造成巨大災害的那短短瞬間，礦坑內的黝黑、恐懼；礦工們的慘叫、哀號，透過電影的特殊鏡頭，在我幼小的心靈裡烙下了永難忘懷的悲慘的影像。在睡夢中，在一個人獨處的時候，時常會被那黑漆漆的礦坑悚然逼臨的影像，嚇得哭出聲來。

童年的噩夢，一直延續到我年輕好奇的生命中，在我擁有了向鬼怪魑魅的世界挑戰的勇氣和智慧之後，鬼怪神祇於我，只不過是不攻自破的迷信和謠傳罷了。但唯有那礦坑的記憶，是我生命中一個永遠無法彌合的缺口，這個充滿漆黑迷離的記憶，依舊帶有不可解的蠱惑和神祕。加上報上時有所聞的災變，諸如落磐、煤氣中毒和瓦斯爆炸這些令人驚恐的人間慘劇，使得礦坑於我，已不再是對我個人情緒的挑戰，而轉變成對礦工們的關懷之情。我來到九份，來到金瓜石，不也是基於這樣的理想和願望嗎？

在九份，我看過七號坑、八號坑、九號坑的遺址，那些都是當年掘金的坑道，如今已夷為一片片廢墟。我也看過臺陽礦業公司的龍吟館，雄偉寬闊，鐵柵密布，可以想見昔日全盛時期的風貌，我更遠涉十號坑，在暮色沉沉中俯望僅剩的一家礦場。

但是這樣的觀察，僅限於表面上的走馬看花，所得到的印象只是一些情感上的成分。真正進入到礦坑，實地觀察深入地層下的礦工們如何操作，則要等到後來進入新三坑，我的生命終於開啟了一扇嶄新的門窗，通向地層下三百五十公尺的另一個黑暗的世界。

新三坑在金瓜石，是由幾個老礦工們合夥向臺金公司承包來開採的，主要以挖煤為主。由於是私人資金，規模不大，礦場設備和挖掘方法都相當簡陋。惟其如此，我才可以徹底了解，我們的礦工們究竟艱苦到什麼程度？

礦場的負責人是一個姓簡的中年人，瘦瘦的，精明練達，渾身充滿了活力。帶我去的一個游姓礦工給我們介紹之後，他招呼我在礦寮裡坐下。那天天氣陰霾霾的，有下雨的徵兆。礦寮裡點著燈，昏濛濛的，有些淒清。我出去在礦場的四周散步，看女工們洗煤渣。八點半時，簡先生出來招呼我。我們換上礦工的操作服，戴上膠盔，套上安全燈，交代了我一些該注意的瑣事後，就帶我鑽進礦坑。

礦坑裡有積水的現象，一進去之後，踩的盡是泥淖，細小的鐵軌幾乎全掩在泥漿之下。空氣中飄著濃重的濕氣，以及架空的木材陳腐的氣息。我們低著頭，傴僂著身子，靠著安全燈的微弱光線，一步步的往前走。進去還不到五十公尺，我的腰開始疼了，頭老是撞到上面的岩塊。眼前的坑道，彎彎曲曲的真像是個無底洞，不斷地往黑暗處延伸、延伸。簡先生走得又快，我在後面猛追，狀極狼狽。好不容易聽到鑿空的金屬敲擊聲，以及人聲的迴響，在靜極了的地層下冷冷的回應著。我看到一陣彌漫的煙霧，在前面兩個打石工人的安全燈前升起，混合著濕重的煤味，吸進去的空氣就有一股辛辣的味道。

打石工人正在另鑿新坑，敲下來的碎石不斷用臺車運出去，旁邊堆了一大堆木材，是用來架在四壁上的。簡先生詢問他們工作進行的狀況，他們一邊應著，一邊斷斷續續的敲著。打著赤膊的他們，滿身都是汗水，石屑、煤屑升起的輕煙，叫人直想打噴嚏。我們彼此介紹後，我開始訪問他們，他們就大吐苦水了，從勞保局最近通過的一項限制礦工法規開始，到他們的經濟狀況，生活情形，到他們深以為憂的職業病的煩惱。

由於彼此之間不斷地接近，在我們頭頂上的燈光照耀下，我逐漸看清了他們真實的面目。沙啞沉重的喉嚨，出自一個瘦瘦乾乾的老礦工，臉孔乾癟癟的，渾身上下只怕沒有幾兩肉了吧！偏偏身上又沾滿了煤屑。這個忠厚的老人，已在礦坑度過了第四十個年頭，人生於他，只是礦坑裡的一團漆黑，記憶中只有那些煤味、石屑，爆破的響聲，臺車隆隆的低沉聲。五、六十年的時光，他有大半的時間生活在這個黝黑的世界中，一鏟一鏟的挖下去。

直到哪一天倒下去了，伸著雙腿被抬出去。他們這麼恬淡地述說著，生與死，活著與埋著，都在屬於他們自己的土地之下，一樣地漆黑，一樣地無助。

我們在那兒盤桓有一個半小時之久，簡先生帶我去看實地挖煤的作業情形。我們沿原來的坑道退回去，在另一個岔道的石壁上挖開了另一條更窄的坑道。高度和寬度都不夠一公尺，僅能容人匐匍著爬進去。那裡已經觸及了煤層，安全燈的光圈所及，都是黑亮的煤塊，混合著地氣濕氣，呼吸極為困難。裡面的坑道愈來愈小，手肘被壓迫得無法張開，頭無法抬起，膝蓋因磨擦煤碴而感到刺痛。停下來休息時，在我前面的簡先生愈爬愈快，轉瞬已看不清他的蹤影。

我趴在那兒喘息，汗水透過厚重的工作服不斷滾出來。陷在那個小礦坑裡，我頓然湧起一股被人遺棄的孤絕感，面對著的只有內心的孤獨和恐懼。我在想著，假如這時這個漆黑的坑道突然坍方，我要怎麼辦？愈想愈慌張，只能硬著頭皮，繼續往前爬。

簡先生在前面等著我，他問我的情況如何，我說還可以，我們又開始往前爬。我的心頭依舊充滿著恐懼。做為一個人的尊嚴和驕傲到底在哪裡呢？我在這樣懷疑的時候，聽到了前面低沉的挖掘聲。一鏟一鏟，迂緩而呆滯。等我們爬近了，才看清仰臥在煤層之下的兩個礦工，正在那狹隘得僅能轉身的空間裡，艱難地操作他們的工具。

我整個身體撲倒在煤層上，頭、手、肌膚，密密地貼著它們潮濕堅硬的表層。他們朝我笑起來，我才確信這地層之下三百五十公尺的地方，還活著我們四個人類。一股屬於人類的溫暖，霎時流遍了我的周身。所有的恐懼與不安，孤獨與絕望，都在剎那間消失得無影無蹤。

出了礦坑，外面已霏霏地落著雨絲。重新站在自己熟悉的大地之上，我仰頭向天，默然佇立，想起礦坑裡的三個小時，恍若是一場噩夢。縱令是冰涼的細雨淋我一臉一身，也淋不去那烏黑的世界加諸我心靈上的沉重撞擊。像遊罷地獄的浮士德，掙脫了魔鬼梅菲斯特的誘惑後，一個全新的人格和生命，就在這一連串的錘鍊陶冶中，從我自身的軀殼靈魂裡鎔鑄以成，孕育而出。

我回到礦寮，脫下黑濕的衣服，在後面的浴室洗過澡後，雨愈下愈大。滿滿的一山雨聲，搖撼著峽谷邊的小木屋，礦場四周的小燈泡，益發顯得朦朧了。我依窗而坐，一杯熱茶在手。窗前窗後，山峰山谷，盡是一片迷濛。品茗而觀，卻怎麼也無法釋然。是有所惦掛吧！在礦坑，他們是否也聽到這沉鬱的雨聲？灑遍江天，而遺留給我一份無法排遣的憂愁。

八、魏神父和他的小天使們

九份和金瓜石各有一座天主堂，都是屬於方濟各修會的。主持人是一個比利時籍的神父，姓魏，自己住在金瓜石，因此必須兩邊不停的跑。我能夠住進九份天主堂，完全得力於他慨然幫助。在以後相處的日子裡，不是他到九份來，就是我到金瓜石去，我們之間保持著密切的聯繫。他提供給我不少寶貴的資料和建議，也使我有時間去了解他這樣一位上帝的使徒，一位充滿愛心的異國傳教士，為著達成自己的理想，如何遠涉重洋來到這偏遠的山區，貢獻自己的一份力量。

一個滿懷救世的宗教家，也許只擁有一片宗教的狂熱。而做為一個人道主義者，所懷抱的則純粹是服務人類、關懷人類的一股赤忱。對於魏神父而言，這兩者之間就很難區分了。其實，不管是做為一個神父，或者做為一個凡人，都無減於他在這方面的貢獻，也無損於他的愛心廣被。

魏神父的中文名字叫魏立林，五十多歲了，身軀高大魁梧，兩鬢斑白，臉色紅潤，藍眼高鼻，架著一副寬邊眼鏡。一口國語混濁低沉，初聽時極感不慣；聽熟了，還是有脈絡可循。他經常咬著一根菸斗，挾著一個公事包。當他龐大的身軀擠進九份天主堂的玻璃門時，總會發出很大的響聲，我在底下就會知道他來了。

他那時正在訓練一組十二個小女孩的舞蹈團，準備到歐洲各地巡迴演出。去年他也曾率隊前往，是中華民國第一個私人前往歐洲表演訪問的文化團體，獲得當地一致好評。因此他今年打算再度組隊出去。他們練舞的時間是每星期三、五兩天，地點就在九份天主堂，因此他們排練時，我都能在旁觀賞，成為我工作之餘的最佳消遣。

十二個小女孩子，都是九份當地幼稚園和小學選出來的佼佼者，個個嬌小玲瓏，天真可愛。舞蹈老師是遠從基隆聘請過來的。據魏神父表示，他們到國外去，主要是為了宣揚中華文化藝術，所以他們所編練的以民族舞蹈居多。

每個星期三、五的下午，十二個小女孩子和少數她們的家長，就會準時的來到天主堂。她們在三樓，剛好在我書房的上面。等我上去後，她們大致都已換好舞衣，在舞臺上站好了位置。音樂一開始，絲竹管絃，就滿場悠揚的飄起。傳統的古樂，長衫曳地的古裝，水袖輕拂，綵緞交錯，綺麗繽紛。十二個小女孩子們輕顰淺笑，翩翩起舞，像從天而降的十二個小仙女。舞步嫻熟，舞姿美妙，認真而賣力地，她們一遍遍地跳著、舞著，流著汗、喘著氣。為著即將的遠行，為著在歐洲舞臺上達成文化交流的使命，她們已經像這樣地苦練了六個月。

魏神父通常都來得較遲些，他提著那口大皮包，悄悄地坐在旁邊的一張小圓凳上，嘴裡咬著菸斗，將肚子挺出來。排練中的女孩子們，看到他進來後，都會格外賣力，跳得更好。每當音樂停止後，他會先來一陣鼓掌，呵呵的笑起來。然後對我說：怎麼樣？她們不錯吧！他就會偷偷的告訴我，那一個叫什麼名字，讀幾年級了，家長幹什麼。一些極瑣碎的事，經他說出來後，都會給我留下極為深刻的印象。

我到金瓜石去找他，大都在下午三、四點多的時候。金瓜石的天主堂在中山堂旁邊的一條小小泥道裡，須經過一座隆起的小水泥橋。水泥道旁植滿了樹木，非常幽靜，教堂就在林蔭中聳起它尖閣式的兩層建築，紅瓦白牆，掩映其中，小巧而肅穆。教堂圍了一道圍牆，並設有鐵柵門，裡面庭院十分寬闊。魏神父在天主堂內附設了金星幼稚園，庭院裡還設有一些兒童的玩具，像鞦韆、浪橋、翹翹板。後面正對著基隆山的峽谷，峽谷出口的海水亦隱約可望，視野開闊，寧靜而安詳。

我去找他，主要是想聽聽他的一些意見。他本人對社區的發展十分注意，也曾下功夫研究過。金瓜石一帶的社區籌劃建設工作，大都由他主動起來領導。經他一再的呼籲、連絡、奔走，以及在經費上的支援，終於粗具一些社區雛型。但他還是覺得做得不夠，不太理想，主要的原因是觀念上別人無法和他一致。

他一再強調社區發展的重心，應該是人，然後才是環境。一般社區工作者卻本末倒置，完全忽略了人本身的改善。因此他十分痛心，在痛心之餘，他並不灰心，自己動手去做，因此他在九份、金瓜石的天主堂內都附設了幼稚園。從根本的教育上著手，是他努力奮鬥的一貫目標。為此，他每年必須多編列二十萬元的預算，但他辦得很愉快，也辦得有聲有色。

一個落雨的下午，去基隆沒有去成，我就轉到金瓜石去找他。撳下門鈴，他打著傘出來給我開門，裡面熱鬧得很，那十幾個跳舞的小女孩子全在裡面。她們圍著張姓的女老師在教室裡玩橋牌，有的在唱歌，有的在聽唱片。他請我在走廊的一條長椅坐下，進去找資料給我。他藏有幾本《社會建設季刊》，裡面幾篇專門性的論文，對金瓜石的社區建設作了相當深入的研究。他本人也曾實地做過當地的一項社會調查工作，調查的結果，打成一份英文的資料，雖是兩三年前的了，但對我還是很有幫助。

我們坐在廊簷的長凳上整整談了一個下午，雨一直不曾停止，院子裡全積滿了雨水。對面基隆山上的雲層低壓，雨勢勁疾，天昏地暗，陰晦莫辨。面對著如此雨景，我問起他遙遠的故鄉布魯塞爾的情形。他談起那裡美麗的莊園，醉人的鬱金香的香氣，夕陽西下的古老的原野。古典的歐陸，原就美得像詩、像畫。籠罩在那典雅悠長的歷史文化裡，一切都充滿了濃郁的藝術氣息和色彩，令人陶醉，也令人嚮往。

難忘的也許是那片芬芳的鄉土，而令人更難忘的卻是自己生命中的這顆麥子，必須落在一片更需要它的土地。因此，他選擇了臺灣，選擇了更為貧乏的這塊大地。他埋下它，埋下他的希望和信念。

有一天，在它死後，會有千萬顆因它而生的麥苗，從地殼裡鑽出來，鑽出那嫩綠的生命，向世界報告一個新生的訊息。

驟雨乍歇的黃昏，聽完這樣的一個故事，高大的神父站起來，微笑著拍拍我的肩膀，要我和他們一道進晚餐。我們走進飯廳，十二個小女孩子們已端坐在飯桌的旁邊，每個人面前擺著盛好的飯。我們也坐下去，神父帶領她們禱告。她們低著頭，喃喃地念著一些經文。我也低下頭，在胸前畫上一個十字。那是我生平的第一次。

八月二十七日，他帶著那群可愛的小天使們，飛回自己的國度去了。從布魯塞爾，而倫敦，而巴黎，而羅馬，而數不清的那許多城城鎮鎮。在那些慣於演出歌劇、芭蕾舞、現代舞的寬大舞臺上；幔幕緩緩的拉開後，觀眾們將會驚訝地看到站在他們面前的，竟是十二個來自中華民國的小仙女。從她們曼娜的輕舞中，在一個島嶼上，依舊延續著這樣的文化。

九、風雨中的九份

妮娜颱風的來襲，透過電視報紙的顯著報導後，九份當地的居民，就如臨大敵般的開始了防颱工作。那一陣子，颱風的動向，成為他們注目的焦點，每個人都在傳遞著，討論著氣象局發布的最新消息。我在街道上走過，看到家家戶戶都在修釘門窗，加蓋屋頂，男人們在屋頂上敲敲打打，女人家則在屋簷下指指點點，小孩子們幫忙拿鐵鎚釘子什麼的，顯出忙碌而緊張的樣子。我是最閒的一個，將教堂的門窗鎖緊了，就在大街小巷裡面四處逛著。

九份地處半山腰，又面臨著深澳海岸的缺口，沒有任何地形可資屏障。每次颱風來襲，古老的山城，完全暴露在風姐的裙裾底下，一任風雨肆虐，而沒有任何回手的餘地。屋毀人亡，流離失所，是他們每年難逃的厄運。這些多年累積起來的慘痛經驗，已使他們學會了如何保護自己的生命財產。多一份的準備，就少一份的損害，並不是標語或宣傳，而是他們刻骨銘心的體驗。

他們顯露出來的這種惶恐不安的心理，甚至比我本身所能感覺到的氣象的變化，更具有非比尋常的氣氛。這種氣氛一直持續著，醞釀著，使我這個局外人，也感到一份莫名的緊張與沉重。

下午三點多，我到添富的家裡，他的弟弟添發正在屋頂上忙得不可開交。濃墨似的雲層，在他背後那片天空上迅疾的飛動，也使他的衣角褲管猛烈的飄蕩。強烈颱風妮娜的腳步，已然跨進了這座山頭，我爬上屋頂，風在我耳畔呼呼的嘶吼。深澳海岸也失去了往日處女的那份柔美，陰沉沉的天，陰沉沉的海水，潑婦妮娜掀起的濁浪拍打著遠遠的基隆嶼，空氣被壓縮成冷凝的狀態，涼颼颼的，在耳根、在腳底、一逕地猛竄。

整個下午，他們都在修房子。屋頂纏以粗重的鉛絲，玻璃窗子釘上木板，氣窗罩以膠布，門口的盆景，花花草草，也全部移入室內。整個九份山城，已換上了另一張更陰沉的面目，家家戶戶閉門掩窗，街上人影杳然，他們在等待，等待著一個惡運的來臨。

黃昏時，我回到天主堂。不久，添發到天主堂來找我。他看我安然的躺在床上看書，就正色的警告我，依據往年的災情，天主堂也常列入災情慘重的危險地區內。因為天主堂正對著海岸的缺口，颱風登陸時，正好首當其衝。尤其教堂內全部是寬大的玻璃窗，根本經不起風雨的侵襲。在他的好言相勸之下，我們決定到金瓜石找魏神父，問他是不是也需要搶修一番。

那時天色已十分晚了，黃昏的天光，被愁雲慘霧籠罩得像夜幕低垂。我們出去搭車，滿山滿谷的雲霧飛掠升騰，但見一片乳白靛青，俱是一片茫茫。造化的雄奇險峻，天地的詭譎莫辨，透過那狂飆般的風雲變幻，一股陰寒森嚴的凜然之氣，就那麼排山倒海的朝我們席卷而來。站在那一無遮攔的候車牌下，我們幾乎要被淹沒了，窒息了。

車子誤點，抵達金瓜石時，天已經將近黑了。金瓜石的夜空也是一片密密的狂風呼嘯聲，樹影亂顫，燈火明滅，一向寧靜的臺金宿舍區更有一份說不出的飄零的孤苦。我們去天主堂，魏神父正在禮拜堂內作彌撒。小小的教堂洩出的燈光，自成一安詳的世界。彌撒結束後，他送信徒們出去，看我們等在那兒，頗為詫異。我們說明了來意，他說情況還不至於那麼嚴重，要我們早點回去，只要把門窗玻璃鎖緊了就好。

我們回到公路局車站，在等車的時候，天開始下雨了，很是急驟。風聲雨聲密密地交織成一片，山谷裡的霧氣又翻湧上來。自那道矮牆之後伸出它慘白的巨掌，轉瞬間龐大的身軀就朝我們撲捉而來。矮牆邊的一盞路燈，只剩下一圈小得不能再模糊的光暈，三步路之外，就是渾然莫辨的一片白茫了。

車子在雲霧淒迷的山路上蜿蜒前進，窗外的雲霧愈來愈濃，還不時飄到車子裡頭來。車內籠罩著沉沉的一片靜默，靜默靜默靜默，只有車子的引擎排擋在掙扎般的低吼。兩盞車燈，怎麼也驅不走團團纏繞的黑霧；更有那刺眼的黃燈，閃在車前的兩旁，亦是昏濛濛的一片。雲鄉霧鄉的九份，點點的燈火在夜霧中浮起的剎那，要不是添發催我下車，我真認不出那就是我十餘日來廝守在一起的九份。

下車後，我們閃進站牌下的一間小路店裡，屋簷前滴滴答答的落著一捲雨簾。雨落著，落在那棉花糖似的雲霧裡，聽不見聲音，也看不見影子。風一陣比一陣颳得緊，颳得猛。雲霧被颳得四處飛揚奔逸，一個隙縫，一個隙縫，水銀燈光便洩得滿地銀白。但僅止那麼一瞬，又是一團雲霧當頭罩下。我們就在那矮簷下看這種變幻的奇景。

雨勢稍歇，我們連忙奔過馬路，添發從一道陡峭的石坡下去，我走輕便路的小石梯。石梯又長又陡，加上雨水飛濺，沒多遠，又被一場驟雨困住。我躲在一家窗門緊閉的屋簷下面，屋簷短窄，風一吹，雨點便斜刺裡飛灑過來，淋得我一手一臉都是。那兒正對著海岸，海面上黑漆漆的一片。探油船上的幾盞燈光，以及深澳地區陰暗的燈火，依舊照得那港灣裡的波浪翻湧起伏，轟然之聲隱約可聞。

雨勢一直不停，縮在那矮簷下的身子已全部濕透，我便冒雨衝回天主堂。風雨交加的夜裡，天主堂的窗子隆隆作響，此起彼落，使人擔憂它們是否經得起下一陣更凶猛的打擊。每當震動聲再響起，我都有著它們即將破碎的預感。既然無法專心寫稿，我便上床睡覺，靜靜地躺著聆聽屋外風雨的咆哮。

就在將睡未睡之際，突然被一陣急遽的敲門聲吵醒。添發穿著雨衣，打著雨傘來找我，要我去他家過夜，以防不測。多虧他母親的心細周到，使我這遠離家園的遊子，湧起一股風雨故人的溫暖。我換了衣服，將大門鎖上，再度走進風風雨雨的世界。風勢又增強了許多，雨水四面八方橫掃而來，一支小傘，根本無濟於事。

我們在風雨中奮力的搏鬥，抵達他家時，衣服又濕了一大片。我擦乾了身子，他母親煮了一些米粉要我們趁熱吃了，就閉門睡覺。躺在溫暖的被窩中，風聲雨聲已隔了一個世界。那個世界儘管如何的淒厲恐怖，也抵不過人類彼此之間愛心的溫暖，在異鄉，異鄉的風雨，吹吧！下吧！我已安然的睡去。

第二天起床，推開那扇厚重的門，細雨輕飄，妮娜肆意的發洩後，已遠颺而去，晨間的新聞報導傳來警報解除的消息。事實上，妮娜在登陸前，威力已一再轉弱，帶著她殘餘的力量，悄悄地去了。只有雨絲綿綿地飄著，我在街巷上走過，但見一家一家，一戶一戶，猶蜷臥在它們小小的懷懼裡，動也不敢動的一任雨絲輕輕地落下。

十、街坊鄰里的朋友們

我所棲身的天主堂，位於輕便路的崇文里一帶。九份當地對於里路之間的區別，和外地不太一樣。一般而言，里要大於路；在九份，一條路往往連著貫穿好幾個里。就我所知，九份擁有九個里，而可供車馬通行的道路卻沒有幾條。就像輕便路，從位於舊道站下邊的基山里蜿蜒盤繞過來，經過崇文里，一直繞往大竿林那邊去。

不但這種現象叫人感到奇怪，就是路的名字也叫人奇怪。輕便路，真的輕便嗎？相反的，它彎彎曲曲的扭個不停，才麻煩哪！詢及當地居民，才知道輕便路即是以前運礦石的輕便車所經之路。叫慣了，就這麼給它命名了。

總之，這條輕便路不但是我每天進出必經之地，也是打開我和九份當地居民之間的人際關係的一條捷徑。在那兒，我經常遇到一些人，認識一些朋友。然後進一步了解了他們如何生活，也使我了解了隱藏在他們生活層面下的另一種生活型態。而這些人，這些朋友，直到我離去時，竟然有些還不知他們叫什麼名字。

第一個侵入我的生活領域，而且迫使我不得不去注意他的，是天主堂隔壁一個專收破爛的舊貨商。那是我到的第一個下午，我累得上床休息了，剛剛睡著，就被一連串鐵器敲擊聲吵醒過來。我一直想不透那是什麼聲音，等我探出窗口，才知道正是那個舊貨商的傑作。他中等的身材，穿著一條寬鬆的內褲，手中揮著一把大鐵鎚，正一鎚一鎚的敲在空洋鐵罐上。一個鐵罐，只鎚一下；扁了，便丟進竹筐裡。而那要命的洋鐵罐卻像一座座小山般的堆滿了整個的後院，夠他一輩子鎚的。那個下午，當然，我的美夢是成空了。

我想，忍忍吧，晚上他就得歇手了，誰知這種一廂情願的想法，也被他的大鐵鎚一下子擊得粉碎。他不但繼續鎚，還一直鎚到三更半夜裡。亮著一盞昏黃的燈泡，照在他汗濕的背上。一聲拖過一聲，冗長而倦乏的那種空虛感，叫人心底分外難受。我坐在窗口，沒有寫下半個字，卻足足聽鐵鎚鎚了一個晚上。

這是不是一齣現代的薛西弗斯神話呢？在以後的每天每夜裡，他繼續這樣不停的鎚下去；孤獨的、沉重的、耐性的，一下一下的鎚在我的心房。我從沒有要他停下來過，或者和他說過一句話，或者見過他一面，從來沒有。我知道這一切都是不必要的，只有那揮動的影子和單調的聲音是必要而且是充分必要的。我覺得，那背影，那噪音，已經向我說明了一切。

果然，在我離開九份前，我都沒有見過他真實的面目，每天我從那棟古老破舊的樓房經過時，總忘不了透過那片破損的毛玻璃，投入匆匆的一瞥。然而，裡面黑黝黝的，什麼也看不清楚……

靠近天主堂右邊不遠，一排竹片鋪成的矮小屋簷下，有一家雜貨店。從屋簷上那些陳舊的竹片，以及裡面那張磨損得發黃發亮的櫃臺看來，大概有相當久的一段歷史了。加上經營的是雜貨，裡頭難免堆滿了形形色色的貨品，更顯出在歲月陰影下那種老舊古拙的樣子。每次我走進裡面，衝鼻而來的那些陰濕的鹽味醬氣，就會令我想起一些百年老鋪，充滿了敦厚淳樸的人情風味。

老闆夫婦倆，我自然是認得的；不但買東西得上那兒，沒事的時候，也常到裡面坐坐。老闆娘是個風趣健談的女人，說起話來一口潔白的牙齒老是露在外頭，快得可真像連珠炮，叫你沒回嘴的餘地。相反的，老闆就沉默得多了，每次總看他忙來忙去，從來沒有片刻的空閒。他們的老大叫陳永川，今年五專畢業，學的雖是建築，對文學與藝術卻有一份偏好。他常常到天主堂找我聊天，每次一聊，經常就是一個下午或晚上。

談話的內容，除了文學藝術外，大多是我們一致關切的礦村的問題。屬於一個生於斯、長於斯的年輕的一代，而且是年輕一代中的知識分子，對於他出生長大的這個礦村所遭受到的沒落的命運，難免有幾分感慨。礦村確實是沒落了，而更令他感慨的是年輕的一代，大部分還未正式踏上人生的旅途之前，也跟著沒落了。他們苦悶、徬徨，找不出他們該走的方向。

主要原因是由於歷年來安逸奢靡的積習，使他們對生活產生了一種錯覺，認為生活就是一種享受。一旦他們賴以生存下去的環境結構發生了變化，他們便無法適應這種劇變之後現實無情的打擊。在這一連串的打擊之下，他們逃避了。浪蕩在街頭的一群，酗酒、賭博、打架、滋事，很可能會繼續惡化成為礦村內的一個毒瘤。

難能可貴的是他擁有這份自覺，但詢及他對礦村未來的展望時，神色之間依然有一陣迷惘。是的！問題畢竟不是那麼簡單。一個年輕的知識分子，在整個礦村中能起什麼作用？何況，擺在他眼前的就是兩年的兵役，我們還得多多思考。這個問題，很複雜。

雜貨店再過去，就是郵局，簡陋而寒酸。但視野非常遼闊，前面是一道小水泥橋，夜晚坐在上面眺望深澳海岸，景色最是宜人。有一次，在那兒遇到一個女孩子，她在當地的一家工廠做事，我便坐下來和她聊了一個晚上。雖然工廠的待遇不高，一個月不過一千五百餘元，但她對目前擁有的這份職業，還相當滿意，因為在普遍失業的經濟不景氣狀況下，她終於有了固定的收入和作息，總比在家裡吃閒飯好多了。

她的話相當中肯，也明白表示出目前礦村內最感需要的是什麼。老式的挖煤業儘管尚在苟延殘喘，也跡近在挖掘自己的墳墓。確實，礦村未來的發展，只有寄託在發展輕工業這條路上，唯有如此，才可以打開一條生路來。

話又說回來，要打開這條生路，實際上是困難重重。雖然礦村擁有足夠的廉價勞力，卻因為交通過分偏遠，運輸成本過高，若干有實力的廠商多望而止步。

在這種無法建廠，而當地居民又亟需工作來補貼家用的供需失調空隙間，便產生了一個極其普遍的家庭代工業。一些袖珍型的手工藝品業者，由於產品體積小，攜帶輕便，在運輸上不構成任何困難。於是這些半成品，便像潮水般湧進了九份、金瓜石一帶，挨戶的分發到每一個家庭。由他們加工，製成成品，完成後，由業者派員前來收取，論件計酬。

這種簡單的手藝工作，廣受當地居民們的歡迎，幾乎家家戶戶，或多或少都在從事這項副業，因而形成九份一個非常特殊的人文景觀。不管從路上或街道經過，總會看到廳堂、門階、樹蔭下，埋首工作中的人們。少的一兩個，多者五、六人，男男女女，老老少少都有。整天就那麼忙著穿針引線，做那瑣碎得不得了的活兒。

像項鍊、耳環之類的，每件是六毛錢，而所花的時間，最快的也要將近十分鐘。每天從日出忙到日落，就算完成一百件好了，也不過賺得區區六十元而已。而這些手工藝品的市價，每個大都在五、六十元之譜，這種計酬方式合理嗎？當地的居民們並非不明白這層道理，但他們依舊默默的做了。其實礦村所面臨的經濟凋敝，謀生困難的窘境，已叫他們別無其他選擇的餘地。

由於在添富家裡搭伙的關係，二十餘日的相處，不但使我和他們之間建立了深厚的感情，也使我深入了解了他們這個家庭，一個典型的礦村家庭。

構成這個家庭的關係非常簡單，男主人已在一年前病故，享年約六十餘歲，現在只有女主人和兒女們。他們的關係雖然簡單，但組成的成員卻非常眾多，因為這些兒女們大大小小共計十人。

長女已婚，現年三十五歲，丈夫原先經營煤礦業，四年前在一次災變中不幸罹難，沒有留下任何恒產，卻留下了三個不懂人事的稚兒。現在帶著兒女們住在娘家的隔壁，孩子交由母親照管，自己在八堵的一家冷凍公司做事，賴以餬口。酷暑嚴冬，每天換乘兩趟車子上下工地，十分辛苦。四年來，那魘魔般的慘痛記憶，總算在忙碌操勞中漸漸的淡忘了。現在日子雖然過得稍苦些，生活總算安定了下來。她的臉色紅潤，身軀壯碩，在她有力的雙掌庇護下，三個孩子也都漸次長大，儘管未能盡如人意，也不失為一個溫暖的家庭。

長子也已成家，現服務於宜蘭電力公司，夫婦兩人因工作關係，長年寄居在外。次子獨自在八堵，也是吃臺電的飯。次女未嫁，現任職於北投某中學。他們三人的收入，即是目前這個家庭經濟的主要來源。儘管三人同心協力，孜孜不倦，畢竟家中弟妹眾多，食指浩繁，負擔極為沉重。

在這種艱苦的環境中，三子添富今年大學畢業，並考入研究所；預官考選，還考上特種官科的憲兵，雙喜臨門，可以說是忍辱負重、苦學成功的一個極佳例子。

三女美玉，原先在九份幼稚園充當保母，現因母親年事漸長／漸高，回來幫忙家務。她待人熱誠，任勞任怨，凡事必親自料理與母分憂，是賢妻良母的典型。四男添發，今年高中畢業，在校時品學兼優，此番聯考卻不幸落榜。但他一點也不灰心，發誓明年捲土重來。四女美娟，去年國中畢業，現在當地一家工廠做事。五男添興，就讀國中，成績不錯，體格健壯。五女美珠，還在國校就讀，沉默寡言，工作勤勉。

構成這十個兒女的生活中心，也是身為這個家庭的長者的，就是他們的母親李老太太。她近六十歲了吧！頭髮漸白，但身體還算硬朗，雖說兒女都已長大，可以歇手了，卻依然肩負著最沉重的擔子。她目前除了扶持整個家庭外，還種菜養豬，閒下來就和兒女們在廳裡做些手工藝品的加工副業，從早到晚，難得有機會休息。

確然，要栽培養育這麼眾多的子女，除了需要一番心血外，更需要相當的經濟條件。從這兒，不難發現造成礦村普遍貧困的癥結之一。傳統的家庭觀念，認為人丁旺盛，即可代表這個家庭未來的遠景；事實上，這種觀念早就不適合人口爆炸的現代社會。然而礦村內風氣閉塞，依然普遍存在著這種隱憂。子女眾多，不但會拖垮一個家庭的經濟基礎；在子女教育養成上，更不容稍有偏差，偶有疏忽，極易造成問題少年，為害社會。

所幸李老太太教子有方，不但個個戰戰兢兢，奮發向上，而且已卓然有成，足可作為鄰里的模範。但像李老太太這樣開明的家長，畢竟只是少數。在礦村內，正不知有多少年輕的一代，得不到父母們適當的照顧和教導，而開始誤入歧途，自毀前程。

大竿林是個貧民區，我曾多次漫步到那邊去，並在那邊認識了一個姓黃的國中生。表面上他膽怯而沉靜，身體內卻潛伏著重重的危機。他經常帶我在那迷宮一般的房子間團團轉。不管是從房屋的建築布置，或居民們的服裝儀容上，都不難看出他們在掙扎圖存中所做的種種努力。一般居民，大多在臺金公司充當臨時工，但因近年來公司業務衰退，在大量裁員的情況下，許多人便紛紛失業了。有些家庭，僅賴手工藝品加工的有限收入強撐門面。

漫步在那些破舊的廊簷間，令人心情無端的沉重起來，我所提出的許多問題，也徒然讓姓黃的少年瞠目以對。他似乎真的什麼都不知道。只知道他的父親會家暴，只知道他的父親在臺北；至於在臺北幹什麼，就不知道了。

有一次，他帶我沿著一條好長的石梯，步行到七番坑遊覽金山寺。那寺廟背山面海，宏偉堂皇，更有占地極廣的花園，我們一時遊興大發，沿著山間小徑，下瑞濱海岸。那一趟耽誤了不少時間，我們回去時，剛好他父親從臺北回來，拿著棍子到處找他。我雖然向他父親做了一番解釋，但那個迷惘的孩子，回去後恐怕還有一陣皮痛吧！

那個迷惘而憂鬱的少年，在家裡，得不到父母的愛護和照顧。在學校，又因留級而遭師長的冷落和屏棄。對前途充滿了絕望悲觀，對人生更抱著反叛報復的意識。這種不正常的人格心理，竟然顯現在這麼年輕的孩子身上，豈不是很可悲的現象？

從這個少年的口中，我得知他的許多同學朋友們都有類似的傾向，這是學校採取留級措施後才逐漸產生的後遺症。據說留級的人數占相當大的比例，一旦留級了，他們與老師之間的關係也跟著一刀兩斷。老師們怕麻煩，多採放任主義，睜一隻眼閉一隻眼。留級生們既然得到這種暗示，就變本加厲的胡作妄為了。

老邁的礦村，像是一個垂暮的老人，自從身上的資源被淘盡後，就一直受著上述諸種併發症的輪番折磨。到底它還能挺多久呢？這是相當悲觀的問題了。然而這也隨著一個逐日逼近的難題終於來到，而加深了人們的疑懼。那就是整個礦村的去留問題。

李老太太的孩子們，一直勸她將房子賣了，舉家遷到山下的瑞芳去。這有許多好處，主要他們認為：

第一、工作讀書較方便。從此他們可免通車之苦，同時，時間金錢上都是一大節約。

第二、謀生較易。市鎮中工作機會較多，發展機會較大，日常生活開支亦較山上減少。第三、可免天候之苦。九份山區每屆秋冬之交，風雨肆虐，雲霧繚繞，天寒地凍，極不適於居住，而瑞芳地處平地，則無此種天災。

儘管他們苦口婆心，百般用計，李老太太也曾有幾分動心，然而迄今為止，暫無遷居打算。主要是鄉愁作祟，她在九份五、六十年，對當地自然有一份難以割捨的感情。左鄰右舍，王公張婆，噓寒問暖，親若家人。一旦投入陌生城市，將永遠失去這份溫暖。

兩代之間這種對立的態度，普遍存在於礦村內的每一個家庭。年輕人早已對礦村失去信心，老年人雖然有值得他們懷念的一份感情，但這份感情究竟難抵現實的逼人。逼緊了，他們自然就得讓步。對他們來說，這真是一種悲哀，卻也是一種無奈，到最後，他們也惟有認了。

於是，礦村內有辦法的人都遷出去了，留下一棟棟古老的空屋，留下一張張賣屋的紅紙。風風雨雨吹打下，紅紙的色澤退了，字跡模糊了，它依然貼在那裡，貼在蛛網密布的煙塵裡，而空屋是一年比一年更破落了。

若干年後，恐怕有一天九份真要成為一座鬼鎮。那一天來臨時，我若再度跨下公路局的班車，站在九份的站牌下，四顧茫然，真不知會是何種滋味在心頭了。

原載一九七七年五月八日至八月十日《中國時報・海外版》

後記：幸好我的預言並未成真，一九八九年侯孝賢導演執導的電影《悲情城市》在這兒開拍，獲得威尼斯影展最佳電影「金獅獎」的殊榮，因此上映後廣受好評，九份也扭轉了歷史的命運。在媒體大幅報導和文化界極力推薦下，一躍而為臺灣知名的觀光景點，連國際觀光客都趨之若鶩，至今熱潮不斷，造就了九份獨樹一幟的懷舊的文化氣息，誠然是臺灣偏鄉發展的一頁傳奇。

黑色的部落

——秀巒山村透視

因緣

秀巒村位於新竹縣尖石鄉的荒山之中，可以說是一個與世遠離的半原始部落。我知道這個地方，還是從長跑名將張金全那兒聽來的，他知道我平時喜歡亂跑，就要我到裡面去看看。其實那地方是什麼樣子，連他也不知道，他也只是從別人那兒聽來的。

傳說中的秀巒村泰雅族，是原住民中最凶悍的一支，性猛烈，好戰鬥。日據時代，日本警方為了討平他們，爆發了著名的李棟山事件。死事之慘烈，直可媲美霧社事變。六十年前的鮮血與頭顱，染紅了大嵙崁溪的黑水濁浪，堆高了李棟山的雲霽雨露。今日翻開這頁史冊，依然令人怵目驚心，震慄不已。

對於這樣的一個荒山部落，我的興趣就格外濃厚了。當時蒐集了一些入山的資料，也透過幾個朋友去安排行程住所，都沒有結果，就將深入部落的計畫暫時擱下來。

以後我到了礁溪，在參加一次村人的聚會時，認識了鍾姓警員。那時他服務的地點赫然就是秀巒村的新光派出所。我向他提起有關入山的計畫，並希望能在該處停留較長的一段時間。承他慨然相助，我積壓已久的這個心願，終於得以實現了。

半個月之後，我們在新竹的保安隊會合，我就開始了一段充滿神祕刺激的探索，向一個未知的、傳說中的黑色部落。

一、茫茫天涯路

竹東是尖石鄉的出入門戶，不管是公路或鐵路，都須跨過這個門檻。鐵路的終點只到內灣，新竹客運通過尖石鄉的檢查哨之後，可直達那羅。因尖石鄉屬山地管制區，平地人在進入檢查哨之前，先得在九讚頭的橫山分局辦好入山證，否則休想越雷池一步。

那羅屬錦屏村，位於那羅溪西南邊，標高五百公尺，是新竹客運的終點站。從這兒開始，就得徒步，約四十分鐘可抵達道下。這段山路尚稱平坦，那羅有一家計程車行專跑這段道路，所以實際上秀巒村的對外交通，可以伸延到道下。山上運下來的竹子、香菇，也多在這兒集散，故它又具有產業道路的功能。

從道下開始上坡，是一段崎嶇不平的山路。幾個盤旋之後，經過一間泰雅人經營的小店，兩旁開始出現高及人頭的野草。野草叢中，一條曲曲折折的小徑，小徑上全是大大小小的石塊；除了野草石塊外，看不見任何東西。一小時之後出了野草叢，小路便緊貼山腰，陡峭的攀上高峰。四周盡是一片濃密的參天巨木，見不到絲毫陽光。由於長年缺乏日照，路面上爬滿了厚厚的蘚苔地錦，加上腐爛的落葉，極為濕滑；稍微不慎，即會仆倒在地，備極辛苦。約莫三小時，才能到達宇老。

宇老又名申老，標高一千公尺，屬玉峰村管轄。那兒視野大開，顯得遼闊無極。對面的西舊斯山、馬里克灣山、西堡溪山等山稜線綿延不止，像一堵巍峨的巨牆，氣勢磅礴，直聳雲天。腳下即萬丈峽谷，馬里克灣溪細小得像一條深藍色的帶子，翻滾著白浪在底下流過。半山腰間，一條依稀可辨識的小徑，就在一座座的山間纏繞著，纏繞著遠在天邊的那些小小的部落。

田埔是那些部落中最接近的一個，離宇老只有七公里半的路程，但迂迴曲折，步行仍須兩個小時。好在這段路已經打通了，民國六十一年六月，當地的原住民在警察當局的帶領下，用自己的雙手開出了一條屬於他們自己的道路。目前這段山路上，有兩輛小卡車擔當運輸的重任，是由兩位平地人上來經營的。搭一程二十五元，物貨另計，每天對開四趟，每趟僅須三十分鐘即可到達，給當地帶來了不少的方便。

田埔到秀巒，雖是一路下坡，也有三個小時的路程。一路上都可看到廣袤的竹林，竹林之後又進入濃密的原始林中，不見天日，陰森森地充滿著寒意。小徑兩旁的草叢中，時時會響起簌簌的滑動聲，那都是蛇類的蹤跡。有的沒隱蔽好，一大截軀殼便露出來了；或盤在枝頭上縮頭探腦，叫人格外心驚膽戰。

秀巒部落，剛好嵌於秀巒村的谷底，是整個秀巒村中最大、也是最低的部落。部落的尾端，有一座長達百公尺的吊橋，橫跨在薩加牙珍溪上。木板腐朽得快掉光了，只剩幾條纜繩掛在半空中搖晃著，踏上去後就像個大搖籃。那是通往泰崗的唯一通道，每天人來人往，十分頻繁。

過了吊橋，又得開始爬坡。這段山坡比宇老還陡，幾乎是垂直而上。舉步維艱，難以為繼，即使原住民也無法一氣呵成。故沿途中搭了許多簡陋的涼亭，一篷簑草，幾根杉木，孤立於懸崖之間，別具風味。然也時常成為蛇類的休憩之所，盤據不去，喧賓奪主。泰崗，便得如此跋涉三個多小時才能到達。

繞過泰崗之後，可以看到基那衣那座黑沉沉的巨山了。該山標高二五七三公尺，尖峭陡拔，在強烈的日照下依然暗綠一團。塔克金溪自大霸尖山流經該山，在深不可測的峽壁裡滔滔奔流，看得令人目眩神搖。山路沿著河谷，蜿蜿蜒蜒，四周的山一如魔山基那衣，都是陰沉著臉。大約三個小時之後，新光的部落就遙遙在望了。那些低矮的竹屋，坍塌的竹籬，小狗的吠聲，光著屁股的泰雅小孩，一個個都變得清晰了。

那兒，就是新光。

我走完這段路，總共花了兩天的時間。當我放下二十公斤的大背包時，只覺得渾身輕飄飄的，整個人像要飛起來一般。卻顧所來徑，一片暮雲低垂。山上，看不見落日，落日在山的那一邊；那兒，已是另外的一個世界。

二、山窮水盡一孤村

從新竹縣的放大圖上看起來，尖石鄉的形狀就像一個不規則的啞鈴。兩端膨大，腹部縮小，綿亙在中央山脈之上。秀巒村即位於這個啞鈴的底端，已深深地探進了中央山脈的巨峰之間，故地形上顯得極為錯綜複雜。東以西舊斯山、詩崙山等雪山山脈與宜蘭為界，南以詩崙山、布秀蘭山與臺中相隔；西南則有布秀蘭山、大霸尖山、伊澤山、石鹿大山等著名高峰聳峙，與苗栗互為表裡。

除了這些明顯的縣界外，在本鄉內，由於層層的峰巒分割，也清晰的擁有它自己的界山。西邊以青山、石鹿大山等山稜線與五峰鄉為界，西北以香衫山、富屯山緊鄰錦屏村，東北則以西舊斯山、馬克里灣山、西堡溪山隔開了玉峰村。

在這樣一個封閉的山地裡，秀巒村的炊煙孤獨地翳入群山的黑影之中，這支曾經是最慓悍的深山部族，就在那人煙絕跡之處生活了下來。三百六十七平方公里的廣袤山地，孕育著世世代代的泰雅人強悍的性格；也孕育著他們對山川河流的一種母性的依戀。

傳說中的泰雅族的始祖，誕生在大霸尖山上。相傳渾沌初開時，大霸尖山上有一塊極為突出的巨石，裡面藏有一男一女，被蕃華鳥（泰雅人稱之為 siliak，為一種神鳥）看到後，每天就在石塊前啼叫，祈禱人類的出生。果然有一天，轟然一聲巨響，大石裂開為二，走出一對男女，這就是泰雅族的源起。

另外還有一種說法，也相當流行。謂太古時代，中央山脈的 buno hou 地方，有一棵大樹，這棵樹的形狀特別奇怪，半面為木質，半面為岩石，後來這棵樹化為神，裡面出現一對男女，泰雅族即賴以繁衍下來。

這兩則神話的原型，雖已經漸漸失去神祕的色彩，但我們不難從這兒了解到若干初民的心態。這種對於山嶽的崇拜之情，可以說是源於對原始圖騰的敬畏心理，今日泰雅人依舊以大霸尖山作為他們的「祖山」，亦可說是這種心理的延續。

比較可靠的說法，秀巒村的泰雅人應該屬於基那衣的一支。距今約三百二十多年前，從馬嘉那兒社分出，逐漸向北移動，終於沿著控溪到了基那衣山的東北邊，暫時在那兒定居下來。控溪上游一帶原為不毛之地，求生極為不易。二十年後，他們再度遷移到泰崗一帶，才正式定居下來。

泰崗位於薩加牙珍溪與塔克金溪的合流點上，標高一千餘公尺，原屬能高山的白狗族聚居之所，基那衣族盤據之後，即成為他們的山社。初時擁有三個部落，毗鄰而居，生活尚稱安定。後來子孫繁衍，原有的土地不足以維生，他們便紛紛遷出，另謀發展。

一百四十年前，泰崗社的兩家兄弟，在基那衣山的北麓哈格溪一帶發現了一塊肥沃的土地，標高在一千公尺到二千公尺之間，極適合永久定居。他們兄弟便遷移過去，逐漸成為一個新的山社，名為幼羅，日據時代改稱養老迄今。

在那同時，另有泰崗社的一群人，沿著薩加牙珍溪到了基那衣山的西北麓，在海拔一千五百餘公尺之處結社，此即他拉卡斯社。

二十年後，又有一批泰崗遷出的族人，在基那衣山的源頭，標高千餘公尺之處發現了一塊適合居住的新天地。由於該地氣候溫和，土地不錯，遂相邀遷移過去，聚居而稱錦羅社，亦即今日的錦路。除了這幾個山社，今日還能從古籍中勉強去揣測它們原始的輪廓外，其餘的都成了一個個解不開的謎，永遠沒有人知道它們哪兒來的？哪兒去了？

歷史在這些黑暗茫昧的部落間，原就不具備什麼意義的；進化的原則除了表現在生存競爭上的殺戮外，也留不下什麼特別的痕跡。對於隱藏在這段黑暗中的秀巒村泰雅人，又何能例外？

可是，當李棟山響起了震撼人心的殺聲後，這頁泰雅人用鮮血寫成的歷史，就具有特殊的意義了。

三、血染李棟山

民國前二年（日明治四十三年）日本當局為了進一步開發山地，控制原住民，擬定了一份全面整頓計畫，謂之隘勇線前進計畫。一向與世隔絕的偏遠山區，從此就不得安寧了。

新竹方面的前進行動，始於五月四日。前進隊在向天湖警所集結後，越過油羅山稜線，占領了各山頭陣地，與石加鹿族正面接觸，雙方相持數天未有進展。後石加鹿人屢次偷襲，斬殺日警數名，但終告不支遁去。前進隊乃轉移方向，溯內灣溪向鳥嘴山前進，沿途紛遭狙擊，死傷無數，始攻占拉號社。原住民退至更高山頭，相機突擊，使得前進隊無法前進。最後雙方在田勝臺高地展開火併，死傷纍纍，日警指揮官亦中彈而亡。

八月中旬，日方限期攻下李棟山鞍部，於是援軍源源而來。經五次前進行動，逐步削平附近各大小山社，終於在第六次行動中占領李棟山鞍部，與桃園、宜蘭方面的部隊會於大嵙崁溪。至此內山才稍平穩，結束了第一回合的前進行動。

翌年混亂又起，馬里克灣人領先起事，煽動基那衣、他巴火、也巴干各社，出沒於隘勇警備線附近，殺人斬首，以為報復。沿線各族也多聞聲響應，聲勢愈來愈大。日本警方疲於應付，不得不擬定第二次李棟山隘勇線前進計畫，並動員軍方資助。

八月二日開始行動，大批軍警再度圍向李棟山。前進途中，突遭埋伏，伏屍遍野，傷亡慘重，一步也無法前進。居於這種劣勢之下，日方急遣桃園警力加入戰鬥，展開數度白刃血戰，依然無法解危。八月末，適有暴風雨來襲，風雨交加，雲霧淒迷，山社趁勢發動猛攻，日方部隊潰不成軍，幾被殲滅，最後只好狼狽撤退。馬里克灣族和基那衣族，總算報了一箭之仇。

民國元年，日方又擬就第三度隘勇線前進計畫，專門用以對付馬里克灣族和基那衣族。十月三日開始行動，拂曉即遭逆襲，兩個分隊長雙雙戰死，其他死者三十餘名，輕重傷三十餘名。未發一槍一砲，就折兵損將，配備精良的日軍竟然為之束手。

日方在一再受挫的劣勢下，開始挖掘坑道，作為前進時的掩蔽。並調遣大砲入山，構築大砲陣地，作為前進時的重要據點。肉體畢竟不敵砲火，原民戰士儘管驍勇，終懾於巨砲的火力，開始後退。

日方前進隊此時配合桃園的援軍，直撲李棟山本部，並占領該山區第一要衝烏來山，架配十二姆臼砲。至此，馬克里灣的各山社已完全暴露在臼砲的火網之下，無所遁跡。但是原住民並不因而屈服，他們決心死守，浴血奮戰，便紛紛散入林中，進行突擊。日方嘗過這種苦頭，未敢深入，只能繼續架設鐵絲網，配置臼砲，防止他們突圍。

在年餘的戰鬥中，基那衣族扮演了最凶悍的角色，令日軍喪膽。戰事進行至此，各地山社都已先後降服，馬克里灣族亦形同瓦解，只有基那衣族依然頑強地抵抗，充分表現出他們驍勇善戰，抵死不屈的本性。

民國二年，日本總督府下定決心要討平他們，在該區發動了史無前例的大戰。計動員三千軍警，分屬四個大隊、砲隊、救護隊，另有挑夫嚮導無數，大舉入山。並將總司令部設在李棟山上，由民政廳長官親任總指揮官。面臨大軍壓境，基那衣族毫不示弱，轉戰各山區，與日軍展開慘烈的惡鬥。李棟山上的砲聲震天，殺聲震野，基那衣族被猛烈的砲火炸得支離破碎、身首異處，他們依舊前仆後繼，衝鋒陷陣。漫山的腥風血雨飄灑下，這場慘絕人寰的血戰終於結束了。

基那衣族終於被討平了，李棟山上殘留下來的古堡卻挺立迄今。昔日的煙硝烽火，如今是天邊壯麗的晚霞；古戰場上的纍纍屍身，轉眼又是一片萋萋的野草，戰時的古堡都已經蒼老不堪了。今日的泰雅人，仰視那塊祖先的白骨堆成的巨碑時，他們又會如何想呢？那必然是一座無可置疑的聖山吧！那殘堡必也是一座最牢固的精神堡壘。

四、今日的泰雅人

歷史的黑暗面，終會漸漸隱去的。秀巒村的泰雅人歷經日本及國府的統治，六十餘年來，蒙在他們臉上的那層陰影已不復見了。秀巒村的炊煙依舊裊裊的上升，守在原來的部落裡，他們像遁跡世外的隱者。雖然落後、貧窮，卻是愉快而知足的。

今日的秀巒村，轄有田蒲、秀巒、泰崗、養老、錦路、新光及鎮西堡七個部落。面積廣達三百六十七平方公里，幾占新竹全縣的五分之一；但只有二百三十三戶，一千四百五十人的人口。加以各部落間極度分散，地廣人稀。自然顯得荒涼遼闊，杳無人跡。

泰雅人現時的基層組織，依照平地一般村里，底下分為若干鄰戶。但大體上看來，仍然脫離不了傳統的部落和山社的組織型態。或許是那些部落都有了相當長久的歷史，後代子孫沿襲下來少有更動，便得以保存了原有的輪廓。故從外表上看起來，它們具有的傳統部落色彩，是十分濃厚的。

再從他們聚居的部落來看，所有的房子都是用竹片搭成的，低矮而簡陋。很少開窗，裡面總是黑漆漆的，散發著一股濕重的地氣。較進步的家庭，已懂得隔間，並另造廚廁，但這畢竟只是少數。一般而言，進了大門，就可看到簡陋的床鋪，都是用木板和竹子拼湊成的。除了床鋪，頂多再放一、兩張老舊的桌椅，牆角堆些木柴工具，以及鍋呀蓋呀等等零星的炊具，此外，就空蕩蕩的。這幾件寒傖的家私，配上一個空殼子般的竹房，就是他們所擁有的一切。生活在他們原就是一件最簡單不過的事，憑著這些，就足以生存下去了。

早晨的秀巒村，在淡紫色的山嵐輕掩下，總是顯得出奇的寧靜和平。當陽光跨過層層的山巒，照射在山坡谷底時，泰雅人便離開部落，到田裡工作去了。只留下一些無法工作的老弱婦孺看家，有的乾脆緊閉門窗，全家出動。這時整個部落幾乎空無一人，十分冷清。遇上農忙期間，根本就是空城一座，連貓狗亦難得一見。

泰雅人的山田，多在山坡、谷底，遠離部落，往返十分費時，山田又無須特殊的照顧，故他們實際在工作上的時間並不多。只是做些除草鬆土的活兒，其餘的時間便在旁邊休息，等到時間差不多了，才回到部落去。

黃昏到晚上的這段時間，是部落內最熱鬧的時刻。做活的大人回來了，小孩放學回家了，婦女們吆喝著在庭院裡舂米，還得煮飯作菜，料理家務，顯得十分繁忙而吵雜。大致說來，晚飯算是他們較重視的一餐，但看起來與平地人仍有一段距離。一般家庭都是以小米做為主食，佐以番薯。小米煮後濕黏無味，極難下嚥，番薯還算差強人意。貧困的家庭，就靠這兩樣食物充饑，不加菜餚。有次應邀到某家吃飯，他們雖特地買了幾斤醃肉，而我半碗小米竟無法吃畢。那豬肉更是酸鹹，承他們好意，殷勤的直往我的碗裡猛挾，基於禮貌，我只好悶著氣往下吞。

有許多家庭，至今仍沒有在桌上進餐的習慣。最可見的情形，是在地面上放一塊木板，將飯菜置於木板上，大家蹲圍在一起，或散在土階門檻上。他們吃得非常愉快，對食物和蹲踞的方式從來不曾挑剔抱怨。在他們看來，用筷用碗，已是文明上的一大進步。

與這種現象極不調和，使外人納悶不已的，是他們縱酒、狂飲的積習依然存在。泰雅是一個嗜酒的部族，他們強烈驃悍的族性，表現於外是出草馘首；表現於內則是舉杯狂飲，非至爛醉如泥，決不罷休。今日的泰雅人已不再出草，結果便是進一步的在酒精中麻醉自己。一醉解千愁，醉眼惺忪的世界，成了他們逃避煩惱的最佳庇護所。酗酒、鬧事、打架，已是秀巒村的傳統。所以飯菜可以不吃，酒可得每日照飲。小店裡的米酒供不應求，醉酒的漢子東倒西歪，泰雅人就是這麼令人難以了解。

夜幕垂下後，這個村子便從灰暗的暮色逐漸深濃成見不著底的墨黑。夜色在這個深山的部落裡，是陰森而恐怖的。世界消失了，泰雅人點起的燭炬在部落裡黯淡地燃燒著，吃過飯不久，他們就得上床睡覺。因為上帝賜給他們的是一個完全的黑色的部落，愛迪生的手伸不到這麼偏遠的山地，光明離他們仍然十分遙遠！

五、山田燒墾的農業景觀

山田燒墾，是原始土著開始懂得如何生產後，所採取的第一種生產方式。秀巒村的泰雅人，稟承了祖先的遺傳，在這麼多年之後，依然保存著這種方式。這段期間已非常地久遠了，生產的技術容或已有改進，生產的方法也一再更新，然而本質上，仍然屬於山田燒墾的景觀。

日據時代，雖曾引入水稻的栽培技術，以圖改變山區的農作，日本人的這項努力仍然是失敗的。因為山坡地極難有足夠的平面，水土的保持又是一大難題，灌溉上尤其困難重重。因此在秀巒村，水稻種植業只能在一些梯田裡做零星的點綴，無法取代傳統的山田農作的地位。

山田燒墾，顧名思義，乃是先行燒去地面上的草叢，然後再從事開墾。一方面它闢出空間來，一方面則以灰燼做為土地的養分，兩者是息息相關的。在秀巒村，開墾通常分為前後兩期，第一期自八月開始，到年底為止。第二期始於元月，而止於初夏，當這一切工作都弄妥後，就得準備播種。

播種當以他們的主副食做為取捨的標準，泰雅人日常的食物是小米、玉米、旱稻、甘藷、山芋、豆類，故播種時多以這些食物為主。此外，泰雅人也在部落附近或門前空地闢有菜圃，種些蘿蔔、芥菜、豌豆、薑、蔥、蒜等等，做為佐食。此種生產，完全視自己的需要，而不考慮市場上的交易，充分表現出自給自足的閉鎖式經濟型態。

在種植上，他們多採混作的方式，利用高莖作物與低莖作物所占的不同空間，彼此配合種植。例如甘藷與小米、玉米和花生，即是經常的搭檔，當小米或玉米成熟時，底下的花生與甘藷也指日可待了。對於泰雅人來說，混作不但可以增加生產，同時也減低了勞力，可以說是一種最理想的種植方式。

但山田燒墾的地力易遭破壞，在超出一定的時限之後，地力就會消失殆盡。因此在發現地力逐日減低，養分不夠時，就得讓它休息幾年，另到別處開墾新地，此即休耕制度的由來。

今日秀巒村的山坡上或山谷裡，到處都可看到荒廢的田園，棄置一旁任由烈日惡毒地燒烤。這不是已枯槁而亡，而是在微弱的喘息裡蘊蓄更充沛的養分，待日後茁長出更活潑的生命。

六、漸趨式微的狩獵業

在傳統的部落社會裡，除了開墾，泰雅人的主要工作便是狩獵。在較久遠的時代中，狩獵的重要性甚至凌駕於開墾之上，足以供給部落生活所需。事實上，不論遠古或現代，泰雅的兒童到了十歲以後，便得學習如何獵取他們生平的第一隻獵物，做為他們是否臻於成熟的證據。在深山裡，這就是他們賴以生存下去的技能，所以狩獵是極為神聖正當的工作。每當農忙過後，他們就得準備火藥槍械，到深山裡追捕他們的獵物。

由於狩獵直接關係到部落早期生活的絕續，泰雅人在極端謹慎的從事這項工作時，難免會祈求祖靈護佑，便很自然的將之神化而發展成某些宗教儀式。例如豐年祭前一年一度的集體圍獵，整個部落須以最虔敬的態度，誓守許多被認為觸犯神旨的禁忌。今日的泰雅人雖不必墨守成規，然而某些禁忌仍然是存在的。例如蕃華鳥啼聲即是危險的訊號，若貿然前進，必遭凶害。在行獵途中，須保持肅靜，不得歡笑喧譁，那是最大的不敬，不但獵不到野獸，還會招來災禍。

秀巒村已屬原始山區，為野獸鳥禽出沒之處。對泰雅人來說，這些動物即是他們豢養的家禽家畜，因此那廣大的原始山林，事實上都可視為他們蘊藏豐富的財富。這些財富，包括山羊、山鹿、山豬、山雉、野兔，乃至駭人聽聞的狗熊、豺狼等，物種繁多，應有盡有。

這些財物雖多，但都屬善於飛竄奔跳的「動產」，要想得到牠們，仍須花一番心血。泰雅人行獵的方法有二，一是持獵槍伺機追捕，另一則是預設陷阱，等牠們自投羅網。兩者之中，以追獵較為重要。

在追獵方面，又可分為兩種。一是在部落附近，一日可以往返的山區就近行獵，只能獵些較小的動物。若圖長線釣大魚，就須攜帶糧食衣物，深入荒山野林，一路追捕，總得四、五天後才得以回來。泰雅人體健善於爬山，對附近山區瞭若指掌，因此他們多喜長途遠征，冀圖一網打盡，滿載而歸。

我逗留秀巒期間，最喜與他們一同出獵。起先只敢在附近山區觀望，後來經過幾位年輕人極力慫恿，也進過一次深山。大致說來，泰雅人的狩獵技巧相當高明，槍法精確，很少失手。我的眼力一向不錯，然進了深山竟形同半個瞎子，每次獵槍響後，獵物掉下來了，還不知掉在哪兒；而他們已飛快竄入谷底的亂林叢中，轉瞬提著血淋淋的獵物出來。此外，他們強韌的生命力也令人嘆為觀止。翻山越嶺，固屬家常便飯；夜間露宿時，一床薄毯，一堆篝火，就足夠取暖。我裹於層層的被毯中，望著獵寮外黑沉沉的莽林，十月末的凜冽寒氣竟凍得我整夜未曾闔眼。相較之下，才會佩服他們天賦的異稟。

秀巒山區至今仍然有狗熊出沒，成為泰雅人狩獵時最大的剋星。每年十月梢，大霸尖山上有飄雪的徵兆時，這些龐大的野獸，便會遷往秀巒附近的山區。狗熊性情凶暴，飛躍於山崖溪澗，矯若猿猴；兼以雙臂孔武有力，極難對付。據說百公尺內被牠撞到，即難以活命。多年前時有慘劇發生，近年來倒較平靜。秀巒的隔鄰玉峰村，有一對兄弟以獵狗熊聞名，他們兩人的英雄事蹟最為泰雅人津津樂道。

據他們說，獵狗熊有一訣竅，須先射殺牠的肩胛骨，使牠們雙臂不能動彈後，才有辦法接近。但大多數的泰雅人仍然敬鬼神而遠之，談狗熊而色變。我們那次出獵，未遇上狗熊，不知是該慶幸或遺憾。但樹幹間留下的掌痕卻是看到了，一拂掌之間，赫然凹下數印，力勁之大可想而知。

儘管如今還有許多人入山狩獵，但狩獵業之趨向沒落，已是相當明顯的事實。由於多年來的濫殺，山林裡的許多野獸已瀕於絕種。政府有鑑於此，特地明令全臺各地一律禁獵，好讓這些野生動物能有苟延殘喘的機會，繼續繁衍牠們的子孫。泰雅人的財富已被淘空了，空谷絕響，今日的泰雅人，僅能在夜間射殺若干飛鼠，來回憶過去那段滿載而歸的日子。

獵物確是少見了，然而另一種植物，卻從腐爛的木頭裡開出了黃金般的花朵，照亮了這深山的部落，那——就是香菇。

七、新希望！香菇

屬於秀巒村的漫長歲月，向來是平靜而沉寂的，很少有什麼特別的東西能打破這一恒常的秩序，一個形同對外封閉的小部族世界。可是，當香菇闖入他們的生活圈子後，這個小世界，在一夕之間，大大地朝外開放。

香菇可分為野生菇和人工菇兩種。野生菇當然指野外自然生長的，人工菇則是由人工栽培出來的。兩者的來源不同，所代表的意義也就有異；前者算是大自然的賜予，後者則是人類雙手努力的結果。對秀巒村的泰雅人來說，後者顯然具有與他們傳統的社會截然不同的意義。

野生菇多寄生在腐爛的木頭上，只要將木頭砍下，打上小洞，放在較潮濕的地方，任由風吹雨打，那些小洞之間，即會長出蕈狀的黃褐色小植物，那就是市場上被視為珍品的香菇。

人工菇的栽培遠較野生菇為麻煩。每段木頭長約四尺，先用鐵鎚在上面打洞，在每個洞裡放入香菇的種子，然後用薄木片蓋住，放在山上陰霉潮濕之處。兩個月內，須將木頭扶起。使呈直立狀。一年之後，即有香菇長出。

泰雅人栽培香菇，有一特別的功夫，稱之「打香菇」。每逢山上豪雨時，便立即上山，將每一根木頭上下倒置，據說有助香菇的生長。因此雨水期內，泰雅人格外忙碌，紛紛上山打香菇。有時一天要跑好幾趟，上上下下，可真是既興奮又愉快，因為每打一次，香菇的生長便更見效果，難怪他們樂此不疲。

香菇種子採瓶裝，一瓶約重一斤，價值二十五元，可以種一根木頭。他們栽種的數量多寡不一，有能力者，一次種上千餘瓶。最窮困的人家，也會弄幾根木頭點綴點綴。因此香菇栽培業，已在秀巒村內全面生根，並蓬勃地發展起來。

據說秀巒村的香菇，因擁有十分優良的氣候和環境，而成為香菇市場上的熱門貨。每年八、九月到翌年年初，是香菇出產的旺季。每家的烤房裡都冒著淡淡的輕煙，大家忙著將採下來的香菇烤乾，然後盛在筐筐裡，放在屋頂上晒太陽。濃郁的芳香在陽光的蒸騰下四溢飛散，整個村子都籠罩在這香味之中，令人陶醉。

然後中盤商們算準了日期，便紛紛趕上山來，沿門挨戶的看貨色，講價錢，秀巒村儼然成為一個臨時的小市集，熱鬧非常。價錢談妥後，中盤商便僱了挑工，將一袋袋的香菇挑到山下去，也有些人不願賣給他們，直接挑到竹東市場去批發。因此一路上都是成群結隊的漢子，搖晃著沉重的扁擔，一路吆喝著下山。一向沉默寡言的荒山，也分享了他們的喜氣，在幽暗的谷底愉快的迴應著。

我上山途中，正好碰上這陣熱潮，挑工絡繹於途，極為壯觀。有時未見人影，已先聞人聲。那些聲音又是陌生的山地腔調，嘰哩咕嚕，響亮而快捷，更使人覺得那是多麼愉快的語言。我佇立路邊，目送著他們的背影沒入濃密的樹叢後，總會無端地感動著。那種充溢著活力，滿懷著希望的笑聲，也唯有在那偏僻的山地才能聽得到吧！

香菇，給秀巒村帶來了前所未有的財富，也加重了泰雅人的嗜酒習性，使得這些血汗換來的代價在一夜之間狂飲而盡。從竹東回來的挑夫，都變成了瘋言狂語的醉漢，踉踉蹌蹌的從山下的酒家顛躓上來，兩個口袋早已空空如也。沒有下山的，也在村子的小店裡開懷暢飲，一把一把的鈔票，換來的只是暫時的刺激與麻醉。當他們第二天從小店的土階下醒過來，口袋裡也空了。但他們並不覺得惋惜，屁股拍拍，又回去甘之如飴地啃甘薯皮。

先不管這些香菇帶給秀巒村的到底是利，是弊；是功，是過；它們確已成功地打開了泰雅族多年來閉鎖式的經濟型態，與外界的整體經濟活動取得了聯繫，這是一無可爭議的事實。單從這方面來看，香菇所代表的意義，竟是一個革命性的突破。泰雅人應該意識到，屬於他們的一個新時代，已經來臨了。

八、風俗習慣的變遷

要想了解一個民族或種族，從他們的風俗習慣上著手，是一條公認的正途，也是一條捷徑。近世的民族學家、人類學家，最喜歡在這上面大作文章，可以看出那兒的確蘊藏著值得吾人深入挖掘的寶藏。

拿泰雅人來說，今日的泰雅人與原來的泰雅人已有一段距離了，最明顯的莫過於風俗習慣上的變遷。存在於上下兩代之間，最明顯、最易為我們察覺的差異，無疑是他們臉上的刺紋。一般而言，五、六十歲左右的老人，他們的臉上都刺有花紋。男的刺在額上和頦下，呈寬約一公分的長條狀。女的除了額上外，最主要的是在雙頰上，從雙耳向鼻翼兩側集中，幾乎占了整個下巴。

刺紋的原始意義，是做為一種區分的標幟，男的必須出草斬過人頭，女的則須學會紡織，才有刺面的資格。故這標幟是一種成熟的表徵，也是古老的部落裡受人尊重的對象。日據時代，日本政府為達到馴服的目的，強制他們一律取消刺紋，故之，六十歲以下的人就少見了。

除了刺紋，泰雅族尚有鑿齒的習慣。泰雅孩童到八、九歲時，父母就會將他們左右亞門齒拔掉；拔下來的牙齒，並須埋在門外。這並沒有什麼特別的意義，據長輩解釋，可能是為了增加泰雅人的美感。尤其對女人來說，拔了牙齒之後，笑起來倍覺嬌媚。基於此種審美觀點，鑿齒竟蔚而成風，世代沿襲下來。但最近這個習慣也已被放棄，對喜歡嚼檳榔者而言，實乃一大福音。

婚姻是一個人的終身大事，泰雅人自也不例外。這牽涉到男女兩性之間的某些關係，包括他們的認識、交往、訂婚，到結婚生子，可以說是整體性的。從這兒，我們可以看到古老的泰雅人，如何揭開存在兩性之間的神祕，並進一步繁衍他們的子孫。

青春期以前的男女，並無顯著的不同，故從小男女在一起嬉戲玩耍，是被允許的。但進入青春期之後，他們之間的界限，就被清楚地劃開了。未婚男女平時雖可在一起，但絕不可涉及性的問題。不但實際行動上不容越軌，在言談舉止間亦不可有輕浮猥褻狀。婚前的性行為被視為背德、淫亂，是泰雅族最大的禁忌之一。若偷食禁果，必遭最嚴厲的神譴，為部落所不容。

事實上，年輕男女相處在一起的機會是少之又少的。大多數夫婦，婚前並不認識，在這種閉塞的社會風氣下，媒人就負起了牽紅線的全責；而這媒人，通常都是由父母親客串的。男方若屬意某家女孩，便得央父母親前往提親。女方若答應，這門親事就算定了，以後再詳議聘金、嫁妝及訂親的日期。從前的聘金用的是貝幣，嫁妝通常為男性日常的用具，如刀、箭、弓、農具等等。

訂親之後，男女雙方可開始交往，但不得在公共場所公然露面。大多在晚上由男方到女方家裡拜訪。女方家人會自動避開，讓他們有獨處談情的機會。若沒有足夠空間，女的便會帶男的到臥房去。若天晚了，不便回去，女的會留男的在那兒過夜。兩人同睡一起，可擁抱愛撫，但絕不可發生性行為。

通常訂婚之後，便會很快的舉行婚禮。傳統的泰雅社會裡，結婚是最大的喜慶，整個部落的人都要去參加，婚禮在男方家裡舉行，男方必須預備許多酒食請客。通宵達旦，飲酒作樂，唱歌跳舞，總要狂歡三晝夜，才各自散去。這對男女便正式結合為夫妻，男耕女織，開始他們共同的生活。

往昔還盛行搶婚，這是部落裡允許的風俗。男方如果說親不成，而偏又對該女念念不忘，他們的父兄便會找機會將女孩綁架過來隱藏到深山裡，然後去威脅女孩的家長，要他們答應這門親事。女方若屈服了，則頃刻之間，化仇家為親家，將女的送下山來，完璧歸趙，擇吉成親。

若女方不答應，雙方可能會發生衝突，或由老頭目出面調停。女方再堅持不肯，男方只好乖乖放人，道歉了事。這種蠻幹的方法，成功率是一半一半。幸運的有押寨夫人，不幸的只是空忙一場，仍是光棍一個。當然，若行有餘力，他可再去綁架別家少女。故女兒若貌美出眾，也是一大累贅，父母須隨時戒備，以防不測。

男方迎親，大致如此。此外，女方招贅，也十分盛行。通常是女孩上無兄長，下無幼弟，只好徵求入幕之賓，以維家業。

男女結婚之後，所面臨的第一樁大事便是生產。在泰雅人的古老觀念中，生命是神所賜與，故嬰孩是稟承上天意旨降生到世界上來的；不能生產，也是上天的決定，做為對人類的一種懲罰，因此不能生產者，必然犯了什麼禁忌，為部族所不齒。

孕婦懷胎十月後，就接近了產期。由於泰雅人迷信平時工作愈努力，則分娩時可免受許多痛苦，所以他們進入產期後，仍抱著便便大腹下田作活。往昔泰雅人的流產率極高，極可能是這種因素所造成。即或未必流產，也多產於野外，由產婦一人將嬰兒生下來。在這種環境下，但求安全，無法顧及什麼衛生，對產婦與嬰孩都極不利。

房內生產，可獲得較多的照顧，一般由母親或部落裡的產婆前來接生。男人家小不得停留觀望，否則即是犯忌，生產中會遭到波折，增加產婦的痛苦。

嬰兒誕生後，剪下來的臍帶須埋於牆角，以防止暴露於外，觸犯神明。家裡這時就要釀酒做糕，分請鄰近親友，以為祝賀，並徵求長輩的意見，做為嬰兒命名的參考。

泰雅人名字中沒有姓，只冠以父親或母親的名字。通常都是子女的名字在前，父母的名字在後，為連名制。但平時呼喚，僅呼其本名。有些仿古代的頭目、英雄，冀望能成龍成虎；有些則仿照動植物命名，就地取材，省去不少麻煩。日據時代受日本奴化教育，一度相當盛行太郎、次郎，現在則乾脆交由戶籍人員的靈感去自由發揮。

死亡是人類最後的歸宿，這個歸宿對泰雅人來說，則是一個鬼靈的世界。生命既由鬼神所賜予，則生命之消失必也是由鬼神所收回。當鬼神所象徵的一種最後的命運降到他們的身上，這個人就要死亡了。

泰雅人死後，須洗淨身子，穿戴整齊，使身體保持蹲坐的姿態。兩膝收縮，雙手合抱於胸前，除了頭部以外，全身裹以毛毯，然後埋於他的床鋪底下。埋葬時，須備有刀槍、弓矢、食物等殉葬品，並等所有的親人都到齊後，才能入土。屍體不置棺木，僅裹以毯子，並蓋上一塊石板，其餘空隙填以泥土，用腳踏平。那陰暗的泥土裡，就是他安息之所了。再有家人死亡，則葬於其側；若已客滿，這家就得另遷新居，將原有的房子全部讓給幽靈們居住。

人死後必須守喪，泰雅人守喪約十餘天之久。這段期間內不能飲酒吃肉，洗澡梳頭，只能守在家中傷心流淚。部落裡也多休息一天，到喪宅去祭拜，以表示他們的哀悼。

這許許多多的奇風異俗，表現了泰雅人對他們所生存的空間、所遭遇的人事、所祀奉的鬼神的一些基本態度和看法。惟有透過這諸多的生活層次，我們方足以了解這個部族在早期的生態環境下，如何發展出他們的生活原則，並從而窺出變化的痕跡。但今日的泰雅人，已進化到讓我們看不到這些痕跡的地步了。

九、宗教信仰活動

本文在談到泰雅人的若干風俗習慣時，已或多或少地提到了他們的宗教信仰。可見信仰是多麼有力的支配著他們的日常行為。但是真正要談他們的信仰時，卻又很難掌握其內容。

人類學家認為泰雅人的信仰屬於超自然信仰。這種超自然信仰泛指所有的超自然存在，是整體合一，而不是個別存在的。更確切地說，這種超自然信仰，即是以祖靈為中心的信仰，認為祖靈高高在上，具有無限的威嚴，能支配宇宙萬物。他們的命運即掌握在祖靈的手中，故泰雅人對祖靈十分敬畏，絕無任何反抗的餘地。

為了表示對祖靈的絕對忠誠與遵從，泰雅人必須透過具體的行動，將他們虔誠的心意表現出來，於是就產生了種種的宗教儀式。

在積極方面，他們必須遵照祖靈的旨意，來從事各項生產工作。例如播種前，須舉行播種祭，以徵詢祖靈的意見，並祈求庇蔭。仿此，收割前有收穫祭，收穫後則有豐年祭。無非是酬庸祖靈，以表示他們的感謝之意。

在消極方面，泰雅人必須絕對服從這些儀式所規定的種種禁忌。這些禁忌的範圍很廣，幾乎及於他們日常生活上的所有細節。例如嚴禁男女婚前發生性行為，婚後不得與他人發生性行為，狩獵時不可傷害蕃華鳥。舉凡一切傷天害理，背德苟且的行為，都在禁忌之列。這種種的禁忌，即構成他們整個信仰上的依據；道德意識也賴此得以保存，成為早期部落社會裡的最大安定力量。

嚴格說來，泰雅人奉守禁忌儀式的這種信仰，實不足以構成「宗教」的嚴密體系，當外來的宗教傳入時，它便缺乏足供對抗的力量。所以自從基督教所代表的西方教派傳入秀巒村時，泰雅人的傳統信仰裡，很快地就羼入了異質的文化，而成為一個奇妙的混合體。一方面，他們以基督教徒的身分，按時到教堂做禮拜；一方面，他們仍難以擺脫傳統禁忌對他們的控制。

今日秀巒村的大多數部落裡，都設有天主堂和教堂。每逢星期天，不管多忙碌，他們都會準時聚集在那裡。住處偏僻一點的居民，往往要趕幾小時的山路。男男女女，扶老攜幼，匆忙而愉快地跋涉在崎嶇的山路，情形十分感人。

禮拜儀式未開始之前，他們多聚在教堂四周寒暄，閒話家常。有些親戚朋友，因散住各地，平時難得見面，卻能藉著做禮拜的機會歡聚一堂。故教堂已成為今日泰雅人聚會的主要場所，是他們日常生活上連絡感情，敦親睦鄰的最佳媒介，這可以說是山地宗教團體的一大特色。

大致看來，泰雅人所進行的禮拜儀式，與平地沒有兩樣。主要的差別，大概就是用山地話傳教吧！今日的傳教士或神職人員，都由本村人擔任，這對教會本身的布道工作，自然更為便利。

我較大的興趣，毋寧說是在那些老一輩的信徒身上。他們之中雖不乏全神貫注的虔信者，但大多數卻是漫不經心的。最常見的情形，是他們靠在椅背上閉目養神，瞌睡打盹；或者搔頭挖耳，摸手揑腳，或者竊竊耳語。有些乾脆躺在後排的長椅上呼呼大睡。

他們所表現的這些不一致的行為，未始不是接受異質文化所產生的矛盾。年老的泰雅人還在緬懷漸去漸遠的傳統，基督所代表的信仰，在他們只不過是一種儀式吧。

除了老一輩之外，基督教和天主教已在秀巒村裡取得了絕對的優勢，教會的影響力也愈益增強。目前他們正利用這種影響力，推動部落裡的改革工作。發放救濟品的時代已成過去了，最重要的還是觀念上的革新，心理上的建設。如基督教徒嚴禁酗酒，即是針對他們所有貧困、落後的最根本原因而發的一針見血之論。此病根一日不除，泰雅人的沉疴即一日不起。我們且看宗教的力量，是否能革除部落的這個陋習吧！

十、學童的教育環境

秀巒村擁有的教育設施，僅為兩間小學，它們分別是秀巒國小及新光國小。新光國小原先只是秀巒國小的分部，民國五十年七月之後才奉准獨立。另外還有兩個幼稚班，一個在泰崗，一個在鎮西堡，都附屬於教會之下。窮鄉僻壤，幸賴有這幾個學舍，方得以弦歌不輟。

論規模，它們真是十分有限；論設備，也僅能提供起碼的教學所需。以我所熟知的新光國小為例，全校不過六十二名學童，包括校長在內的六名師長，至今還住在一棟簡陋的日式平房裡。在這個物質匱乏，文化落後的山區，泰雅兒童用他們生硬的國語，唱著：「國旗、國旗、美麗的國旗，我們愛護你」時，嘹亮的歌聲響徹雲霄，縈迴在群山萬壑之間，更讓人聞之肅然起敬。

教育是神聖的，秀巒和新光這兩個山間小學所代表的知識與文化的尊嚴，並不因設備的簡陋和規模的限制而減損絲毫。它們巍然屹立於深山部落間，正是現代的教化文明所賴以傳播的最前進據點。

新光國小的六十二名學童，與臺北某些號稱萬名學生的大學校相較，自然不成比例。秀巒村的就學率卻已達到百分之百，可以看出泰雅人對於子女教育的重視。

這六十二名學童分別來自新光、鎮西堡、泰崗，及遠在玉峰村的司馬庫斯，十分分散。像泰崗及司馬庫斯，往返學校之間須耗時三、四個小時。為了便於就學，學校特在操場邊的老梅樹下搭了幾間竹棚，充做宿舍。

所謂宿舍，不過是一間黑漆漆的小屋，裡面除了一整鋪的竹床外，什麼東西也沒有，晚上更是陷入一片黑暗中。那些八、九歲的小孩即住宿於此，一切吃喝作息都由自己動手。我有時去探視他們，門推開後，可看到五、六個小蘿蔔頭分工合作，正忙著生火造飯，他們所表現的獨立精神，連大人都要感到慚愧。泰雅人求生能力之強，除了天生外，恐怕也是從小就鍛鍊出來的；而這種住宿生活，即可視為訓練中的一種。

在教學上，這裡與平地完全相同。課程的標準，教材的編排，悉按教育廳的規定。在行政上，他們有一位校長，五、六位老師，各項職務即由這幾位老師兼任。故整個學校的編制雖小，卻不失為一個教學完備、權責分明的整體。泰雅的學童，即是這個整體之中的一枚枚螺絲釘，緊緊地嵌在一起，在啟蒙的路上攜手並進。

然而原住民教學，必有它的困難之處。客觀條件固然樣樣闕如，但最根本的原因，還是學童的學習情緒普遍低落，家庭的督導也不若平地人那麼嚴格。學童進學校，恐怕還是為了團體生活能帶給他們更大的歡樂。教導兒童如何學習團體生活，並透過團體活動來達成教育功效，為晚近教育學家們所極力提倡，在原住民教學方面，這點尤其重要。

原住民兒童的智力發展雖然較晚，但上帝卻賜與他們一個善於歌唱的嗓門。尤其女孩子，鶯言燕語，婉轉柔和，十分動聽。而且他們擁有天生的運動家體格和充沛的活力，最喜歡蹦蹦跳跳。由於擁有這麼好的天賦，泰雅孩童對於唱歌和體育都極有興趣。學校經常利用他們這種天賦與興趣，舉辦各項競賽。平常的教學，也盡量配合這兩方面來發展。故經常可以聽到他們高亢整齊的歌聲，在音質欠佳的風琴伴奏下，於寧靜的部落間，一遍又一遍地歡唱著。

每天下午四點降旗過後，小學操場裡便會傳來咚咚咚的擊鼓聲，以及震天的加油喊聲，那是他們每日例行的接力賽跑。在那長不及兩百公尺的簡陋運動場上，奔跑著、跳躍著的泰雅小孩，他們那種勇猛威武的奔跑姿態，奮不顧身的拚勁，很令人為之感動。這時部落裡的人都趕過來，扶老攜幼的圍坐在操場四周的草地上，點著菸斗，熱烈地為他們的子弟加油。

天黑後，泰雅的小孩拖著倦乏卻興奮的身體，回到他們的部落去了。他們唱著歌，吹著口哨，消失在部落的矮簷竹籬間。這就是他們快樂的一天。確實他們是快樂的，他們不懂得什麼壓力，像惡補、升學、留級，或近視眼等等……

十一、一個泰雅家庭的實例

前文簡單介紹了泰雅人生活中的各個層面，固然有助於我們對秀巒村中泰雅人的了解，但在實際生活中，一個泰雅家庭，如何將這許多層次表現在整體的生活層面上呢？我們不妨來看看一個實例，即是我的好友黃光河一家。

黃光河的本名叫比浩，翻成國語即是果子。果子在原住民方言中有很深的含義，他們流傳下來的許多神話都與果子有關。

比浩的家在鎮西堡，那是一棟很老舊的竹房。不同的是多塗了一層泥牆。泥牆已經龜裂，到處都有剝落坍塌的痕跡。門倒是玻璃門，兩旁也開了窗子。有些玻璃破了，只好釘以木板，以茲擋風。進門後，裡面算是廳堂的空地上，擺了一張圓木桌，桌上擺了一架子的書。兩旁是臥房，左右各一間，上面鋪以草蓆。裡面有棉被衣櫥，都摺疊安置得十分整齊。

廚房另外搭在房子的左側，裡面有一張矮桌，一個櫥櫃，沒有爐灶，只有一個火坑。火坑內堆滿了乾柴，供平時燒飯取暖之用。隔這整棟房子不遠，另有一個較簡陋的竹棚，算是倉庫。倉庫的屋簷下放了兩個木臼，舂米時用的，廁所即蓋在倉庫的後面。

比浩的父母都還健在，兩位老人家並沒有刺紋，因此看起來更覺善良老實。老先生約莫五、六十歲，經常戴一頂褐綠色的毛線帽子，蓋住了大半部的後腦勺，穿著一件老式的西裝，因兒子都已長大，凡事用不著他操心，故實際上他已不參加生產的工作。平常看看家，或在部落裡蹓躂。他的母親看起來還相當年輕，大概才四十出頭的樣子，她父親曾是部落裡的頭目。據說她年輕時還是部落裡的美人，兩個眼睛大而深，鼻梁挺直，笑起來一口白齒煞是好看，依稀還留有昔日的嬌羞。身體目前還算不錯，每天都到山上的旱田做活。

比浩還有一個哥哥，兩個妹妹。哥哥名叫黃光發，本名黑勇，即松木之意。已服過兵役，尚未娶妻，目前在家裡開墾。他打得一手好彈子，槍法更是了得。據說服役期間，每次射擊比賽都拔頭籌，極得長官喜愛。他自己種了一大片竹林，擁有一把電鋸，我在山區時他正忙於砍伐。他的妹妹國中畢業後，就一直在家裡幫忙家事，每天和母親一齊上山。她繼承了母親的美貌，短髮紅唇，十分俏麗，成為村中年輕人競相追逐的對象。另外一個妹妹年紀較小，就讀新光國小五年級。小小年紀，也看得出幾分美貌。

比浩受過良好教育，他曾在關西農校讀了兩年，後來不想念了，便回家開墾。他的選擇並沒有什麼理由，事後也不覺得後悔，只因為他喜愛自己的家鄉。他也善於狩獵，曾隻身到大霸尖山行獵十餘天。由於彼此年紀相若，加上他的知識水準，我和他談得最為投機；一切訪問都須透過他的翻譯才得以進行。

白天他們都要上山做活。母親和妹妹負責旱田的工作，哥哥伐竹，他照顧香菇，並抽空幫助他們，總要到太陽下山了才回家。逢上禮拜天，全家上天主堂做彌撒，難得有什麼休閒的時間。遇到天雨，旱田的工作雖可以稍停，但又得忙著打香菇。農忙過了，香菇季過了，好不容易喘口氣，他和哥哥又得背著獵槍狩獵去了。生活，在他們就是如此的一連串循環。除了工作，很少有什麼煩惱。

有一次我和他在香菇園裡捉到幾隻老鼠，又肥又大，聽他說深山的鼠肉香嫩可口，就決定嚐嚐滋味。天黑後回到他家，將那些老鼠宰了，一部分煮麻油酒，一部分烤香肉。和他們一家圍聚火邊，邊吃邊聊。火舌翻騰，肉香四溢，加上米酒助興，那餐飯竟吃到九點多鐘。時天色已晚，又逢細雨霏霏，山路上極可能有毒蛇出沒，我就在他家過夜。還和他們一家大小，圍著一支燭光玩撿紅點的牌戲，喧譁笑鬧，直過午夜才滅燭就寢。雨聲淅瀝淅瀝，在走廊前雨階低迴不去，那畢竟還是一場酣暢的美夢！

十二、部落裡的平地人

秀巒村雖然偏僻，畢竟是對外開放的。早期的部落裡，就留下了許多平地人的足跡。拖著長辮子的通事，穿著「勇」字制服的官兵，佩著武士刀的日本警察，分別代表了不同時代的平地人在部落裡的活動。有的辦完事就下山。有的長期定居下來。不管那一種方式，都代表著這種接觸，只要是基於善意的、和平的，都有在部落裡繼續下去的可能。泰雅人與平地人之間的某些芥蒂，到了今天自然不會存在了。

但是今日的平地人，又有誰願意投身到一個這麼偏僻的半原始社會呢？現代人對文明的依賴愈深，對文明的社會愈難以自拔，人們已很難想像什麼叫做半原始的生活。因此秀巒村中的平地人，都是一些與職業分不開的公務員，因職務在身，不得不上來的。他們包括學校裡的老師，派出所的警員，以及流動的林務局探測人員。

新光的元老平地人，首推新光國小的教導梁主任。當年他上山時，還是個年輕氣盛的小伙子，如今已兩鬢斑白，不復當年矣。也難怪，二十多年的時光了，新光附近的幾個部落，有幾個人不是他教出來的學生？而那些學生的兒子轉眼間又成了他的學生。兩代之間，歷盡多少人事滄桑？面對他們，梁主任豈能不慨然而嘆？而在荒山的寂寥歲月，這也是他最大的安慰。

他是竹東客家人，歷經太平洋戰火的洗禮，當戰爭結束，他從沼澤林區的邦加島回到臺灣後，就一直任教於秀巒山區。目前夫婦兩人在學校的門口開了一家小店，經營雜貨菸酒；教書之餘，便幫忙太太照顧生意。小店狹窄而黝黑，當泰雅主婦背著小孩，拿著醬油瓶進來買東西時，梁主任戴上老花眼鏡，一手撥著算盤，一本正經的模樣是相當有趣的。臨走之前，背上的小毛頭難免會吵著要買些餅乾糖果，媽媽們當然免不了又是一陣嘰嘰呱呱。運氣好的，手裡多了幾塊餅乾；倒楣的挨了一陣揍後，一路哇哇啼叫著回家去。因此小店裡經常是熱熱鬧鬧的。

逢上泰雅人開墾回來，幾瓶老酒是少不了的。小店的簷前有一排竹椅，晚上梁主任點上蠟燭，燭光透過窗扉濛濛亮著，泰雅人便坐在那排竹椅上喝酒談笑，充滿了原始部落社會的情調。我最喜歡這時去湊熱鬧，有時人群散盡，與梁主任對燭而坐，四周頓然陷於寂滅之中，聽他講早期部落的生活，都是十分令人神往的。

小店的斜對面，植滿扁柏的斜坡下，是一棟塗滿瀝青的日式平房。裡面住的是學校的校長、老師，以及楊警員。楊警員原住派出所，後因宿舍太過破舊，便遷來和校長同住。校長經常出差，那棟宿舍就成了年輕老師的天下，其中僅有的一位男老師姓莊，戴著眼鏡，留著很長的鬢腳，平時總是一件美軍夾克。已成家，但家眷都在山下，一個人在荒山中十分孤苦，就開了幾畦菜圃，也種了些香菇，平常相當忙碌。

其他兩位女老師，一個姓綦，一個姓留，都是罕有的姓；兩位都是二十剛出頭的女孩子，也虧她們能夠來到這裡。綦老師主修音樂，風琴彈得很好，假期週末總是關在教室裡彈琴。有一個唱詩班的泰雅女孩和她學唱歌，經常可以聽到她們美妙的歌聲和琴聲。留老師較大方，常常煮紅豆湯請客，或者到派出所找鍾警員和我聊天。

新光派出所建在一片高地上，日據時代迄今沒有整修過，顯得相當破落。該所有一位主管，三名警員，警員中一位是當地的泰雅人，住在自己家裡。一位是楊警員，住在老師宿舍。汪主管自己在派出所旁邊另搭了一間竹房，因此住在派出所裡的只有鍾警員和我。每逢入夜後，寒風凜冽，自破損的門窗隙縫間源源而入，幾無避寒的餘地。

派出所的廚房——其實那夠資格叫廚房嗎？真是簡陋得令人發噱。一間矮破的竹屋，裡面一個灶坑，一張矮桌，幾隻鍋子，幾付碗筷，其餘一概省略。灶頭上，五、六個鐵罐鑿空後用鉛絲紮成長條狀，歪歪扭扭的伸出窗外，算是煙囪。但那煙囪是不排煙的，為了每日三餐，我們三條大漢總要被煙熏得老淚縱橫，才得以果腹。

通常由汪主管燒飯，鍾警員炒菜，我負責劈柴挑水，各有所司。日落後，氣溫驟降，我們縮在小竹房裡烤火，很刺激，也很溫暖。尤其吃飯時，一根搖搖曳曳的燭焰，照得滿室生輝。而一牆之隔，寒風如吼，除了要擔心房子是否會被連根拔起外，那景況可以說是浪漫而迷人的。

當地除了罐頭外，買不到蔬菜；因蔬菜泰雅人都自己栽種，小店裡無須供應，故我們三個光棍的伙食極為缺乏。上山那天帶上來的一片瘦肉吃完後，就再也不知肉味。有時梁主任或留老師送過來一點青菜，也無濟於事。因此必須自己設法，通常是到部落裡化緣，這家要兩個番薯，那家要幾把紅豆，如此東拼西湊，勉強度日。有一回，餓壞了無計可施，只得到田裡偷菜。雖然滿載而歸，但採回來的卻是香瓜的突變種，苦不堪言，枉煮了一大鍋，才嚐不到兩口，就整鍋倒掉了。

部落裡的生活的確是艱苦的，平地人乍然來到，必難以適應。物質上的缺乏還可以忍耐，但精神上的空虛卻無可彌補。每當入夜後，世界即陷於全然的漆黑中。漫漫長夜，只賴幾根燭光照明，而燭光能照亮什麼？反徒生惆悵，益增思慕罷了！

畢竟，人類陷於文明的泥淖中已太深了，無法自拔了，部落裡的平地人又何能例外？其實，泰雅人又何能例外？他們不也是在企盼著文明的早日來臨嗎？那麼，促使秀巒村隔絕於文明之外的根本原因，究竟在哪裡？

十三、打不開的死結——交通

交通是文明賴以傳遞及擴展的唯一途徑；就像人體內的血脈，一旦中斷，該部位勢必陷於癱瘓，漸漸趨於枯萎。

秀巒村之所以成為現代文明的棄嬰，其根本原因即在於此。它的臍帶太長太長太糾纏，吮吸不到母親身上的養分。僵臥在文明的永夜裡，它是蒼白而孱弱的。

多少的世代過去了，直到今天，它與外界的交通，還是僅賴那條不到一尺寬的山路。須盤過多少的山頭，跨過多少的溪澗，繞過多少懸崖峭壁，原始森林？烈日烤晒，雨打風吹，文明的足蹤，在那兒卻步了。

處於這種極度劣勢的環境中，一切交通只有靠最原始的人力。而人力卻是最昂貴的，它的代價往往超出貨物本身數倍，成為消費者最大的負擔。據統計，秀巒村每月須從外地運入的日用雜貨，約在四萬五千臺斤左右。這些貨物，從山下開始就得僱工分批挑上來。光是這些挑工費，就得花二十多萬元，實際上已超出了貨物本身的價格。

因此，秀巒村中的物價是嚇人的。以新光來說，鹽巴醃過的下肉一斤六十五元，中號的魚罐頭一個二十四元，花瓜罐頭十八元，蘆筍汁十四元。至於易碎的瓶裝食物，還得加上搬運途中的耗損費，價格更可怕。醬油一瓶二十五元，雜牌汽水二十五元。米酒十八元……山地生活本就艱苦，再加上這些額外的開支，負擔更為沉重。

民國六十年十二月，新竹警察局某要員曾深入秀巒村巡視。目睹該村交通阻隔，生活困苦，即指示該所主管，設法發動村民拓寬道路。此項指示，果然發生了作用。民國六十一年五月，當這個構想在村民大會中提出討論時，贏得泰雅人一致的贊成，大家決心用自己的雙手，來開闢自己的道路。這種熱烈的場面，是歷屆大會所未曾有過的，也可看出當地村民對交通的改善，是多麼迫切的期望著。

同年六月十一日，這個泰雅人首度試圖用他們的雙手，去改變自己命運的劃時代工作，終於在秀巒村展開了。所有的男人，都自備工具來參加這個壯大的行列。半年之後，土方完全清除完畢。警方又提供炸藥、鑽孔機，開始炸岩、挖岩。馬達聲震撼著寧靜的山谷，爆炸聲此起彼落，泰雅人的工作情緒大為提高。風雨無阻，宇老至田埔這段山路的拓寬工程，終於在六十三年七月二十日這天大功告成。

九天之後，這條新闢的道路正式通車。不論路基、坡度、視野等種種狀況，都十分良好，已達山區行車的要求。泰雅人多年來的夢想終於實現了，尤其這是藉他們的雙手實現的，更令他們興奮與驕傲。據聞通車那天，鞭炮聲響徹山谷，大家追著車子一路歡呼狂奔，相當地感人。

目前這段道路上，除了有兩輛小型貨卡，定期輸送行人貨物外，還有一輛馬達三輪車，偶爾也客串跑龍套。每趟車子幾乎都有人滿之患，懸崖峭壁間，看它蹣跚地顛簸來去，十分驚險。然而泰雅人還是照擠不誤，男男女女，老老少少，擠滿了一車。一路尖叫，驚呼，緊張而有趣。有些迎風驅馳，不免逸興遄飛，便哼起泰雅小調；或蜷縮在車廂裡，吧嗒吧嗒的抽著菸斗。可以看出他們對於文明的信賴和嚮往，這汽車的文明，只不過是一個小小的例子罷了。

這段道路最大的價值，還是在經濟效益上。即以日用雜貨的運送來說，原先一百臺斤的物品，運至田埔須三百元，如今省卻了這段挑工，可節省一百餘元。秀巒村一年的運貨支出，據最保守的估計，可減少一百萬元以上。同時，附近二百餘公頃的竹子及杉木，也因運輸之便而身價日漲。秀巒村目前已廣植蘋果樹一萬餘株，梧桐五十餘萬株，以往乏人問津的水蜜桃及二十世紀梨，也可以適時運至各地市場。若干年後，交通若能更進一步的開發，秀巒村每年可增加一百多萬元的收入。這種巨幅度的成長，絕不是聳人聽聞的。

有了這個成功的例子後，秀巒村目前正計畫將這個工程延長到秀巒部落。這段路都是平緩的小坡，不致構成太大的難題。據繪測結果顯示。道路全長五、六公里，鋼筋水泥梁木板橋三座，石方約一萬五千立方公尺，土方約七千立方公尺。此外須炸藥一萬發，鋼筋四噸，水泥三百包。據秀巒派出所常主管表示，只要這些材料工具齊備，他們有把握在四個月內完成。

今天，泰雅人終於明白了這件事：路，不光是人走出來的，有時候還需要用上雙手。只有不斷地動手，他們方有接近文明的一天；而屬於他們的文明，也只有透過這種方式，才可以取得。

只是，這一天對他們來說，還相當地遙遠。泰崗和宇老那兩個陡峭的山坡，才是他們能否通向文明的最大難關。那兩道急坡，就像兩個死結，緊緊的扼在他們的咽喉間，要想解開它們，泰雅人還得有一番更艱苦的奮鬥。

原載一九七七年三月二十三日至五月四日《中國時報‧海外版》

獲獎後重刊於一九七八年十月十四日至十七日《中國時報‧人間副刊》

火海中的王船

——西港慶安宮建醮側記

相傳，昔有荷蘭人，夜遇船於海洋，疑為賊艘，擊砲攻擊，往來閃爍。至天明，望見滿船皆紙糊神像，眾大駭，不數日，疫死過半……

——諸羅縣志風俗志

引言

捧讀著這樣文字，讓玻璃窗外浴滿陽光的田野，自眼梢飛快地向後閃去。車聲隆隆，南下的對號快車出了臺北盆地後，總是這樣地奔馳；沉悶而寂寥地，就像窗外那片藍得發膩的五月的晴空。

五月，明亮而又懶慵的季節，我卻在奔向一個遙遠的小鎮。跨過北迴歸線後，這季節的味道，就隨著迎面襲來的廣闊平原，變得格外地濃郁。

南臺灣的原野，原就充滿了泥土的芬芳，稻禾的清香。在這時節，尤其洋溢著節慶的喜氣。從這一鄉村，蔓延到那一鄉村，鑼鼓號角，神轎金輿，喧騰著一個又一個塵埃漫漫的日子。在烈日烤晒下，盡情地狂歡。

狂歡著，像他們竭力想避去的瘟疫，而本身卻像一場瘟疫般的感染著他們。終於，這一連串的慶典活動，逐漸移近了一個巨大的脈動。

丙辰年四月十一日（國曆五月九日），凌晨四時，西港玉勒慶安宮大殿前的大鼓，咚咚咚地連敲了三下，代天巡狩吳千歲南巡媽祖宮進香謁祖的龐大行列起駕了。沉重有力的鼓聲，撞擊著附近七十八村庄信徒們的心扉，告訴他們，三年一科的建醮大典，就此隆重地揭開。

五月十日的晚上，我也悄悄地到達了西港。計程車還未駛過西港大橋，就可看到曾文溪旁一堆堆燦爛的燈火，在樹隙葉縫間不尋常地閃爍著。慶安宮前的廣場，早已搭起衙門戲臺。燈光如畫，鑼鼓喧天，走江湖的藝人、賣膏藥的郎中、流動的攤販、統統都來了，並且大聲地吆喝著。

西港，這個曾文溪畔的小鄉村，已被建醮的熱潮激盪得為之沸騰；甚而成為一片滾滾火海的不夜之城。

一、來自鹿耳門的神祇

任何民間信仰的背後，都可找到一段可歌可泣的故事。自古忠臣、孝子、烈女，這些忠良貞節之士，就是一般社會民眾景仰崇拜的典型。當這種崇拜之情提升到一定的水平後，難免會麋入神話的色彩。這些偉大高超的人格，自然就被神格化了。

關於慶安宮的源起，可以追溯到一段驚天動地的史實，那就是鹿耳門之役。

大明永曆十五年（西元一六六一年），延平郡王鄭成功接納了荷蘭通事何斌的建議，決定取臺灣，以為反清復明的基地。遂於二月二十三日自料羅灣揮師出海。

時值北風慘厲，濁浪滔天，師出後不得不暫泊澎湖媽宮港，以避風浪。但天氣始終不見好轉，所攜軍糧又極為有限，不得已又冒風進軍。四月三十日晚上開船出港，三更後，忽然雲收風霽，水平浪靜。舟師於拂曉時分抵達臺江、北汕尾沙島附近，鹿耳門港已瞭然在望。

但因水淺無法航行，鄭氏乃親置香案於船首，冠帶禱告皇天。禱告甫畢，一時潮水驟漲，足有丈餘。於是鄭成功下令號砲三響，艨艟巨艦趁著這陣潮水，直入臺江，在鹿耳門北岸登陸。

熱蘭遮城的荷軍，這時也全力反擊。煙火彌漫，砲聲震天，鹿耳門遂陷入一片混戰之中。由於仰攻，陣勢對鄭軍頗為不利。登陸的艦艇，先被擊沉一艘，繼又有兩艘受到重創，載沉載浮，軍心大亂，局勢岌岌可危。

鄭成功眼見情勢至此，不禁仰天嘆曰：「森死於此矣。」話甫畢，天邊突然湧起一團濃雲，迅速擴展開來。一時天昏地暗，陰晦莫辨，狀至怪異。不久濃雲堆中，跳下數不清的黃袍神兵，直往荷軍陣營中奔殺而去。荷軍見狀，紛紛棄甲曳兵，槍砲盡落海中。鄭軍目睹此種奇蹟，認為是天上聖母前來助陣。全軍大呼：「藩主弘福齊天。」一呼聲直上雲霄，軍心因而大振，追亡逐北，銳不可當，熱蘭遮城遂一舉而下。

荷人既已逐退，鄭成功為感念天上聖母救駕，恩重如山，便在第二年秋天大興土木，建鹿耳門聖母廟，供奉聖母神像。每年擇吉舉行春秋二祭，以誌其榮，香火迄今不絕。

以後隨著軍事不斷推展，有一支甘將軍率領的勁旅，自蚶西港水路兼程直入西港，在慶安宮現址紮營。因該營地鍾龍穴（鯉魚穴），出丙穴而赴水，為不可多得的祥瑞之地，便在那裡草創神宇一座，至鹿耳門奉迎天上聖母神像來奉祀，廟號慶安宮，表示以慶安祥之意。

就在那年，曾文溪的洪水氾濫，使西港成為一個天然的宮溪港，僅次於鹿耳門。船舶如織，繁榮一時。媽祖的神威，轉瞬之間改變了西港傳統的命運，慶安宮的香火也愈加興旺。

二、喧賓奪主的十二瘟王

清康熙五十一年（西元一七一二），歲次壬辰，因瘟疫流行，釀成巨災，罹病而亡者不計其數，伏屍遍地，狀至悽慘。乃由媽祖請示玉皇大帝，承恩欽命十二瘟王降臨鎮殿。為了恭迎王爺，境內民眾特地重修廟宇，以示隆重，十二瘟王就此來到了慶安宮。

到底，瘟神的信仰，是如何形成的呢？我們可以先從地理上的因素來考察。

臺灣乃海中孤島，島上崇山峻嶺，叢林密布。加以交通僻遠，開發較遲，早期的移民過來時還是一片蠻荒之境。瘴癘橫行，瘟疫遍生。居民們朝不保夕，除了束手待斃之外，只能祈求鬼神保護。這種情形發展下來，自然易於走向宗教信仰之途。

臺灣瘟神傳說的源流，係承華南系的正統，而可上溯至五路瘟神的原型。本事見於江蘇如臯的香山五岳神。傳聞唐太宗時，有五書生上京赴考。名落孫山，淪為乞丐，奏樂於長安。太宗聞之，召入京中。適太宗欲試天師法力，命他們入地窖奏樂，遂被天師誤殺，受封為神。

五書生遇害後，一般民間慣以五進士做稱呼。後來流傳既廣，難免滋生其他說法。有將人數增至十二進士、三十六進士、或三百六十進士者；因而他們的遭遇也有不同。或死於風浪，或投井而亡；或仰藥以盡。但歸納言之，死於非命則為他們共同的悲慘下場。故他們的神像多為豔、黝、赧色，十分猙獰可怖。

這些傳說，大抵是偏向故事性、趣味性的，與日後構成的瘟神信仰之間，並無必然的關係。據民俗學家們的研究，瘟神的原始形態是死於瘟疫的厲鬼，故其信仰是一種極其原始的、素樸的靈魂崇拜。

我們可以說，瘟神即是釀災肇禍的疫鬼本身。罹者冤死以後，陰魂不散，四出作祟，因而被供奉為神祇，延入廟堂祭祀。但因其魔性未泯。仍具有相當濃厚的邪鬼成分，故常被賭棍、盜匪等奉為守護神。

疫鬼受封被祀日久，人民逐漸對之產生了感情。這種日漸親近之情，導致人們對於瘟神觀念的改變。由疫鬼本身的原始型態，脫胎為管理疫鬼的瘟部正神，可以看出當時人們受瘟疫的折磨，是如何的無可奈何。

因著這種無可奈何的、一廂情願的心理，他們近乎自嘲般地賦予疫鬼以「代天巡狩」的銜稱，冀能四處稽查，以止瘟疫，這可算是瘟神信仰上的一大變革。

取得了「代天巡狩」資格後的瘟神，就此一步登天。除了捉拿疫鬼外，信徒們還賦予祂更大的神力，擔當起保護航海安全的職責，與天上聖母同為漁村中的保護神，祂的神格因此而大大的提高。

瘟神既由驅逐瘟疫起家，進一步被民眾視為醫神，能夠醫治病患，去除百病。患者每風聞前來求治，求得若干香灰，視為神藥。在許多病例中居然能藥到病除，豁然全癒。風聞至此，瘟神兼有醫神的功能，在鄉里之中可說是人盡皆知。到後來有所謂童乩作法求符，大概淵源於此。

誠然神法無邊，演至後來，瘟神已被視為萬能之神，無所不在，無所不能了。舉凡風調雨順、五穀豐登、合境平安、添丁發財、無不靈驗。至若趨吉避凶，保護畜牲，尋找失物等芝麻小事，也都有求必應。因而信徒日眾，廟宇漸多，尤其在南部近海一帶，各村落庄腳，莫不密布。瘟神也改稱王爺，四時巡狩，香煙繚繞，備受鄉民們愛戴。

三、王醮與王船

醮的原始意義就是祭，臺人俗稱做醮，也就是大祭。是祈求社會安定，免除災禍的祭典。雖經歷年沿襲下來，但在不同的時代，仍有不同的意義。其具體的定義，直到漢末道教興起以後才告確定。那是專就夜間露天供物祭祀星宿而言，後世道教衰微沒落，一般民間信仰則視為某一地方為還願酬神的大規模祭典。

依照臺灣本地風俗，每逢地方上有災難發生，非人力所能遏止時，當地居民便群起拜天祭祖，許願求福，稱為「下願祈神」。若果然如願，安度危機，事後則須舉行隆重的謝恩祭典，並祈求未來之福，稱為「謝願酬神」。兩者前後連貫，構成一完整的宗教儀式，這就是醮祭。故無論何種醮類，都孕含著「酬答神恩」的基本觀念。

臺灣建醮的風氣十分盛行，各種醮類又特別繁多。五花八門，應有盡有，致常令人混淆不清。若將它們加以歸類，竟有十二種名目之多。包括平安醮（清醮）、王醮（瘟醮）、慶成醮、火醮、祝壽醮、海醮、春秋醮、開光醮、船醮、牛瘟醮、雷公醮。其中比較重要的只有平安醮、王醮、慶成醮和火醮四種。又南部地區，因地處瘟神信仰稠密地帶，故以瘟醮為主。而中、北部則以平安醮居多。兩相對照，成一明顯的對比，又可看出他們濡染的不同歷史背景。

瘟醮在臺灣俗稱王醮，而以王醮較為通行，大概與瘟神被尊為王爺有關。王醮的原始意義，係針對境內流行的瘟疫而做，旨在祈求王爺護祐，早日將瘟疫驅逐出境。故除了一般醮類所須具備的儀式外，它特別包含了一個「送瘟」的儀式，即是將瘟疫送往他處。傳統的習俗，都以裝飾得考究壯觀的王船做為媒體，漂流海外，或予以焚毀，做為消滅瘟疫的根本方法。

考之於歷史，放流王船的風俗，可能源於古代的「儺」。往昔沿海地方居民，在處置感染瘟疫而亡的屍首時，多採水葬，意即「放逐死亡」，具有逐瘟的雙重意義。但送瘟儀式既行，瘟疫反日增多。人民為送走瘟疫，頻頻流放王船。由初期的草舟紙船，進到竹筏木船。王船愈流愈多，愈流愈遠，到處漂著。病菌之傳染愈為嚴重，形成惡性的循環，這恐非流放王船的本意了。

以後瘟疫雖已戢止，但王醮還是在各地如期舉行。王爺已不單純是逐瘟之神，祂已成了萬能的巨神，掌管大大小小的事務。王醮也由原始的驅瘟儀式，轉變為合境平安，五穀豐收的謝恩祭典，流放王船的習俗還是保存了下來。此時的王船，身價自然不同，漂著之處，萬民爭相朝拜。並恭迎王船上的王爺神像，築廟奉祀，歲歲不絕，永續無休。

流放王船的習俗，現已改為火焚，遺留在民間的許多傳說，漸漸地褪色了。但焚燒的王船，在熱焰黑煙中化為一團焦土時，依然令人感到無限的神祕。我們不要再去細究了，讓這些神祕的火焰，永遠在我們的心頭中譎異地燃燒吧！

四、看那燈篙閃亮處

農曆四月二日，慶安宮前的廣場正中央，已高高地聳起七根修長的竹竿。長約二十餘尺，尾梢輕輕地在風中劃著柔和的弧線。稍低處，旗旛飄揚，正是蜈蚣旗和招魂旗。另有天燈和七星燈，分別覆以一頂紙笠。十日的晚上，當它們驟然閃亮時，燦爛耀目的一片燈火，照亮了慶安宮前大半的夜空，慶安宮彷彿浮雕般地凸顯出來了。

那就是燈篙，以它們巍然在上的姿態和搖曳的燈火，代表人們對於靈界鬼神的呼喚。告訴它們，此地正在行醮祭，這兒就是道場，快快下來吧！快快下來吧！同時也在昭告世人，趕快前來祭拜。故燈篙已成為作醮的主要標幟，為祭場中不可缺少的要件。

除了豎燈篙，還有放水燈，用以招致漂流在水陸兩地的孤魂，兩者的意義是相等的。五月十日下午四時，由道士團的外壇道士若干人，攜帶水燈祭品，浩浩蕩蕩地到達曾文溪邊，施放水燈。水燈用紙糊成，內點燃一根白燭，十分輕巧。放入水中，即隨輕風流水漂流而去。道士們在岸邊擺上香案，焚香念經，告以建醮之事。鑼聲齊鳴，抑揚頓挫，十分隆重。

請來了天上的神靈，也請來了水中的冤魂，更不可慢待其他各寺廟裡的神明。恭請這些菩薩神明蒞臨道場，監理醮事，此儀式稱之為「鑑醮」。只要是附近主要的廟宇，而彼此之間又無敵對關係存在者，均在邀請之列。五月十日，此一儀式在慶安宮大殿前舉行時，連國姓爺鄭成功的巨大神像也特地前來助陣。大大小小的神祇菩薩，紅臉黑顏，錦衣玉袍，齊集一堂。濟濟多士，各顯神通，好不熱鬧。

在這個儀式中，除了各地來的神像外，慶安宮自製的鯉魚旗也占有一席之地；這在臺灣各地，可能是絕無僅有的例子。按慶安宮地鍾鯉魚穴，已如前述。目前除建有鯉魚旗一座外，更大量製造紙魚，稱為鯉魚旗，並賦予神力。謂能求吉辟邪、添丁發財，宜做鎮家之寶。每科限製兩千支，鑑醮後公開出售，每支兩千元。據聞每科都供不應求，董事會生財有道，可能真得了鯉魚旗之助，有以致之吧！

五月十二日下午三時，慶安宮廟後的空地，已搭好臨時祭壇，普渡大典就在那兒舉行。壇上除道士做法外，還有和尚念經，各行其事，相映成趣。儒釋道合流，誠然是臺灣民間信仰的強大包容力量。在這強而有力的信仰支配下，壇下的善男信女，貢奉如儀；三牲六禮，清果鮮花，四時佳餚，應有盡有，密密連接成一片繽紛的酒池肉林。場子後那個香爐的巨口，冒出火舌，捲進了成綑成綑的金紙銀箔。化成一陣陣濃煙，騰空而起，遮住了陽光，飄下了焦黑的箔紙，像一片片黑色的雪花，無聲無息地飄落。

五、揭開那重深垂的幔幕

當外面的各式祭典活動，正在如火如荼的進行時，慶安宮的大殿裡卻靜悄悄地一無聲響。大殿已被闢為王府，為王爺駐節之地。大門緊閉，廣場裡的衙門也由專人把守。各式人等，一概不得闖入，門禁森嚴，充滿了莊嚴肅穆之氣。

王府只有在王醮中才有，是整個祭場中的聖域，一切祭典均環繞著它來進行；不但是最重要的，也是最神祕的。我雖有幸由董事會的陳宗寶先生悄悄地帶進去看了一趟，但所得的印象卻是浮泛的。只見大殿裡燈火輝煌，中間還隔著層層黃色的幔幕。正中央供奉著王爺的神像，全身披金帶彩，閃著金黃光芒，令人難以逼視。神案上排滿了斗燈，屋梁密密麻麻地懸掛著鯉魚旗。據聞是前幾科所製，特地拿回來鑑醮的。

醮局裡的主事者，人人都穿著前清官服，藏青色馬褂，面容神肅，不苟言笑。佝僂著身子，施施而行，連步履聲都輕不可聞，靜寂得真像一座孤立的神殿。

每隔一定的時間，就有旗牌官進來領旨詣神。旗牌官亦身著前清官服，足跨一匹棕色駿馬，率領一隊全副武裝的官兵。當掌旗的旗兵來到衙門，大殿前便響起宏亮的鼓聲，以壯聲勢。旗牌官下馬上階，逕入王府，跪在王爺前領旨，再行退出，在前後左右巡邏。他的任務即是保衛王府，故定時出巡，晨昏不輟。

除王府外，慶安宮的左廂房並設有一道場，是整個科儀實際進行的地方，由道士團主持，號稱靈寶大法司，是建醮期間發號司令之處。

四月十二日壬戌日未時午後兩點，道場內燈火通明，首座道士率領內壇道士魚貫進入道場，開始行王醮三天。道場門口加派衛士，並備有鎮守的神祇，嚴禁閒人在此走動，以示莊重。

道場內的布置，分為三清壇與三界壇。三清是道場內的最高神位，設於中央最高處。懸有神像，並掛帳簾，刺繡精緻，極其燦爛莊嚴。左右兩邊牆上，則滿掛眾神畫像，以四府之神及康趙二元帥為主。

三界壇設於道場另一端，與三清壇相對，懸有三官大帝神像一幅，左右則有張天師及玄天上帝陪侍。道場最後面，橫放一木板，權充神座，上面擠滿了來自各方的菩薩。天花板上滿懸鯉魚旗，為本科新製，它們都是來鑑醮的。

此外，尚有排壇狀與對聯。排壇狀是信徒們獻給眾神，表示愛戴敬仰之意的書狀，又稱為獻狀，陳列於香案上。每神一封，對聯則盡為吉祥之句。紅紙金字，與獻狀兩相對照，點綴得道場內更覺金壁輝煌，滿室生輝。

王府和道場，這兩個幔幕深掩的聖域，屹立在人潮洶湧之中，絲毫不為所動。香煙裊裊，金聲玉振，它們的神祕和肅穆，自有一股懾人的力量。那麼多人情不自禁的跪倒在它們的前面。在那兒燒香，在那兒磕頭，唉！多麼令人感動！

六、匐匍在神像下的一群

早在代天巡狩南巡媽祖宮進香的那天起，就有許多人陸陸續續地來到了西港。他們包括各地的善男信女，專程來訪的觀光客，以及記者、採訪員。五月十日的晚上，我到達西港後，所有的旅館已被預訂一空，各廟宇寺院也擠滿了香客，該地僅有的一條街道，頓然顯得人潮如湧，狹隘不堪。

以後隨著祭典逐日進入高潮，各地香客更是蜂擁而來。烈日高懸，典型的南臺灣的好天氣，空氣燥熱得像個大火爐，慶安宮的四周簡直就要沸騰了。噹噹的熱氣，氤氳的香火，劈里啪啦炸個不停的鞭炮，混雜在一起，不停的往上蒸騰。

而人們還是來了，持著一炷香，帶著一顆虔敬的心，他們來到了王爺的面前，獻上一束香，也獻上他們的一個心願。人來人往，人潮如織，有多少的人，就有多少的願望。那些小小的願望，多麼像急流中的一粒小泡泡，它們勇敢地浮在水面，企圖捉住點什麼。

每天一大早，千歲爺起駕繞境七十五村鄉時，他們早就等在街道兩邊，爭著為王爺清掃過路；有些還尾隨著隊伍，一路清掃下去。炎炎夏日，這個扛轎敲鑼的隊伍，便須跋涉整整一天。公路兩側，隨時會有加入的信徒，他們多是附近村莊出來迎拜的；尤以鄉村老婦居多。她們戴著破舊的斗笠，佝僂著腰身，肅穆地捧著香。一步一步，一步一步，多蒼老艱難的步子，她們仍舊堅強地走下去。

至於晚到的香客，也隨手攜著一把小掃帚，在廣場的人縫間尋找可供打掃的空隙，一直要掃到衙門邊才住手。大多數的信徒們，都在脖子上銬著硬紙做成的枷鎖，並由廟方貼上封條。他們自認有罪，因此匐匍在大殿前，祈求王爺給他們開脫，以刷冤屈。小孩子們在父母的指示下，爬過燈篙的腳下；或者逐一躍起，摸篙上的天燈，他們認為這樣王爺就會幫助他們發育。

更有些久臥病榻的患者，藥石罔效之後，由家屬們攙扶著來跪拜王爺。他們動也不動地跪在衙門的門檻下，衙門裡的執事人員，頃刻便拉來一面巨鑼，用繫著紅綾的大鎚，猛敲三下。每敲一下，衙門的役卒便用木棍象徵似的打在病患的身上。如此連打三下，加之以一聲吆喝，算是驅魔。家屬們也跟著下跪，磕頭再三，含涕告謝。

總要到夜幕落下後，繞境遊行的隊伍才會回來。當鑼鼓聲由遠而近地飄過來時，街道兩側的廊廡下，便紛紛地丟出一串串的鞭炮。王爺回來了，抬轎的漢子吆喝著，樂師的絲竹管絃也振奮了起來。鞭炮在他們的腳邊迸跳著火花，掃路的老婦們倦乏地笑了。

要是平時，她們少不了會嘆一口氣：要命啊！但現在不行了，也不必了。她們只是倦乏地微笑著。

七、月琴的嗚咽

混跡在龐大的香客中，偷偷地來到了西港的，還有另一種人。最令人尷尬，也最令人同情的，他們就是乞丐。他們是怎麼和王爺攀上關係的？這是一個有趣的問題，卻也能夠在若干傳說中，找出蛛絲馬跡的線索。

最可信的說法，還是五路瘟神這個神話的原型。前文提過，唐太宗時，五書生赴京考試，名落孫山，遂淪為乞丐，奏樂於長安。及受封為神後，因感念昔日的遭遇，對乞丐特別垂憐。乞丐與王爺的題材，遂在逐日貧瘠的傳說中，添為一項美談，建醮當局當然樂於製造這樣的氣氛。在他們的安排下，警方既不加干涉，善男信女出手又較為大方。上天有好生之德，行乞四方的乞丐，莫不風聞來而。

西港，自然也不例外。慶安宮右側的廟牆邊，後院的榕樹下，席地而坐的、匍匐於地的、衣衫襤褸的、缺手缺腳的、都是來自各地的乞丐。腳前一只破舊的小鉢，手中捧著一個玻璃框成的狀子，歪歪斜斜地寫著他們的身世：苦命女今年六歲，因手足殘缺，為狠心的父母所棄，故淪落為丐。老漢已屆風燭殘年，因謀生無力，家有病妻，無兒無女，願各位善士菩薩。本人因殘缺不全，無法立足於社會，三餐不繼，懇請……太多了，太多了，誰能記得那麼多呢？來來往往的人們，頂多投以憐憫的一瞥，好心的順手丟下一個硬幣。咔地一聲，只那麼苦澀地響了一下。

喉嚨已經瘖啞了，猶賣勁地吟唱著。那個雙目失明的乞丐，能彈得很好的月琴。枯瘦的十指，熟練的撥著僅有的兩絃；那不是在唱，而是在嗚咽。

我的名字叫林克章，他邊彈著邊回答我的問題，臺中樹仔腳人，今年六十多歲。還沒出來乞食前，是捉龍的（按摩），後來當然失業了，你一定知道，人家現在喜歡水查某囝仔。後來沒辦法，就當乞丐了。我的女人嗎？她現在完全瞎了，比我還不行，生了一個憨囝仔，二十幾歲了，除了會流口水外，什麼都不會。我這個老歹命呀——談到傷心處，他又嗚咽地彈唱起來了。歹命人啊——急驟的絃子，絞出了他更多的淚水，零零落落的，又有些零錢丟到他的小盆子裡去。

比較引人注目的，是一個失去雙臂的男孩，今年還不到六歲，他被擺在一塊小塑膠布上，那兒總是圍滿了人。小男孩十分清秀乖巧，能用腳趾夾著鉛筆寫字，觀者無不稱奇，對他問東問西；有些好心的婦女，還充滿著憐憫的去撫摸他斷臂的遺痕。他的父親只在旁邊為他撐傘，或者拾錢，什麼話都不說。那個小臉盆裡堆滿了紅紅綠綠的鈔票，十分地可觀。

你們都給那個男人騙了。後來一個年輕的女乞丐對我說：那個男孩是他用六千元買來的，現在就靠著他吃飯，不知給他撈了多少錢了，但他一點天良也沒有，動不動就毒打那孩子。

噢！可憐的孩子，天下還有比這更令人痛心的事嗎？

其實，她繼續說：我們都好不到哪兒去。我們一家被列為一級貧民，每月才領三百元。哼！誰願意出來做乞丐，被逼到了，臉皮就厚了。我爸爸媽媽都是乞丐，我呢，平常在旅社陪人睡覺，做醮時就出來當乞丐。平常日子，我們看到警察就跑……

月琴，又不知從哪個角落裡幽怨地傳來，想必是那個戴墨鏡的女人吧！人潮在他們蹲坐的腳前不斷地迴流，他們的琴聲畢竟是無力的，淹沒在吵嘈的聲浪裡，有誰聽得到那醮著血淚的哀鳴呢？

八、陣頭，瘋狂的時刻

五月十三日，整個慶典活動，被盛大的遊行陣頭帶進了高潮。來自七十五村鄉的陣頭，一大早就離開他們的村子，一路往西港遊行表演而來。中午時分，已在西港鄉公墓附近的空地集結完畢。

當天下午，西港到佳里之間的中央公路上，實施交通管制。公路兩旁擠滿了圍觀的群眾，從公墓經鄉公所到慶安宮，人潮愈擠愈密。小街兩旁的樓閣，住宅的屋頂，也都站滿了人群。正午的太陽，那麼滔滔地直射著，人山人海的西港，已在熱烈的期待中，變成一座瘋狂之域。

參加這次遊行的陣頭，種類繁多，計有金獅陣、鑼鼓陣、宋江陣、七響陣、水族陣、水牛陣、白鶴陣、八家將、虹雲龍陣、太平歌陣、八美圖、北管南管、五虎平西等，總計八十一隊，陣容可說是空前地龐大。

下午二點鐘，慶安宮大殿前的大鼓敲過之後，四處的鞭炮聲也在同一時間響起；繼之而起的是八十一陣頭的鑼鼓。鑼鼓齊鳴，炮聲不絕，第一個陣頭，在這樣盛大的聲勢下，吹吹打打的進入小街，往慶安宮進謁來了。

王府，兀自聳立在人海之上，兩扇朱紅的大門微啟，衙門開柵，讓陣頭進來參拜獻藝。衙門的內庭，原本是肅穆之地，此刻卻成為最熱鬧的場所。陣頭一個緊接一個進來，表演他們的拿手好戲，受封參拜後，即刻退出。川流不息，應接不暇，氣氛愈演愈烈，令人熱血沸騰，不能自已。

這些陣頭中，最多、也最具有爆炸性的，當然要數神轎，每個神轎都有一兩個乩童在前開路。他們大多兩眼發直，睜目裂眥，全身發顫不已，已進入昏厥狀態之中。一路蹦蹦跳跳，還以手中的刀劍在背上猛砍。滿身青紫，血痕斑斑，看了倍覺恐怖。隨著鑼鼓愈敲愈疾，他們更陷於瘋狂之中，緊隨在後面的神轎，這時也猛烈上下晃動。忽前忽後，跌跌撞撞，令人猛捏一把冷汗，好不容易才能使他們安靜下來。

傳統的宋江陣，一向是節慶中重要的陣頭，也最為人喜愛。它的人數最多，陣容最整齊。頭綁毛巾，身著短衣短褲，足踏長統黑色布鞋，一個個虎背熊腰，皮膚黝黑，不愧是做農的精壯漢子。他們表演陣法與搏擊技巧，技術嫻熟，動作劃一，最後齊呼一聲：「喝」，結束了表演。

八家將則以色彩鮮豔，引人注目。他們的臉部，全塗以濃厚的油彩，黑眼紅唇，臉部被渲染得尤其奇特。全身披紅掛紫，倍覺惹眼。表演時，配合著挑在肩上的一擔鈴鐺，節奏緊急，動作俐落，由那些十五、六歲的少年郎扮來，虎虎生風，逼真極了。

以上這些陣頭，因以動作為主，慣被稱為「武陣」，充分表現了農村社會中粗獷的一面。由於他們的聲勢過於浩大，幾乎要使其他的陣頭黯然失色。但比較起來，某些「文陣」似乎更能表現農村淳厚的人情及樸實的性格，比較精采的有牛犁歌和太平歌陣。

牛犁歌以七、八個農村少女，圍著一隻犁跳舞來表演。少女們的打扮十分俏麗活潑，音樂以輕快的調子為主，皆取早期的農村民謠。當她們拉著犁，愉快地舞著時，笑臉含春，彼此調笑；又故做柔媚之狀，叫人發噱，整個歌舞就是一團和氣歡樂。

太平歌陣又稱為天子門生，以吹奏樂器為主。有男人，也有女孩子，使用的樂器有大胡、天胡、鐵弦、古琴、笛等多種。通常先奏蓮步走日，歌頌天下太平，萬物和祥之意。

兩者可以說都是農村社會的反映，在一個承平富足的社會裡，才能產生這樣的歌聲。農村生活儘管辛苦，也有他們輕鬆愉快的一面。這些歌聲或可看成他們的寫照，也可代表他們的願望。

不管哪一種陣頭，浸淫在這麼激越狂宕的氣氛裡，他們都已化為這個節慶的巨大脈動，盡情地躍動著。天已經黑了，而人們並不覺得。衙門裡上了燈，燈篙也灑下了它的光輝，所有的大街馬路，還堵塞著人潮。人潮泛濫的西港，是這個時刻的瘋狂。

九、焚燒的王船

王船，始終靜靜的泊在右方的廣場上；更確切點說，應該是泊在密密麻麻的人海上。所有的儀式，都在它冷眼的旁觀下進行，到最後，儀式落到它身上來了。

四月十六日，丙寅晨四點五十分，那個白髮蒼蒼的老人，特地提早了半個小時起床。在曦光微露中，習慣地來到王船邊，手輕輕地撫摸著那堅硬的船腹。

他叫王神助，就是這艘龐然大船的創造者。今年已經八十四歲，老人還是那麼健朗。三個月前，他開出一張材料單，三個月後，他將那一堆材料造成了一艘巍然壯觀的巨船，三十餘年來，也不知是他造過的第幾艘了，而它馬上就要被焚化。

七點剛過，陽光猶在雲堆裡偷睡，這艘高達二丈六的王船啟碇了。兩根粗繩，繫著船腹的一根滑木，由成千上萬的信徒用手繩拉著，緩緩地滑過那條狹隘的小街。桅檣上，旗幟招展，船上拋下的銀紙滿天飛揚，兩旁的人群爭相搶奪。王船，在信徒們的簇擁下，轉向西南方的田野，緩緩地駛去。

那是一片相當開闊的田野，田埂上望過去，遠遠地可看見曾文溪的沙岸。王船到了那兒，以東北向西南的方位，迎著朝日東昇。千萬條的光柱，染黃了那片片的桅帆，四周的人群，都在等待中靜默著。

鐵牛運來一車車的銀紙，倒在王船的四周，像一堆小山丘。道士們做完了法事，旗牌官猛的拍馬上前，繞著王船跑了三匝。火，開始從銀紙堆裡燃起，很快地翻上兩舷。一隻公雞從火堆中沖天而起，馬上被幸運的人捉住，咯咯咯地啼叫，火勢已在船身熾旺地燃燒了；只一瞬間，已變成火海一片。

火光映著朝暉，黑煙一蓬蓬地揚起，熏染得背後的天空都紅透了。王船焦黑的軀殼，仰臥在烈火的懷中，逐漸地解體、崩潰……

火海中的船影消失了，它在航向另外一個世界。它會繼續無止盡地漂流，在人們的心中，那片更神祕的海洋。

十、尾聲——謝燈柱

十七日的西港寧靜多了。太陽依舊從慶安宮右側的雕梁前升起，只是再也聽不見咚嗆咚嗆的鑼鼓聲了。聽不見鼓聲，也看不到人群，沉靜的西港，彷彿突然蒼老了許多。陽光靜靜地晒著慶安宮前凌亂的廣場。

巳時午前十點，大殿裡走下幾個醮局裡的執事。他們沉默地走到廣場前端的燈篙下，將鉛絲繩索解下。輕輕地一推，七支修長的竹篙，在空中劃過最後一道弧線，往下傾頹下來。然後又走出幾個雜役，他們將竹篙抬起來，丟到一邊去。竹竿在水泥地上拖著刺耳的響聲；除了那響聲，廣場裡是一片寂靜。

我從大殿踱下來時，陽光依然刺人的眼，只是不覺得那麼強烈。我又繞著廟宇走了一圈，多少帶有點憑弔的意味。

一夜之間，一切好像都很惘然了，那香火、那炮聲、那雜沓的人群、那瘋狂的陣頭，如今哪兒去尋找呢？三年一科的大醮，真的像一場瘟疫，折騰了六天六夜之後，不留痕跡的去了。

西港，籠罩在狂歡後的一片沉寂中，就像在一種命定的、被庇蔭著的幸福裡沉睡過去了。那種自信，那種喜悅，在在都流露出他們對於王爺的一份強烈的依賴和親近。

當車子駛過西港大橋，西港逐漸隱入那條綠色的地平線後，我知道那種神祕的庇蔭力量，就像那片綠色的大地，世世代代擁著那些小小的鄉村，擁著農民們小小的、單純的希冀和夢幻。

一九七六年六月三十日完稿

失去的水平線

——草嶺潭崩潰記

前言

草嶺村位於雲林縣古坑鄉，蜷臥在東南端最偏僻的一隅。這兒，起伏著雲林縣境內唯一的山脈；一山又一山，簇擁著伸進了阿里山山脈高聳的雲天間。東與嘉義縣的阿里山番地拉拉齊地毗鄰；西以清水溪為界，與樟湖村密接；南與梅山鄉瑞峰村的三千嶺遙遙對峙；北與南投的竹山鎮為鄰。群山環抱，峰巒疊翠，清水溪蜿蜒流經其間，為一與世遠離，充滿了山光水色勝景的山村。

現時的草嶺村，下轄草嶺，竹篙水，石壁、外湖、內湖、鹿堀、堀坐、曲坑、光田等九鄰，分散在五平方公里的山林內。村內的一百五十餘戶住家，便散居在各個山坡水湄，三五人家，自成一個村落。灰瓦紅牆，綠竹合抱，有若古代的莊院，把個草嶺村點綴成山水畫裡的一幅好風景。

然而，山村裡的生活卻是清苦地。由於山地崎嶇不堪，村民們只能在狹窄的溪谷間拓植著水稻。

山坡地上，則種植麻竹、山芋、百香果、苦茶、薑等類的山產。農作之暇，還得到深山裡獵些野豬、山兔等野味，來補充糧食的不足。

山村的生活，自來便是這樣地貧乏、單調。男人們僅有的娛樂，大約便是在飯後低酌淺飲一番；女人家們只能在閒聊時道長說短。這種生活雖有點單調，卻不失古樸、寧靜，在單純的山居歲月中，自有一份淡泊的情趣。

自古以來，清水溪和草嶺便是不可分的。在某些村人們的心中，它們甚至是合而為一的。它發源於阿里山北麓，從大塔山、小塔山蜿蜒流來，在全仔社與阿里山溪匯合後，便沿著草嶺村，曲曲折折地繞過村子的西南邊緣，在楓子崙一帶，流過堀坔的山腳。

這一彎帶也似的溪流，潺潺地流動著清澈的溪水，流過寬廣的河床，也流在村人們永世難忘的記憶中。

假如沒有清水溪的話，或者，假如它不流經堀坔山的話，那麼，草嶺村便會真地是一塊寧靜、安詳的樂土。何其不幸的是，它不但流過堀坔山，而且河道正好在此拐彎，從南往北，直衝向堀坔山的山腳。於是，一幕又一幕的慘劇，便在這個交會點上，在這個小小的山村裡，一代又一代地重演。

一、風雨中的崩聲

八月，在中部的山區是個不祥的月分。

戈登的裙裾才剛剛拂過，被氣象人員列為超級颱風的賀璞小姐，挾著巨大的聲勢，不旋踵又緊跟而來。山雨欲來風滿樓，直吹得草嶺的村民們人心惶惶，不可終日。

山上，正是竹筍收割的季節，每個人都在擔憂著無情的風雨，會攫去他們一年的血汗。有些人家連忙動員起來去搶收；有些只是茫然地在竹林內空打轉；更多的人都在神明前祈福，求老天的垂憐。好在雷大雨小，賀璞輕扭腰肢，略一徘徊，匆匆地便走了，並不曾帶來多大的災害。

麗日高懸，朗朗照著草嶺山坡上廣袤的竹林，映照著清水溪乾涸的河床，村內的割筍也在這時進入了高潮。不分男女，大家都披戴起來，腰際斜插著鋒利的柴刀，挑起擔子，飛快地隱入竹林的濃蔭中。高地搬運機滿載著竹筍，在林隙的小徑間來回穿梭，嘎嘎地吼叫著。路旁的筍寮內，冒著一蓬一蓬的輕煙，夜以繼日地燒烤著。火光閃閃爍爍，終宵不熄，使得村子裡裡外外，到處都洋溢著一股濃郁地、熟透地收穫的喜氣。

不過十餘天的光景，阿里山區又湧來一堆堆烏黑的雲層，擴散開來，籠罩著嘉南雲峰一帶的山峰。陰陰晦晦的雲霧，遮住了陽光，風也冷颼颼地在竹林間吹颳起來。

八月十二日晚上九點三十分，中央氣象局正式發出了中度颱風歐敏的陸上警報。十四日，暴風邊緣掃過了臺灣東北部，中心最大風速每秒三十五公尺，暴風半徑為三百五十公里，預測十五日晚間九時的位置，在臺北北北東方約四百公里的海面上。

村子裡一家家門扉緊閉，大家都聚集在收音機旁，收聽最新的颱風消息。雨也從這個時候開始，在廣大的山區間刷啦刷啦地猛下起來。村民們憂心忡忡地望著窗外，遠遠的山腳下，傳來清水溪湍急的奔流聲，每個人似乎都能預感到一股不祥的凶險，正在這個風雨交加的晚上，慢慢地醞釀著。

這股歐敏颱風的環流帶來的豪雨，足足地在阿里山區落了一個晚上。草嶺也在這陣狂風驟雨中，度過了漫長的一夜。

八月十五日，破曉時分，風漸漸地歇止，但雨仍霏霏地在山區飄著。住在公田的簡英憲，一晚沒睡好覺，老是在惦掛著筍寮的安全，因此天才矇矇亮，就迫不及待地起床。他披上雨衣，匆匆地往筍寮去走，深怕它已被溪水沖走。

二十八歲的簡英憲和他的弟弟，每年竹筍採收的時節，都出來幫人割筍。兩天前，他們才割完坎腳的一公頃竹林，連夜又轉移到上游一公里的溪邊。這一座筍寮正好位於溪邊的懸崖上，離清水溪的河床不到一百公尺，溪水若高漲的話，很可能會將它沖走。一沖走的話，那裡面的四、五百斤竹筍，當然就要蕩然無存。

外面，猶是暗濛濛一片，雨點冷冷地落在他臉上。簡英憲可顧不了那麼多，他急急地走著，及在轉彎處看到那座筍寮，才鬆一口氣。走進筍寮，看著竹林底下黝黑的溪水，內心裡突然顫慄起來。

就在這時，從堀坔山的方向，傳來了轟轟的響聲。轟隆——轟隆——一陣緊接一陣，低沉而鬱塞地，像響在遠天的悶雷；復又在沉寂的谷底溪澗激盪迴旋著，像一聲聲鬼魂的啁啾，把他嚇呆了。他直覺地想起，莫非又是堀坔山崩山了？這個念頭在他眼前一閃，他再也顧不了竹筍，拔腳就往村子跑，一邊在心底狂喊著：天啊！堀坔山又崩山了。

這時，天已經漸漸放亮了，距離堀坔山五公里之遙的草嶺，已經甦醒過來。雨絲若有若無地飄在繚繞的煙雲間。雲嶺山莊的主人蘇國棟起床後，正在打掃庭院的落葉，忽聽得鄰人們在議論著什麼似地，便圍攏過去，大家七嘴八舌，正在探詢剛才那幾聲譎詭的響聲。有人說是打雷，有人說是崩山；也有人笑著說是在做夢。眾人議論了半天，談不出一個結果來，正要各自散去，忽然見到二路頭的陳善源慌慌張張地跑過來，一邊還嚷著：不好了，堀坌山崩山了。

他上氣不接下氣地往村長家裡跑去，大家也跟著過去，寧靜的明修山莊裡，突然顯得騷動起來。村長李明修和他的父親李祥，正坐在廊前等著吃早點，一邊還在談論著昨夜的風雨，不知會不會造成公路的坍方。見到一批人倉皇地湧進來，正要發問，陳善源已等不及地嚷著：堀坌山又崩了！

二路頭位於嘉義縣的瑞峯村，正好隔著清水溪與堀坌山遙相對望。當堀坌山開始崩塌的時候，陳善源和他的鄰居黃良駼都被驚醒過來，只聽到轟隆轟隆之聲不絕於耳，有如萬馬奔騰。他嚇得摟著一家大小，動也不敢動地緊抱在一起。天明後，到外面一看，崩下的砂石已將清水溪堵住。混濁的溪水正在一寸一寸地往上漲，他知道情況嚴重，連飯也沒有吃，就趕到草嶺來通報，希望大家提高警覺。

四十二歲的李明修村長，是個幹練的基層行政人員，在草嶺頗受當地村民的愛戴。他在村長任內，完成了草嶺對外的產業道路，建立了村內的電視收視網線，目前正在致力於交通路況的改善，然而在這時，又多了一樁令他擔憂的事。

吃過早飯後，他再也放心不下，立刻騎上摩托車，匆匆地往堀坌山奔馳著去。他的父親李祥，已有七十四歲的高齡，經過了歷次的山崩，使他對堀坌山的了解比任何人都來得深刻。他望著李村長的背影消失在山腰間，彷彿又看到了二十八年前的慘劇，不禁仰起花白的頭髮，嘆息道：唉！堀坌山，莫非這是天意嗎？

二、黑色的堀坌山

李村長離開草嶺後，便沿著溪邊的一條村道，飛快地往前馳去。落了一夜的雨，那條不到二尺寬的小徑上，到處都積滿了水。東一個水窪，西一個水窪，騎過去時，泥漿便濺起老高，沾得他一褲管都是。每次經過這兒時，最令他痛心的便是這條道路始終得不到縣府的重視，一味任它荒棄在這兒，大大地影響了村民的出入及山產的運輸。才不過短短的四公里，當局似乎連瞧它一眼的興趣都沒有。他想還是要盡量去爭取，否則村民們太辛苦了。

不久之後，他在一座筍寮前遇上了簡英憲，簡回去通知了鄰人後，又回到筍寮來工作了。他正在考慮今天要不要去割筍，看到村長騎著摩托車過來，便將他攔下來，告訴他堀坌山崩了，要他特別小心。李村長告訴他，他正要去崩山的現場看看，不礙事的。

二十分鐘後，小路到盡頭了，李村長捨車進入茂密的竹林中。林子裡更是潮濕，地上被割筍的人家踩得一地泥濘不堪。他東鑽西鑽，愈近溪邊，便愈多倒塌的竹林，以及橫七豎八的枯枝、石塊。等他下到溪邊，到了崩坍現場，抬頭望去，那堀坌山上果然崩下了一塊長達兩千公尺的斷面，犬牙交錯，裂痕猶新，只是面目全非，滿目瘡痍，看起來倍覺猙獰可怖。

堀坔山上，還有雲層飄浮，崩下來的巨岩砂土，滑落達二、三公里之遙，堆積成一座天然土石壩，剛好把清水溪整個都堵住了。壩上巨石磊磊，連根拔起的樹木東倒西歪，壓擠成一堆橫生的森林。到處都是石塊，都是泥沙，環顧四周，一片殘破不堪的景象，恍若歷經了一場人間浩劫。

而更令人怵目驚心地，便是被堵塞住的溪水，已在短短的時間內竄升上來。每過一分一秒，便漫過一枝枯枝，吞下一塊石塊，這麼一步緊接一步地高漲上來了。

李村長這才真的慌了，雲煙縹緲中，他望著堀坔山那醜惡的形體，不禁觸動了那永世難忘的回憶。啊！這可詛咒的惡魔，又再度來尋求它的報復了嗎？

這座令草嶺村民心驚膽寒的堀坔山，聳峙在楓子崙地段的清水溪北岸，距離草嶺村約莫有五公里。據當地老一輩的人說，早年山頂上有一個大水堀，四周土質十分軟弱，因此被稱做堀坔山（坔，音隆，臺語指水多而軟之地）。山有東西兩嶺，東嶺較高，西嶺較低，其間為東西走向的狹長鞍部，標高一〇四〇公尺，高聳雲天，形勢極其突兀險峻。

在地層結構上，堀坔山為砂岩頁岩或泥岩互層。砂岩易滲水，且節理多，頁岩或泥岩不易透水，地下水多自地表經砂岩滲入地下，遇頁岩或泥岩則又自地下滲出。因此，若經雨水或地下水長期浸潤後，頁岩便具有潤滑性能，而砂岩則被節理切割而成自由塊體，幾乎是各自獨立的石塊。

地質學家林朝棨教授分析說：當雨水不斷沖刷後，這些砂岩頁岩便會與泥岩脫離，而崩落下來，此種現象在地質學上稱為地層滑動（mass slip）。

據調查，阿里山區年降雨量達四千公厘以上，而蒸發量僅八百餘公厘，使得土石堆積中的含水量特別豐富。不僅風化作用甚強，更兼有水化作用，故從地表覆蓋情形來看，堀坌山表面的雨水沖刷似乎影響不大。但因地下水含量甚豐，形成「孔隙水壓」，實為促成山崩的主要原因。

省地質調查所的徐鐵良先生，很早就對堀坌山發生興趣。民國六十年，他便曾來到堀坌山下，從事現場實際勘察研究。他同樣指出：清水溪中上游的岩層地質軟弱，而節理特別發達。每於大雨之後，受雨水或地下水的侵蝕，使頁岩軟化，無力支撐，造成傾斜面的岩層表面滑落。堀坌山過去所發生的巨大崩塌，都是受這種地層變化的影響。

老一輩的村民，至今尚能繪聲繪影地談論歷次山崩的情形。從小，李村長便在這些傳言中長大。這堀坌山一直像一座魔山似的壓在村民們的心頭，因之，使他們對人世產生了一種無常的幻覺。

遠在遜清咸豐末年，堀坌山在豪雨的侵襲下，首度崩坍。崩下來的土石，將清水溪的出口堵成一個水潭。那時的蓄水量與潭水面積，雖然沒有確實的紀錄可查，但根據推斷，似乎並不很大。

同治年間某個農曆七月，山上一連下了十餘晝夜大雨，山洪猛烈地沖刷下來，那座天然壩突告崩潰，潭水狂奔而下，決定了清、濁二溪在竹山附近滙流的歷史命運；也造成了那條長達八十四公里的虎尾溪的雄姿。當然更造成了雲林、南投下游地區慘重的損失。

經過此次災變後的草嶺潭，又回復了原先的面貌。只是一個遍地狼藉，面目可憎的河床罷了。民國三十年冬十二月十七日，凌晨四時，嘉義地區發生強烈地震，震幅之大，連草嶺也不能倖免。堀坌山南坡的小山嘴再度崩塌，崩落下來的土石，堵塞在原來的潭邊，形成一條八百公尺長，一百四十公尺高的天然堤堰，由堤堰至潭尾，迤邐長達五公里。

翌年八月間，山區又降豪雨，連續三晝夜，落雨量達七百公厘。十日這天，山洪暴發，往潭底猛洩，堀坌山再度不支。崩落的土石飛越了兩公里，朝原先的天然堤堰覆蓋下來。滿潭水時的潭水面積廣達三百九十七公頃。使得沿岸二百公頃的耕地，十七戶的住家，六十四條的人命，以及數不盡的家畜，全部慘遭潭水吞沒，作了潭底的冤魂。

這座世所罕見的天然大壩，在歷經了八年的重荷後，終於顯露出不支的疲態。民國四十年夏五月十八日，山區大雨滂沱，潭水的水位驟增，超出溢流口達四公尺，不但洪流劇疾，沖刷力量尤為勁烈。晨五時，溢流口下游發現裂縫，兩岸的巨石不斷滾進潭裡。溢流口及溢水道開始全面崩潰，到中午十二點止，流出的總水量高達一億立方公尺，直向清水溪下游奔騰而下。一路怒潮洶湧，濁浪排空，洪水所經之處，無不披靡，造成了雲、嘉、彰、南四縣亙古未有的巨災。

這次災變，總計死者一百三十四人，被災者一萬一千三十餘人，房屋全毀者一千兩百餘棟，流失淹沒土地一千三百餘公頃，財產及牲畜等損失一千七百餘萬元。

這些血淋淋的慘劇，一幕幕地掠上李村長的眼前，眼前那座堀坌山看起來更讓人覺得猙獰恐怖了。它冷然聳立雲際，彷彿做勢欲撲向草嶺所有的村民，李村長頓然感到背脊一陣陰寒，渾身汗毛倒豎。他疾步退出林外，跨上摩托車，瘋狂般地馳回草嶺，一邊堅決地從齒縫迸出一句話來：這次絕不能再讓這些慘劇重演了！

李村長在八點前趕回明修山莊，即刻以電話對外發出緊急通報：「草嶺潭因豪雨崩山堵住溪流，致使潭水升高，隨時有崩潰危險，請通知清水溪沿岸居民，提高警覺，隨時注意安全。」

三、草嶺潭的再生

當日晨八點半，臺灣省水利局長陳文祥，正在臺北參加中國工程師年會，突然接到主任祕書從臺中打來的電話，告以草嶺潭被堵塞的事，使他頗為震驚。會議一結束，他便連夜趕回臺中，在干城辦公室聽取了有關的資料，這位身負全臺水利建設重任的首長，立刻感到事態的嚴重，心頭也更為沉重。

當晚，正在臺北出席行政院會的省府主席林洋港，獲悉了這個消息後，頗表關切，頻頻打電話給陳局長，詳細詢問有關狀況，並指示陳局長第二天即到現場勘察，以便盡快研擬解決的辦法。

現年五十六歲的陳文祥局長，兩鬢微霜，作風穩健，早歲便東渡日本，在早稻田大學習建築。後來又到美國專攻防洪及水壩工程，是國內防洪及壩工的傑出專家。自民國四十年進水利局服務後，先後參與了石門水庫及曾文水庫的興建，並一手規劃了省內大部分的水利設施，經驗十分豐富老到。然而面臨了草嶺潭這個憑空冒出來的天然潭，一時竟也尋不著頭緒，一整夜都在苦思焦慮，無法成眠。

第二天一早，陳局長在局裡召開了緊急會議，水利局裡的各級主管及技術人員都參加，連主管嘉南地區的第四工程處處長賴德全也遠道從溪州趕來。他們就現有的資料，仔細地分析、計算，並假設了各種狀況，來研判它們的安全程度。但因資料有限，無法適用於不定流理論，因此沒有得到具體的結果。

當天下午兩點，陳局長在企劃組長林克明的陪同下，抵達雲林縣政府，聽取了建設局長陳新登及水利課長蕭山橋的簡報，然後一齊登上吉普車，直奔草嶺。

在前往草嶺的途中，蕭山橋課長自然地談起了當年草嶺潭潰決的慘狀，以及昨天傍晚他隻身上草嶺勘察的情形。精悍的蕭課長，有一張深刻而黝黑的臉，說話又十分快捷，因此縣府裡的同仁都逕呼他為「黑面蕭」。蕭課長任水利課長十餘年，對雲林縣境內各地的水利設施瞭若指掌。言談之間，不勝悽慘，一路上大家的心情都顯得十分沉重。

五點多他們抵達草嶺村，一刻也不曾休息，便徒步去尋堀坌山崩坍的壩址。為了尋求展望良好的視線，他們竟然迷路了。帶路的蕭課長一直表示歉意，陳局長則連說沒關係，但成串的汗水已淌滿了臉上。緊貼著溪崖的竹林裡，到處都是蔓生的葛藤，濃密的蕨類，以及帶刺的雜樹。時值薄暮，黃昏正要逝去，四下裡黑黝黝的一片。他們在竹林中鑽了半天，最後總算找到了壩址。

令蕭課長驚訝地是，他昨天才站立的岩塊，早就不見蹤影。四周又出現許多新崩的痕跡，崩坍處揭起新翻的泥心，連一絲絲未斷的鬚根都清晰可見。短短的一天內，潭底的水位已溢過溪邊的竹林，淹沒了磊磊的石塊，持續地、平穩地往上漲，往土石壩的隙縫裡鑽。再往上游望去，潭面上漂浮著斷裂的樹枝、枯黃的野草，煙波千里，已漫溢到彎彎曲曲的水道彼端。

陳局長一看時候不早了，連忙吩咐隨員將地圖攤開，與現場兩相對照。發現潭面的邊緣地帶，還有幾叢竹子露出水面，可以想見水位一時還不很深。但為了慎重起見，他還特地坐上運輸山產用的流籠，滑到清水溪上空去觀察。凌虛御空，縱目所及，整個草嶺村盡在眼底；尤其是那座漫溢已達八十六公頃的草嶺潭，更為醒目。

夕陽殘照，然而渾綠的水面上卻映不出一點波光，反倒抹上了一層昏瞶滯重的色澤，像死亡一般寂然地僵臥著。陳局長怔怔地俯望著，彷彿看到了二十八年前那座已經死亡的幽潭，又再度降臨在他的腳下。一陣風颳上來，他汗濕的背脊上突然沒來由地感到一陣寒冷，連忙吩咐將流籠開回去。

整個勘察完畢，天色已經黑暗下來了。一行摸黑回到明修山莊，吃過飯後，連忙又坐下來計算資料。根據下午六點鐘測得的資料顯示，新生的草嶺潭長三千二百公尺，寬兩百七十公尺，水域面積八十六公頃。又測得水位標高五一二．六五公尺，土石壩標高五二三公尺，兩者相差僅二十一公尺。現時水位正以每小時十五公分的漲幅上漲，那麼，預計七天之內即會溢流，屆時的蓄水量將達四千三百五十萬立方公尺。而這五百萬立方公尺的土石壩，能負荷得了嗎？它又能屹立多久呢？誰也不知道！

在陳局長的初步構想中，有兩種方法，也許可以打破這種僵局，使積水慢慢洩出。

一、使用重機械在土壩上開出一條洩洪道。

二、使用爆破方法炸開水道。

但兩種方法都有它的困難之處。首先，草嶺孤懸於群山之中，上山的道路崎嶇不堪，平常連普通車輛都難以上去，更不用說重機械的運輸了。其次，若採用爆炸，更容易再度造成山崩；或促使土壩鬆裂，因此陳局長認為不如靜觀一段時間，再做決定。

晚上九點，陳局長打電話給林主席，報告了現地勘察後所做的決定。但林主席一直主張要想辦法將土壩除掉，以免夜長夢多，威脅到下游居民生命財產的安全。他再三叮囑，務必找到對使用炸藥有經驗的包商，到現場研究爆破的方法，他自己也將親自到場去看。

這行得通麼？放下電話後，他一直在想著，做為一個水利專家，雖然曾成功地在他手中完成了許多水壩，當然也很清楚自身的弱點。以人類的雙手，要來抵抗變化莫測的洪水，多少是要憑點運氣。

然而長久以來，理論的鑽研以及實地的經驗，又讓他對自己的雙手充滿了信心。那麼，他到底在害怕什麼呢？他忽然又想起剛才在半空中看到的草嶺潭，死亡與新生的輪替，不也是一種極正常的自然規律嗎？可是它帶給人們的卻是一種無常的幻象。做為一個水利工程師，他該如何將這種幻象擊破呢？

九點三十分，他們一行在夜色中離開了草嶺。陳局長望著黑魆魆的溪谷，腦海中仍蕩漾著那八十六公頃潭水的水波。他寧願相信，這自然的挑釁，終必會在人們的手中瓦解。

十點半山區又開始落雨，如今草嶺村的村民們再也聽不見溪水奔流的聲音了。不錯，清水溪死了，但草嶺潭卻復活了。在雨水滔滔地滋養下，它那八十六公頃的龐大身軀，正在黑夜裡惡性地膨脹著。

四、溪坪仔最長的一日

十七日清晨，雨仍然滴滴答答地落著。草嶺的村民們起床後，照例聚在屋簷下，焦急地探望著草嶺潭的新況。溪谷間煙雨依然濛濛，但昨天傍晚才逗留在水濂洞下的潭水，已迅速地漫延到「峭壁雄風」的懸崖底下。渾渾綠綠的潭面上，籠罩著一片深沉地，未可知的肅殺之氣。

一個村民突然驚叫道：糟了！看樣子馬上就要淹到溪坪仔了。大多數的村民們這才大夢初醒般地張著大嘴說：啊！是的，溪坪仔確實很危險了。

溪坪仔位於草嶺著名的風景區「峭壁雄風」的斷崖下，是全村最低窪的地區，距離草嶺本莊約有二、三公里。由於位置僻遠，又在山腳，上下頗為不便。因此人跡罕至，除了當地人外，很少有人知道這個地方。

溪坪仔，顧名思義，便知道是濱臨溪邊的地方。清水溪在全仔社和阿里山溪匯合後，在這兒展開了一片極為開闊的河床。李木骰、李勇兄弟，及官簡暖女士僅有的三戶住家，即位在這片河床上。

四年前，李氏兄弟攜帶了家眷，離開瑞峰村的老家，渡過清水溪來到這裡。在河床上拓墾了兩、三甲的溪埔地，種植著水稻、山芋、薑；也在房舍的四周種植了大片的桂竹林。屋舍儼然，阡陌縱橫，頗似遁世避俗的隱逸人家。

官簡暖女士的房子，在他們下方約百米的地方，已很接近溪邊。房子四周長滿了高可齊人的蘆葦，後面還有一叢茂密的竹林，看上去很是孤單。

原先她和先生在這兒經營一小爿雜貨店，專門賣給對岸太和村的居民；還搭建了一座簡陋的流籠，直通草嶺山上，用以運送瑞峰村當地的山產。一年前她先生官德美車禍去世後，流籠便漸漸少用。一個孤苦的女人家，帶著四個不懂人事的稚兒，僅靠小店有限的買賣，艱苦地在溪邊生活著。

三十歲的官簡暖有一副矮壯、能幹的好身子，然而早凋的青春，以及生活重荷，已使她看起來相當倦乏，相當憔悴了。可是，命運還是不放過她。

十五日，二路頭傳來堀坐山崩坍，清水溪被堵塞的消息後，她也焦急地隨著李木骰夫婦到崩坍現場去觀看，滿目殘破的景況，令她心悸不已。回到溪邊破舊的小木屋後，她簡直憂愁得不曉得怎麼辦才好。

五十四歲的李木骰，生就是一副瘦瘦小小的骨架，但卻是一個善良忠厚的老人。他連忙涉溪到對岸田寮官簡暖的娘家去報信，希望能有個人來照應。第二天中午，倒是她的小叔先下來了。

那時潭水已經積到水濂洞，大家商量了一陣，認為不出一天潭水就會湧上來，情勢岌岌可危，再不趕快動手搶搬東西，做遷移的打算，就要來不及了。可是那麼多家具雜貨，要從何搬起呢？官簡暖急得幾乎要哭出來。李木骰夫婦當然能了解她的心情，一邊還要勸慰她，忙碌之中，別有一份悽惻。忙了一下午，待他們將一些較為貴重的東西捆紮妥當，天色已經快快地黑暗下來了。

外面黑漆漆的河床上，只聽到蘆葦在夜風中颯颯地顫動，竹林也咿咿啞啞地在哀泣。水淹到哪裡了呢？誰也不知道，在這個即將到臨的厄運前，除了強忍著接受這個無情的事實外，他們已經別無選擇的餘地。

夜裡又下起滂沱的大雨，整夜官簡暖都不敢闔眼，深怕睡著了之後，會被突然暴漲的潭水淹沒。這將是她住在這兒的最後一夜了，明天之後，她便是一個無家可歸的人。想著想著，不覺哽咽起來，淚水就像潭水似的在她臉上縱橫四溢。在終宵的慟哭流淚中，度過了她在溪坪仔最長，也是最後的一夜。

十七日清晨，雨還是嘩啦嘩啦地猛下著。她推開門，只覺得門縫底下濕濕甸甸地；猛一推開，兩隻腳板便被濺濕得一片冰涼。抬眼一望，峭壁雄風下已是一片汪洋，靛綠的潭水，奔放開來，溢滿了整條溪谷。原先茂茂密密的一片蘆葦，只剩下一些尾梢，在水面上無依地搖晃著。

官簡暖這一驚，非同小可，連忙將地上的東西搬到桌上、床上、家具上。七點才過，水就嘩啦嘩啦地湧進屋子裡。

這時上風的李木骰、李勇兄弟，已經綁好兩艘竹筏，連忙划到她家門口來，先接走四個嚎啕大哭的孩子，又回來搶搬東西。但水漲得出乎意料之外的快，沿著膝蓋、腰，一路往上猛漲。眼看大多數的東西就要被淹沒之時，突然聽到峭壁雄風上一陣呼叫聲，原來村長李明修已鳩合了二、三十個村民前來解危。

當天一早，李村長又冒雨跑到崩坍現址去觀察，發現靠近斷崖春秋的坡面上，又告崩坍，約莫崩下了十公頃的面積，他覺得非盡快通知村民，防止他們接近不可。沒想到回到草嶺後，馬上又有村人來通知溪坪仔被水圍困的情形。

他連忙喚他的表兄許展去找竹筏，自己忙著去招呼人馬，好一齊去搶救。但大多數的村人都割筍去了，只剩下一些老弱婦孺在家。他們只好沿著山坡的竹林，一路呼喚下去。許多村人聽到了呼聲，連忙放下手邊的工作，一齊趕到峭壁雄風的懸崖下。有許多人甚至連雨衣也沒穿，傘也沒打，一任小雨在身上落著。

他們拖著竹筏放在水邊，就飛快地划過去，四、五艘竹筏同時在水面上鼓浪前進。村人們的吆喝聲，解除了官簡暖心頭的不安。每個人都奮不顧身，在落雨的水面上來回穿梭著，一時竟顯得十分熱鬧。他們將搶救出來的東西載送到懸崖下，馬上有人接應著搬運到村裡的招待所。片刻工夫已將大部分的東西搶救出來。這時他們才稍微喘口氣，而每個人的臉上早就淌滿了汗水，身子也早就濕成一片。

潭水繼續往上漲，很快地攀上窗口，那座流籠更是早就不見蹤影。下午兩點，官簡暖坐上最後一趟竹筏，在李木骰的載送下離開那棟小屋時，她的眼中終於蓄滿了淚水，猶頻頻地回過頭去探望著。

這時，李木骰兄弟那兩甲溪埔地，也同時被淹沒了。昨天下午，他還和女人下去搶收了一些薑、一些山芋，但水真正上來時，反倒覺得較為坦然了。那一片綠油油的稻禾，發育得那麼好，那麼整齊，可是，可是，他們眼睜睜地望著它們被潭水吞噬。

黃昏時依然見不到陽光，廣大的水面上盡是一片靛綠、浩浩蕩蕩、煙波幽渺。官簡暖抱著猶在襁褓中的稚子，站在李木骰家裡的院埕裡，忍不住又去看垂垂耄耋的竹叢下，那半截僅存的厝瓦，在水波中無依地沉浮、沉浮，第一次強烈地令她感到家破人亡的慘痛。

然而一個弱女子的她，又能如何呢？她舉起手來，對著四個驚惶的小孩子們說：看哪！孩子，那就是我們的家，我們的家，已經沒有了。

夜幕再度降臨這個飽受摧殘的溪坪仔，黑黝黝的潭水，益發顯得詭譎凶險。李木骰兄弟兩人坐在院埕裡，憂愁地抽著菸，他們知道，下一步便是他們這棟木屋。一生的辛勤努力，終究逃不過這一場浩劫，難道這真是他們兄弟的運數嗎？

他們不懂。然而，逃還是要逃的，等明天一早，他們也要打點行李，準備應變的措施了。

五、一顆不定時的炸彈

十八日清晨，淡淡的雲層下，飄著稀疏的雨。李祥老先生比所有的人都起得早，一向就習慣早起的他，並沒有驚動任何人。往常他每天一早起來後，便牽著家裡的老牛出去散步吃草，順便活動筋骨。但是今天連牛都沒牽，拎了一把鋤頭在手，戴上斗笠，便踏向山腰間的小路，往溪底的壩址走去。

七十四歲的李老先生除了頭髮花白了外，一點都看不出老態來。他走起路來依然虎虎生風，誰也趕不過他。昨晚他聽李村長說：省府主席今天要到草嶺潭來巡視，心裡頭覺得很安慰，也很興奮。他覺得草嶺潭實在太危險了，而且地方這麼落後閉塞，什麼建設也沒有，主要是上級單位不曾深入到這個地方來，不了解村民的艱苦所致。林主席能親自來看看，當然是最好不過了。但坍塌的現場，到處是竹林泥漿，根本沒路可走，主席身為貴人，如何過得去呢？他便決定趁早去開條路，好讓主席走。

這個忠誠的老人，懷抱著這麼一個小小的心願，走下重重的竹林，心裡頭一直振奮著。他知道自己並不企求什麼，但這輩子能有機會為主席做一件事，是光榮；也是義務。因此在他所熟悉的溪崖選好了路徑後，便賣力地揮動起鋤頭。

上午十點二十五分，省府主席林洋港的座車開抵草嶺。隨他上來的還有建設廳副廳長蔡兆陽、水利局長陳文祥、南投縣長劉裕猷、雲林縣長林恆生、建設局長陳新登、國防部轄區軍長胡附球少將、兵工署工程管制組長曹友萍，以及民間爆破專家許東宗等人。車隊迤邐百餘公尺，實為草嶺開村以來難得一見的盛況。

這列壯盛的車隊，開下溪邊那條狹窄的村道後，立刻顯得狼狽不堪。經過幾天的人進人出，本就泥濘不堪的路面，更是顯得支離破碎，連這些大車子都有行不得也之苦。坐在車上的縣府官員們，這時才知道鋪設產業道路的重要。

李祥老先生看到車隊來了，連忙又加了幾鋤頭，然後才退到旁邊去。路雖然沒有來得及開好，但總算理出一點眉目。林主席一行下車之後，在李明修村長的帶路下，走進崎嶇不堪的竹林中，李祥老先生馬上又跟到前面去，一路手中的鋤頭都不曾歇止。

竹林裡遍地的泥漿，又糜雜著一股竹筍的酸臭，充塞在整座潮濕的山坡地。然而林主席卻一點也不在乎，他內心的焦慮，已沒心思來考慮這些外在的因素。他是個責任心重的人，自從得知草嶺崩山的消息後便一直焦慮著。陳局長給他的報告是一天比一天嚴重，每想到下游那些百姓的安全，他便寢食難安。非一睹現場的實況，無論如何是放心不下的。

一行人小心翼翼地來到溪邊，已可以看到崩坍的壩址。由於昨天上午斷崖春秋上又發生坍方，為著安全上的顧慮，隨員們都勸林主席不要再貿然前進。但他不為所動，仍堅持要親自到壩上巡視，並一再表示，不到那邊，怎麼知道情況的嚴重。隨員們勸阻不下，一行人又多翻了幾座斷崖，到達崩塌的土石壩頂時，大家已累得上氣不接下氣。

這時壩下的水位已漲至五一五公尺，堀坌山醜惡的形體半隱在雲煙之間，好像又要落雨的樣子。林主席望著楓子崙底下的清水溪谷，除了一堆亂石外，什麼東西也沒有。再用力踏著腳下的土壩，神色凝重地說：這土壩就像一顆「不定時的炸彈」，絕對不能就現況加固利用，而要設法清除掉。

軍方的構想，是請空軍派遣直升機，將推土機吊到土壩，在中央挖掘一條梯形洩洪道，最後將兩端爆發，讓洪水流出。雖然這個構想得到民間爆破專家的贊同，卻遭到李明修村長的反對。他表示，目前潭水已達五一五公尺，距離滿水位僅十公尺，每天如以三．六公尺的幅度上漲，三天內必然溢出，推土機根本無法及時產生作用。

軍方另外又提出爆破的構想，即是使用特種彈頭，使爆炸後能深入到地層下，來擴大爆炸的威力；或者，乾脆徵調砲兵入山，施以砲擊。

這些構想，又遭陳文祥局長的反對。他認為這樣太冒險了，在目前岌岌可危的狀況下，絕不能有絲毫的差錯，否則造成土石壩的潰決，後果就不堪設想了。他還是主張再觀察一陣子，確知壩的強度及安全性之後，再來做進一步的決定。因此他建議調水利局的規劃總隊上山，先對土壩及四周水位做精密測量。測出確實水位後，盡快建立早期警報系統，並做為將來的參考。

在這種僵持不下的狀況下，林主席突然提出來，是否可以使用虹吸管原理，將壩上的水導引到壩下來。專家們指出，在技術上尚無法控制那麼巨大的水管，因此這個構想也行不通。

當這些專家們再度陷入沉默之中，而一籌莫展時，李明修村長卻憑著這些天來的觀察，以及對於當地地形的了解，提出了他的意見。他表示，理想的做法應先將土壩最低處的雜木清除，開闢臨時洩洪道，使潭水緩慢自然地流出。

這個建議是比較溫和，且可行性較高的，林主席當場就宣布兩項緊急措施。

一、在土壩最低部分，在三天內開臨時洩洪道，由雲林縣政府負責僱工，草嶺村長李明修負責在場督導。

二、雲林縣政府立即在草嶺村開闢臨時道路，通往山崩現場，以應施工需要。

這兩項緊急措施所需的經費，概由省府動支預備金辦理，這項現地的勘察討論，總算到此告一段落。

這時堀坔山的烏雲愈聚愈密，不久雨又飄下來了，林主席一行在雨絲中爬上溪邊，再穿過竹林，出來時汗水和雨水又濕成一片。事實上，這幾天來林主席感冒未癒，這一趟長遠跋涉下來，終於使他面色如土，大氣直喘，但他仍如常地鑽進車子裡。一個隨員即時遞上一瓶可樂。他一仰而盡，一邊連呼：啊！好極了。

當天下午，林主席回到中興新村後，即刻呼籲濁水溪下游兩岸居民，要有正確的防洪觀念，千萬不可掉以輕心。他強調說：只要大家防範得宜，就算草嶺潭潰決，也不致造成太嚴重的損失。

在林主席的呼籲下，南投縣政府隨即通知縣府各有關單位，採取下列緊急措施：

一、濁水溪各處堤防由竹山鎮公所、警察分局及濁水溪沿岸各派出所加強監視。如發生危險，即以電話連絡水利局第四工程處，全力進行緊急搶修。

二、緊急疏散清水溪沿岸的危險住戶，禁止附近居民行人進入洪水危險區，更不得在清水溪內的河床採取砂石。

三、建立電話連繫系統，如有崩潰、決堤緊急事故發生，即時通知縣府警察單位，隨時採取緊急搶救及應變措施。

彰化縣長吳榮興也於當天下午三點，率同建設局、民政局及警察單位主管，到二林鎮濁水溪北岸巡視，並在二水鄉公所召開緊急防洪會議，組成防洪聯合指揮中心。各鄉鎮警方與消防人員，也組成濁水溪防洪暴發防災搶救小組，在沿岸比較脆弱的下壩、田頭、潭墘等地派員輪班，巡視溪岸安全及警戒水位，並準備大批救生器材，隨時待命救災。

雲林縣政府、警察局及嘉南水利會，也都採取了嚴密的防洪措施，所有人員如臨大敵。二十一日縣長林恆生下令水利課長蕭山橋立即進駐草嶺村，監視天然土壩的動靜。縣長公館的電話，也改為「狀況專用電話」，與蕭課長保持密切連繫。

二十二日上午，縣府正式成立防救中心，由農林科、建設局、社會科、以及水利會派人輪值，保持二十四小時警戒。各地分局分別成立防救中心，所有救災器材、糧食人員等，都準備妥當，隨時待命出發救災。

社會科也對救難及災後重建工作，做了萬全的準備。社會科科長張琛表示：各鄉鎮公所民政課，已奉命對災民提供衣食幫助，並指定若干災民收容所、急救醫院，以收留災民。

從南投竹山鎮以下，跨過雲林縣的林內、西螺、二崙、崙背、麥寮五鄉鎮，以及彰化縣的二水、田中、溪州、北斗、竹塘、大城、二林、芳苑等八鄉鎮，流域長達六十公里的濁水溪兩岸，密集了大批的憲警。水利局第四工程處的工程車捲起滾滾黃沙，在廣闊的河床間來回疾馳。戴著黃色頭盔的工程人員，正在做最後的搶修，許多當地的民眾也自動趕來加入工作的行列。

濁黃的風沙，吹在每一張焦慮不安的臉上，每個人都為著防止即將來臨的厄運而賣力地、辛勤地工作著。草嶺潭到底會不會崩潰呢？這已經不是問題；重要的是：他們如何用自己的雙手，來防止這個悲劇的重演！

六、警戒水位五二四・九米

二十日，一大片烏雲橫亙在山巔，午後，草嶺山區又開始落雨。雨勢持續不斷，崎嶇不平的山路上，三輛水利局規劃總隊的吉普車，正在雲霧間吃力地往前爬。

這支隸屬規劃總隊第一課的車隊，裡面坐滿了十六位裝備齊全的測量人員。他們來自水利局屬下的規劃總隊、第三水文站、及第三工程處三個單位，都是臨時奉召前往探測草嶺潭的優秀測量人員。

他們之中，有些正在西螺進行新西螺大橋的測量工程，有些則在竹南綜合規劃河川水利資源。但昨晚在水利局長的緊急徵召下，連夜就趕回臺中報到。今早整理好儀器、資料、圖表及個人的行李裝備後，便搭上車子，往草嶺直奔上來。

按照陳局長的構想，第一個步驟是先測量出土石壩確實的高度、水深及上游的進水量，以便盡早算出警戒水位與溢流時間。一旦土石壩不支告急的時候，能使下游居民及早做好各種準備。於是，這批經常活躍在全臺各山川河流的測量人員，便成為對抗草嶺土石壩的尖兵。

由於山上風雨不輟，影響了車子的行程，一行人馬抵達草嶺時，已是下午四點多。李村長的明修山莊內，省建設廳長楊金欉、水利局總工程師洪炳麟、規劃總隊長郭朝雄、第四工程處處長賴德全，正圍坐在一張圓桌旁，桌上擺著一張濁水溪流域圖，他們正在討論沿岸堤防的安全程度。

這批測量人員來到後，原先冷冷清清的明修山莊便熱鬧多了。他們將器材儀器整理好，馬上就編組完畢。計分成地形測量、水深測量、及水位測量三組。攜帶的器材，除了各組分內的測量儀器外，並從淡水河水利單位調來預報颱風用的對講機以及警報系統的裝置。技術人員將兩具警鈴裝在塑膠管上，裝水試驗，不久兩具警報器便嗚——嗚——地號叫起來，弄得氣氛頗為緊張。

黃昏後楊廳長先走了，測量人員吃過晚飯後，仍點著燈在廊下忙碌著。直到深夜，還有人影在燈下晃動。雨一直下到深夜，他們都在想著：潭水不知又要上漲多少了？

二十一日晨天氣晴朗，難得一見的陽光，照在大塔山的山脊，熠熠地發亮。十六名測量人員背著器材，登上吉普車直駛壩址。那條小路已經變成一灘灘的泥漿，車子又顛又頓，上下不停跳動。他們緊抱著器材，動都不敢動，深怕精細的儀器會被震壞。

李明修村長帶領他們到達壩址，原有的路全被潭水淹沒了。李村長每天都要到那亂叢林中另找新路。加上不時仍有坍方，平常根本沒有人敢接近；即是這支足跡踏遍千山萬水的測量隊伍，走到壩上時，也都不可避免地冒出一身冷汗。

壩上的樹枝已被縣府僱請的三個工人砍除，低窪處剛好成為一條天然洩洪道。測量隊很快地在壩頂架起儀器；拉皮尺的、豎標杆的、測水深的，大家抱著器材在土壩上跑來跑去。太陽晒得他們眼前一片昏黑，濕汗潸潸流下，可是大家一句怨言也沒有。他們只希望趕快測出確實的資料，以便盡早算出警戒水位來。

四十二歲的邱標恩是這個小組的領隊，他長得高頭大馬，又有一張淳厚的大臉，進水利局已經二十年，也在山巔溪谷奔馳了二十年。前天晚上他人才在西螺，而現在正踏在這座險惡的壩堤上。出發前他已得到李村長的警告，那堀坌山隨時都會坍方，要特別小心謹慎。二十八年的測量生涯，多少大風大浪沒見過，但像這樣直接面臨死亡威脅，卻還是第一遭。他再三交代大家要提高警覺，並盡快的行動，以避免發生意外。

當日下午，測量小組轉移到峭壁雄風的懸崖下，在溪邊及水濂洞分別裝置水尺，以便計算潭水上漲的幅度。為了實地探測水深，還包租了一艘竹筏，沿著草嶺潭一路探測下去。

這時潭水已漫溢達百餘公頃，舟行其間，除兩岸危崖高聳外，首尾兩端一望無際，已分不出是湖是海。風從兩端峽谷間呼嘯而來，吹得潭面上一片波光粼粼，倒映的山影益發顯得陰暗幽森，峭楞楞地透著一絲絲寒意，令操舟其上的洪勝榮等四、五個人，如履薄冰，毛骨悚然。

當他們測至水深三十九公尺時，突然下游土壩處傳來一陣轟隆巨響，嚇得他們面無血色，以為土石壩崩了，連忙划上岸邊草叢去。待上了岸之後，魂驚未定，又是一連串的崩聲。他們才知道不是土壩崩潰，而是堀坌山又發威了。大塊大塊的岩石從山上滾落下來，造成一場虛驚，使得他們不敢貿然前進。

由於水位節節高漲，已直逼壩頂，令坐鎮在明修山莊指揮的洪炳麟總工程師與郭朝雄總隊長頗為焦急。他們立即成立指揮中心，並決定當晚開始實施二十四小時全天候輪班制，就現有的測量人員及雲林縣警察局增援的員警，組成守候小組，在峭壁雄風底下觀測水位。每小組三人，每四個小時輪班一次，並使用無線電對講機每小時報一次水位，與指揮中心連絡。

夜裡，這些輪班人員，即分批前往峭壁雄風下觀測水位。單是這段山路，就要讓他們跋涉四十分鐘。夜黑風高，草嶺潭上黑漆漆的一片，除了潭水被風吹得嘶嘶作響外，什麼聲音也沒有。岸上的草堆裡還有蚊蚋叢生，整夜嗡嗡嗡地繞著他們不放。即使裹在雨衣中，每個人還是被咬得疤痕纍纍，又腫又痛。但是望著水尺上逐漸攀高的水位，他們知道情況的嚴重。再冷、再累，一刻也不敢疏忽，隨時和山上的指揮中心保持連繫。

二十二日，受茱迪颱風的影響，草嶺山區整天霪雨不止，因為還沒有測出確實的水位，測量隊照常冒雨出去工作。他們在土石壩上又測了一個上午，終於算出上午十一時的水位為五二四．二三公尺，土石壩最高水位為五二五．七公尺。也就是說，再升高一．五公尺的話，潭水就要開始溢流了。

洪總工程師一看溢流的時間迫在眉睫，已無暇再做考慮，便將警戒水位定在五二四．四六公尺處，令測量人員在這個水位裝上警報信號系統，全體人員就此進入警戒狀態。雨水依然落個不停，從明修山莊望下去，一片悽愴的景致。指揮中心裡，每個人的心頭都沉甸甸地，誰也不敢鬆弛一下。

六點二十四分，山腳下突然傳來警鈴急促地、淒厲地叫聲。嗚！嗚！嗚！一聲接一聲，劃破了周遭的寂靜，也震撼了所有在場人員的心絃。無線電對講機緊接著傳來守候人員驚惶的聲音：潭水超越警戒線了！

入夜之後，雨勢更加勁疾，潭水繼續以每小時十公分的漲幅上漲。郭總隊長估計在翌日凌晨四時以前，水位就會抵達壩頂最高點海拔九二五．七公尺處，開始溢流。

在這個決定性的時刻來臨前，土石壩能不能支撐得住呢?它會被沖垮嗎？不只是洪總工程師及郭總隊長感到憂心忡忡，整條濁水溪下游兩岸的居民，都面臨了他們命運之中的關鍵性時刻，因之氣氛便一直是僵硬而緊張地。

二十三日凌晨三點十七分，潭水超出最高水位七十九公分，開始溢流。順著天然洩洪道，由每秒二公尺的流速，逐漸加強到每秒十公尺；每秒洩洪量也由三十立方公尺，擴大為五十立方公尺，但土壩一直很穩定，沒有鬆動的跡象。

守候在潭邊的輪值人員，將上述情況報到指揮中心時，大家方才鬆了一口氣。枯候了一整夜之後，這才發現大家都未曾闔眼，於是便紛紛地伸個懶腰，打起呵欠來，而天邊也已在這時泛出暗暗的曙色。

七、潰決的時刻——土石壩最後的命運

二十三日晨，山區微雨，草嶺潭在溢流之後的六個小時，一直維持了很平穩的狀況，大家的心情也顯得自在多了。

上午九時，郭總隊長和李明修村長帶了八厘米攝影機，冒著隨時會崩潰的危險，再度到達壩址的溢流口，拍下了極為珍貴的溢流情形。只見一匹銀練，自天然洩洪道飛躍而出，約莫三十公尺寬。勢如飛瀑，轟然有聲，足以搖撼天地，令他們不敢久留。拍攝完畢，即匆匆離去。

十二點，他們回到明修山莊時，全身早就濕透。剛好水利局長陳文祥陪同經建會參事馮鍾豫再度抵達草嶺，他們聽了郭總隊長的報告後，又於下午一時親抵溢流口視察。

陳局長仔細地看過了溢流口的情況後，頗感慶幸，因為溢流初期的流速每秒僅兩公尺，並不很急。加上溢流口兩旁有硬石塊阻擋，才未造成溢流口的擴大。而潭水外溢時，長達七百公尺的洩洪道上，也沒有產生沖刷現象。種種情形看起來，土石壩大致還相當穩定，不會立即崩潰。因此，已經進行規劃的清水溪水庫，仍將按照原定計畫興建。

當天晚上八點，由水文課長郭王珍率領的第二批測量人員上到草嶺，接替測量的工作。在歷經四晝夜不眠不休的與潭水搏鬥後，這批勞苦功高的先遣人員，卸下了肩頭的重擔，疲乏地離開黑暗的草嶺，又回他們原先的工作崗位。

五十七歲的水文課長郭王珍，是個高高瘦瘦、個性溫和的人。雖說草嶺的危機，已隨著潭水的外溢而暫告解除，然而他的內心卻別有悒愁。當晚他分配了輪值的人員後，便拿出近幾日的水位資料來研判。

凌晨一點三十分，山區突然又下起大雨，風雨肆虐，令他一夜不敢闔眼。他隱隱感覺到另一股不祥的惡兆凶險，又隨著這陣風雨降臨草嶺。他立刻通知守候在溪邊的輪值人員，要他們提高警覺，注意觀察，千萬疏忽不得。

這股茱迪颱風的環流所帶來的豪雨，一夜之間，在阿里山區降下了四七〇公厘的雨量，草嶺也降了二三三公厘。由於積水高漲，次日早晨，草嶺潭的水位復又升至五二七公尺，且還不斷地往上升。

二十四日上午十一點，守候在峭壁雄風下的水文課員陳智元及葛錫元，眼看水位已增至五二八．三公尺，不勝惶恐，連忙以對講機通知指揮中心。但到十一點半時，又降回五二四．七七公尺，他們正感到稍為安心時，一眨眼，水位竟遽爾下降達七、八公尺；再一眨眼，又下降了五、六公尺。

三十五歲的葛錫元心中大駭，一時竟慌得手腳拚命發抖，連對講機也沒法拿好。他大聲地嚷著：喂！喂！草嶺潭崩潰了。在一旁的陳智元也驚慌地直說：糟了！糟了。這時，潭水已像一匹瘋狂的野獸般往前奔去，潭水像痙攣一般地扭動起來。時在午前十一點四十二分。

這時草嶺村裡，李明修村長和他的表兄許展正在村子裡走動。許展無意間看到山腳下的潭水，正迅速地往下潰退下去，連忙指給李村長看。李村長怔了片刻，心裡頭立刻被一股巨大的恐懼充塞住。他喊道：完了，草嶺潭崩掉了。

說完之後，立即奔回明修山莊，抓起電話，先接雲林縣政府，通知草嶺潭崩了，要濁水溪兩岸居民急速疏散。然後接竹山鎮公所，再接瑞竹合作社，再接古坑鄉公所，待要接桶頭里辦公室時，電話已不通了。

潰決後的潭水，以每秒五百立方公尺的流量，衝垮土石壩；復以每秒十五公尺的流速，挾著滾滾的浪濤，以及轟然的巨響，嘩啦一聲湧下楓子崙，往下游狂奔而去。

幾分鐘後，洪水往西，直撲向清水溪大橋。清水溪尾端，有一帶叫中和里的低窪地區，約有二十餘戶住家，以下崁堤防做為屏障。早在上個星期，警方就勸過居民們要及早疏散，但他們多存觀望態度，迄無行動。派出所主管王德宣接到草嶺潭崩潰的緊急消息後，連忙派出二十餘名義警、義消、民防隊員，挨家挨戶地去敲門呼喚。居民們這才拉著孩子，抱著簡單的衣物往高地跑。

王主管跑到下崁堤防，眼見洪水的波濤就要翻過堤防，而堤上還有許多人在看熱鬧，忍不住拉開嗓門吼道：有什麼好看的？命都不要了嗎？而在這時，洪水已轟然一聲掩至。雖然人聲鼎沸，可是洪水轟隆轟隆流過後，便再也聽不見什麼聲音了。

十一點五五分，洪水抵達瑞草橋。住在檳榔宅的紀曾實老太太拿起電話，想打給在竹山工作的孩子，勸他今天不要回家，但電話還沒有接通，就被洪水沖斷了。

外面，十三歲的紀博齊，正在和鄰居的小朋友玩耍，忽聽得附近傳來流水奔流的聲音。他們急忙跑下竹林去看，不一會兒，洪水便像排山倒海般地狂捲而來。他們眼前那座一百四十餘公尺的瑞草橋，躲過了第一道波浪，但在第二道波浪再湧上來時，便像一列玩具火車般地被拆散了。一節一節，沒入滾滾的浪濤中，看得這群小孩目瞪口呆，終而哇地一聲，哭著跑回家。

幾分鐘後，洪水已衝向一公里半外的桶頭。住在桶頭里三鄰十號的劉郡、張蘭這一對老夫婦，除了臨街開了一爿小麵攤外，還在溪邊種了一甲的水稻和黃麻竹。時近中午，張老太太做好飯菜，正要叫老伴來吃飯時，忽聽到後面的清水溪發出了不尋常的轟轟聲。她並不在意，依舊走到前面去招呼生意。劉郡下了樓梯後，又聽到遠處的河床上隆隆作響，好似萬馬奔騰。他打開後門，探頭去望，就在這時，奔騰的洪水「嘩」一地一聲，已湧到他的眼前。

他整個人嚇呆了，怔怔地望著洪水一波波地翻湧上來。這時，大門外傳來民防隊員驚惶的呼叫聲，他們要大家趕快疏散。但劉郡仍沒有動，他眼睜睜地望著他的一甲水田被水沖垮，又看到那三分的麻竹被淹沒，突然間慌了手腳。他跑到後院，將雞舍豬圈的門全部打開，準備任牠們逃生，自己隨手抱起一大缸米就往外面跑。街道上擠滿了人，大家驚惶失措，亂成一片。

這時，瑞竹林業合作社的職員楊德南，正準備要下班，忽聽到清水溪低沉的轟隆聲，宛如當年盟軍的轟炸機臨空般。他探頭到窗外一瞧，發現洪水已浩浩蕩蕩而下，不禁心中一急，立刻驅車直奔溪岸，沿途勸阻民眾不要接近河流。等他開到桶頭大橋，只見濁浪排空，波濤狠狠地沖刷著橋面，長達一二六公尺的桶頭大橋一陣痙攣，便無聲無息地垮進急流裡。

十二時十分，洪水穿越鯉魚大橋。竹山鎮公所建設課長邱松根，接到與二十八年前一樣簡短的電話：草嶺潭崩了。放下電話，他連忙趕到橋邊，見溪面距離橋面不到二公尺，不禁猛捏一把冷汗。因為這座橋花了兩千萬臺幣，剛剛興建完成，被沖垮的話，損失就慘重了。幸好橋身十分穩固，水勢也沒再漲，終能屹立在波濤之中，安然無恙。

二十分，洪水抵達南雲大橋，駐守在橋邊的警總老戰士翁鑫城正在輪值，忽然看見一片浩瀚巨浪，隆隆然朝他捲來。一眨眼，整條大橋已被洪水重重圍住。他感到一陣昏眩，連忙撥電話回到班部，報告南雲大橋的險況。

這時，林內鄉坪頂村村民蔡榮傳設在壚仔防下的一處鴨寮，正遭到洪水猛烈的襲擊。五十五歲的蔡榮傳，五月間才被計程車撞斷一條腿，到現在還裹著石膏，動都沒辦法動。早先，也有民防隊來勸他疏散，但還沒做好準備，大水轟然一聲，就將他的鴨寮捲走了。裡面的四千隻番鴨，被沖到河面上，呱呱呱地啼叫著，真能讓他落下淚來。好在鴨子懂得水性，大多數都游回岸邊，只有二、三十隻被流去。但流到橋下時，剛好被守橋的幾個老兵逮住，又撈起二十四隻，給他送回來，可說是不幸中的大幸。

另一方面，民防隊接到消息後，也緊急趕到溪邊，忙著將他的衣物櫥櫃等搬到堤防上。忙碌了好一陣子，總算將大部分家私搶救出來。

在這同時，同村的劉木火所經營的豬舍，也被洪水沖走了一半。六十四歲的劉老先生，六十六年底在溪邊現址營建了一大棟豬舍，養了兩百多頭的藍瑞斯和約克夏。二十三日下午，在民防隊的勸導下，先遷走了兩百頭大豬，剩下的八隻母豬及三十頭小豬，正想等第二天再來處理時，料不到洪水已先到了。

憤怒的溪水湧上來，一下子沖走了他的廁所和五間豬舍，小豬嚇得嚶嚶直叫，四處亂跑，左右鄰居聞聲也來幫忙。但那群笨豬偏偏往溪邊跑，一頭一頭栽進了波浪中，連嚶嚶聲也聽不見，頃刻間便被洪水捲跑了。

五十分時，水位漲到最高點，很快地淹過已經封閉的過水溪橋。南雲大橋兩岸，早就擠滿了駐足圍觀的人群，但橋上卻一個人也沒有，孤零零地懸在激流中，誰也不敢貿然踏上一步，深怕它一下子就會被沖垮。情勢愈來愈緊急，雲林縣警察局長朱桂生、水利會長林俊惠，也親自趕到大橋附近來巡視，以便就近指揮搶救的行動。

此時，竹山警分局的救災中心裡，更是如臨大敵。三部電話機一直響個不停，縣長劉裕猷、警察局長鄭文杰，親自坐鎮指揮。劉縣長指示救災人員，火速徵調員林客運大型客車一輛，留站待命，隨時準備運送災民。此外，益川醫院的救護車，也自動加入了警戒待命的行列。

一點過後，竹山地區的雨勢更疾，清水、濁水兩溪的水位不斷高漲，舉目一片汪洋。鯉魚橋東邊橋頭護壩被水沖垮五公尺，丁壩潰決一百公尺，中和里下崁堤防出現裂痕，串原工廠旁側的溢流岸堤也開始崩潰，使得河床上三百六十四公頃的農田，瞬間即被洪水吞沒。

連縱貫鐵路，也遭到池魚之殃，溪水一度超過警戒線，使得林內段橫跨在濁水溪上的鐵橋飽受威脅。鐵路列車自下午十二點四十分起停駛，北上列車靠在斗六站以南，南下列車則靠在二水站以北。到下午一點五十分過後，才恢復通行。

二時三十分，洪水竄過彰雲鐵橋後，由於溪面豁然開展，衝力已大為減低，但仍具有破壞能力。介於中沙和西螺兩大橋間，合成砂石行的一艘採砂船，被沖至下游。另一家砂石廠的吊車也被沖走，斜插入沙土中。河床上更有那萬頃的西瓜田，洪水所到之處，全部被洗劫一空。一顆顆碩大的西瓜，在河水中載沉載浮，一路滾滾西流。看在眼裡，怎不令岸上圍觀的農民痛心！

延至下午二時三十分，草嶺土壩終於全面崩潰。潭水傾巢而出，短短的六分鐘內，水位便降至警戒線下三〇・三六公尺。殘留下來的一些水窪，已奄奄一息，再也無力逞威。

雖然這時阿里山上依然豪雨不止，落雨量高達三六九公厘，但溪水沿著濁水溪下游，順暢地奔流入海，一切又恢復正常。至此，濁水溪沿線那些大大小小的救災中心裡的人員，才鬆了一口氣。一場人間的浩劫，終於在萬千民眾激動的淚光中，靜肅地、哀傷地過去了。

下午五時，這四千萬立方公尺的潭水，全部注入了海面。日暮雨斜，濁水溪上空浮起一輪長虹，彎彎的虹腳，擁抱著河床的兩岸。人們都仰起頭來，爭相指著說：看哪！看哪！許久不見的彩虹，又出來了哪。

八、安息吧！草嶺潭

二十五日，草嶺村民在微弱的燭光下，度過了停電後的第一個夜晚。當躍出山巔的第一道陽光照射下來時，大家已經迫不及待地起床，紛紛圍聚到崖邊去探望。

山腳下，往日所熟悉的那一大片靛綠的潭水，早已流洩一空。潭水退盡後，裸露出一片粗礪的、光禿的河床。到處是巨石、是沙漬、是泥巴、是枯黃的葉片和野草，互相糾纏著、牽扯著，好一幅殘破荒涼的景象。每個人看了都噤默著，恍若做了一場夢般。

遠遠的溪坪仔那邊，官簡暖那一棟小小的木造房子也露出來了；它依然倔強地屹立在溪邊，只是顯得更加的傾頹，更加的蒼老。屋頂上、梁柱上，積滿了厚厚的泥巴，流籠的纜線上，披滿了飄搖的枯草，周遭的蘆葦，也被潭水浸得枯黃腐爛。連李木骰那兩甲水田，也只剩下一片爛泥巴，什麼也沒有了。這一片劫後的溪河，充塞著一股莫可言狀的哀傷，舉目一片淒涼。

上午八點，水文課長郭王珍率領了幾位測量人員，到達壩址做崩後的首次探訪。土石壩已經蕩然無存；那些巨大的石塊也滾得不見蹤跡。只見一大片爛泥覆蓋在殘餘的土石塊上，到處是枯枝斷木，橫七豎八，漂浮在一汪汪的水窪上。草嶺潭已經淍亡，清水溪再度在凋敝的河床間緩緩地蠕動起來。

混濁的水花激揚著，穿過堀坔山的山腳，流向下游的遠方。

在這同時，李明修村長正在草嶺的山路上飛馳。八點他跨上機車，帶著全村村民的期望，試圖突破草嶺被孤立的命運。桶頭橋和瑞草橋都斷了，加上沿途的坍方，草嶺村已成為一座名符其實的孤村。交通斷絕，電線流失，村中只剩下五日份的存糧，這一切都須取得外界的援助，李村長於是毅然地踏上了冒險之途。

草嶺山道，已被連番的風雨摧毀得不成路，到處都是坍方，滾滾的土石枝椏，堆滿了沿線的每一個折角。湍急的山泉尋不著出口，便像瀑布似的在路面上四處溢流。一關又一關，一路上李村長推車的時間比騎的多，因此平常只要兩個小時的路程，這一趟下到斗六時，已是下午兩點半了。

李村長到縣府，說明了草嶺的災情及需要的援助，林恆生縣長表示省府已經撥下一百萬做為搶修經費，將盡快搶修。所需糧食將以接駁方式，在瑞草橋上搭建流籠，轉運到草嶺，以解危機。並指派縣府的許榮盛、蔡順和兩位技士，隨李村長上草嶺勘察災情，指揮搶修工程。

林主席也於上午八時四十分，率同建設廳長楊金欉、水利局長陳文祥等工程技術專家，抵達竹山鎮鯉魚里。先到鯉魚大橋視察被沖毀的一百公尺丁壩，隨後再到桶頭橋。由於水流仍然澎湃不已，復建工程已難望在短期內進行。林主席決定等天晴水退後，在原橋址下游選擇適當地點，先搭建臨時便橋，盡快恢復草嶺的對外交通。

水利局長陳文祥並提到規劃中的清水溪水庫，已決定按原計畫興建。這座水庫壩址，將設於崩潰的土石壩上游兩公里處，除原定的灌溉、發電等功能外，並將針對堀坔山屢次崩山的困擾，在兩旁鑿築巨型排水道及巨型攔水壩，以人為的力量，來控制水位的高低、流量。將來水庫築成後，堀坔山再怎麼崩，也不怕潭水會被堵塞住。

二十六日，山區間歇性地飄著灰暗的雨絲。但是災後的復建工作，仍然熱烈地在雨中進行。一早兩位縣府的技士，便到四處勘察災情，計算各種土方、石方及材量。原先停放在山上的一部推土機，即時展開工作，許多村民們都自動地扛著鋤頭來幫忙。

但是機械存油有限，挖不到一個時辰就耗盡。無可奈何之下，李村長提議徵集鐵牛用的柴油來支援，大家都沒有異議，於是村民們便將各種可能使用的存油都拿出來。遠在石壁、光田、竹篙水的人家，也跋山涉水，將一桶桶油提到。推土機於是又嘎嘎地吼叫起來，伸開它的巨掌，去對付那些堆積如山的土石。

溪坪的底下，溪水依然滔滔地奔流著，官簡暖從田寮涉水上到岸邊，從東倒西歪的蘆葦叢中，看見那棟孤零零的小木屋時，不覺湧起一陣陣鼻酸。再度面對著這個家，彷彿已經隔了一個世代，很遙遠很遙遠了。她望著滿地的泥漿、滿屋宇的枯草，以及後面那叢憔悴至極的竹林，終於坐在門檻上，悲切地啜泣著。

李木骰夫婦看到她，也跟下來，在一旁勸慰著她。他們坐了許久，談起今後的打算時，都覺得好迷惘。但聊著聊著，漸漸地便不那麼難過了。李木骰說那兩甲溪埔地今年是沒指望了，他想到外面做零工，等明年春耕時再回來耕種。官簡暖擦著眼淚說：暫時她沒有什麼打算，但這個家先得好好的整理才行。她站起來，用力扯掉窗戶上的枯藤，矮壯的身子，彷彿又充滿了活力。李木骰夫婦也走進那扇矮小的門說：讓我們一齊來動手吧！

二十七日，村民們到溪底搬運砂石，一桶一桶地搬去填補路基。二十八日，外湖居民從桶頭用竹筏接運過兩個電筒，來換裝被沖毀的電線。二十九日，檳榔宅的居民在瑞草橋上架好流籠。三十日，第一批補給物品，從這條流籠上，源源不絕地輸送了進來……

雨絲一陣陣地斜飄著，煙雲滿山。竹林裡、山道上，流失的田地和損毀的家屋間，到處都可看到村人們忙碌地、勤勞的身影。他們不再詛咒了，不再哀傷了；他們又挺起腰桿來，邁動著他們快捷的腳步。

殘破的家園要重建，流失的土地要重開，堵塞的道路要重修，沖毀的電線呵——要重架。草嶺又回到了一個勤奮地、勞動地、美麗又安詳的小山村；而又同時擁抱著這個苦難的、令他們永世難忘的歷史和記憶。

安息吧！草嶺潭。

清水溪再度輕輕地唱起這一闋永恆的詩章，流過堀坌山的山腳，在澄靜的波光裡，靜靜地倒映著斷崖春秋壯盛的山容。

原載一九八〇年四月十六日至五月一日《中國時報．人間副刊》

司馬庫斯的呼喚
——重返黑色的部落

一、

二〇一四年初，「七星生態保育基金會」，邀請了一批喜愛自然生態及關心部落文化的人士前往司馬庫斯，一方面觀賞深山的天然美景，一方面體驗部落的原民文化，希望能為他們正在推動的「部落生態旅遊」發聲。

這個計畫的目的在照顧偏鄉的弱勢族群，除了持續提倡小眾、精緻、緩慢的深度旅遊方式，在新的一年，更著重在提高在地產業的發展與就業機會。位於新竹縣秀巒村的司馬庫斯部落因而雀屏中選。

我即是基金會想要邀請的人，因為早年我曾以秀巒村的變遷為題材，寫成〈黑色的部落〉一文，後來還得到第一屆時報文學獎報導文學類的推薦獎，發表時曾引起廣大的迴響。基金會人員轉述，此文和我當年在部落停留的事蹟，仍在部落流傳，族人都很期待能和我見面，因此很希望能邀我重返司馬庫斯，共同見證四十多年來部落的變遷。

他們邀請的理由，觸動了我內心中最深沉的一段感情，原本平靜的心靈也激起了一些漣漪和波動，那是來自四十多年前的記憶和歲月的呼喚。一個當年人跡罕至的深山部落，一段千里迢迢的尋夢旅程，牽引著我離開尚未畢業的大學校園，毅然地朝它走去。

那是我年輕生命中迸發出的最熾烈的一股熱情，也是我初嘗人生挫敗時內心最深刻的一道傷痕，更是我永生難忘的一段生命情境的歷練，都曾和這個窮山僻壤的部落有著千絲萬縷的糾葛和纏綿。一旦被喚醒了，就像一座沉睡千年的火山再度爆發，再也不可收拾。

這些因素比什麼都具有說服力，我再也無從推托、迴避，因為重返「黑色的部落」是我當初離開它時的承諾，只因路途遙遠、交通不便，遲遲沒能實現。年復一年，歲月蹉跎，沒想到一晃便是四十個年頭，居然再也不曾重返部落，再怎麼說都該利用這個機會回去走走、看看。我自忖，此次基金會適時的邀約，也許是出自老天的安排吧！因緣俱足，我其實無須考慮，順水推舟，便爽朗的答應。

二、

少小離家老大回，我就是懷著這樣深沉的感情羈絆，和十多位同伴坐著一輛中型巴士上山的。過了內灣之後，車子一路蜿蜒上山，便進入尖石鄉的泰雅族部落。錦屏、那羅、宇老、田埔、泰崗、秀巒，那些我所熟悉的部落的名字，散布在廣袤的山林之間，看起來那麼渺小，像在天邊那麼的遙遠。

茫茫天涯路，是我當年踏上它時的第一眼印象，也是我在寫〈黑色的部落〉時第一章的標題，那時真有前途茫茫，不知何去何從的飄零之感。如今看來它仍遙不可及，一眼難以望盡。

不同的是，當年我上山時只有一條崎嶇的山路，沒有任何車輛可以代步，只能靠兩條腿步行。沿途曉行夜宿，險象環生，花了兩天一夜才走完全程，迎接我的是一個沒水、沒電的半原始部落。太陽一下山，部落即陷入一片黑暗之中，漫漫長夜，只能靠昏暗的燭光來照明，午夜夢迴，才驚覺文明已離我遠去，是我將它名為「黑色的部落」的緣由。

如今展現在眼前的，已是一條平坦的柏油路，車子奔馳其上，已與一般產業道路沒什差異，只消三、四個小時就可抵達終點。再陡峭的山坡，再湍急的溪澗，都難不倒車上的旅客。因為車子的引擎只要稍微發威，峰迴路轉，便可安然度過。任我再怎麼敘述當年長途跋涉之苦，恐怕沒有多少人能夠真正了解其中的艱苦與辛酸。

而當年的〈黑色的部落〉，卸下黑色的面具和斗篷後，已搖身一變成為「上帝的部落」，成功地轉型成為「部落生態旅遊」的示範景點。放眼望去，屋舍儼然，部落教室、民宿、咖啡屋，環繞著部落前的廣場，遊人如織，車輛絡繹於途，與三十多年前那窮鄉僻壤之境相較，宛如兩個不同的世界。

三、

我們抵達時不過四點多，但因寒流來襲，加上山區雲霧繚繞，部落的天空已顯得暮靄沉沉。按照既定的行程，我們漫步到部落的教堂前，等候頭目及長老來進行淨身祈福的儀式。小小的教堂一身潔白，頂端的十字架及屋頂的邊緣鑲著一道粉紅色的霓虹燈，旁邊一棵大樹也懸掛著聖誕燈泡的裝飾，在幽暗的角落裡閃亮，依稀還可感受到聖誕節的歡樂氣息。

在部落裡，這是最受歡迎與期待的節日，節慶的氣氛會持續到新的一年。新春伊始，部落的頭目和長老依例會為上山的遊客淨身祈福，每個來到司馬庫斯的遊客，都衷心盼望獲得祝福後，新的一年能有一個好的開始。

部落的頭目馬賽蘇隆和長老優繞依將出現時，天色已十分昏暗，聚集的遊客自動圍成一個小圈圈。兩人經過我面前時，基金會的人員悄悄地告訴他們，我即是古蒙仁。兩人面露驚喜之色，緊緊地握住我的雙手，連聲表達對我的感謝和歡迎之意，並拉著我的手一齊走到圈子的上方，希望我能擔任陪祭者的角色。

在眾人的圍觀下，他們兩人將一束束的五節芒紮成祭品，頭目特別將其中一束交到我手上，開始進行祈福的儀式。頭目先誦念祈禱辭，每念一段，長老再翻譯成國語，大聲地轉述給在場的遊客：我們要將祖先流傳下來的寶貴文化與貴賓朋友們分享。透過這個儀式讓我們彼此相愛，沒有隔閡。我們將芒草捆在一起，象徵我們齊心合力，一生一世都成為永遠的朋友。

頭目念完祈禱文後，我們三人一齊將五節芒插在前面的木架上，接著進行淨身的儀式。頭目繼續口誦：我們要用水滴分享給我們的朋友，雨水過後大自然受到滋潤，就像乾草在水潤澤之後甦醒過來，我們要把這樣的祝福，與您們一齊分享。

他們唱誦之後，開始繞行一周，將小缽中的清水一一灑在遊客的身上，為眾人淨身。優繞長老還以幽默的語氣告訴大家：稍微淋濕點沒有關係，身上越濕，表示祝福越大。眾人聽後為之莞爾，無不欣然接受冷冽的水滴從空中灑落，整個淨身祈福的儀式到此才告一段落。

四、

晚上我們在部落裡的雅竹餐廳用餐，吃司馬庫斯的特色料理，菜色及碗盤都十分在地化，服務人員端上桌時，還會詳加說明每一道菜的食材和烹調手法，並詢問我們的意見，從廚師到服務人員，顯然都受過相當專業的訓練。

基金會的人員說，生態旅遊推廣計畫剛實施時，為了改善餐飲的品質，他們曾找過職訓所的專家上山來授課，但始終做不出特色。後來找了在花蓮經營「陶甕百合春天」的阿美族大廚長浪（漢名陳耀忠）來指導，將當地的野菜做為主要的食材，並改善烹調的技術，才發展出目前的風味餐。我們用過後都讚不絕口，服務人員笑容可掬，一再彎腰致謝，可謂賓主盡歡。

部落為了讓遊客晚上有個消遣，飯後還安排了餘興節目，地點即在教堂。七點過後，用過餐的遊客陸陸續續走進這裡，約有一百五十人之多，大家悠閒地坐在長椅條上，準備觀賞部落免費提供的歌舞表演。

不同於一般民俗村內的職業演出，在這兒擔綱演出的都是國中小的學生乃至幼稚園的小朋友。他們利用課餘的時間編排演練，將天生的歌舞才華，在簡單的舞臺上盡情地演出，看得觀眾哄堂大笑。無畏屋外凜冽的寒流，人人手舞足蹈，熱烈地交融在一起，歷時一個半小時才結束。

五、

表演結束後，形影不離的部落頭目和長老兩人又出現在舞臺上，代表部落感謝遊客的光臨，並舉辦有獎徵答，問題多集中在泰雅發音和中文字義。題目不難，遊客只要敢舉手搶答，幾乎人人有獎，帶動了現場另一波的熱鬧氣氛。

就在最高潮時，頭目突然話鋒一轉，表示手上還保有一個最珍貴的獎品，要送給今晚的一位貴賓，隨即拿出一只傳統的頭飾，鄭重地向臺下展示了一下。這時他的聲調放慢了，以充滿感性的聲音，敘述早年在部落發生的一個故事。

四十年前，有一位臺北的大學生，到部落住了一個多月，與族人一齊下田耕種、上山狩獵，並到每戶住家做採訪，離開後寫了一篇很長的文章，叫做〈黑色的部落〉。這篇文章在報紙上發表後引起很大的迴響。假如沒有這篇報導，部落對外的道路可能還沒開通，電力也無法輸送上來，司馬庫斯可能還是個半原始的黑色的部落！

族人對他十分感激，很想當面向他致謝。但四十多年來他卻音訊杳然，再也不曾回來，我們一直在期待這麼一天。直到今天晚上，奇蹟終於出現，因為他就在現場，現在就請他上臺，由我代表部落送給他這個遲來的禮物，表示我們最誠摯的感謝。

頭目說完便指著我，眾人的很光也集中在我身上，由於事發突然，我楞了一下，還來不及會過意，便被一連串的掌聲催促著步上舞臺，靦覥地從頭目的手中接下那條頭飾。那是紅白黑三色條紋編織成的頭飾，手工十分精巧，代表了傳統部落社會極高的榮譽。我拿在手上，向頭目及底下的觀眾深深一鞠躬，便匆匆地下臺，再度隱身在人群之中，刻意保持我一貫的低調。但這突如其來的舉動，仍令我的心跳加速，打從心坎湧起一股暖流。

時隔四十多年，我和他們素昧平生，天各一方，此次應邀上山，單純的只想重返部落看看，基金會也沒有特別的安排，竟然會出現如此溫馨、感人的插曲。我在他們素樸的語言和真誠的表白中，感受到了人與人之間最可貴的情操。那是出自他們的肺腑之言，是部落裡共同的心聲，超越四十多年的時空阻隔，如今與我不期而遇，找到消失了四十多年的大學生的身影，臨時安排了今晚節目中的橋段，也難怪會令我感到一陣驚喜和感動。

六、

那晚回到投宿的迦南小木屋，夜已深沉，屋外寒風如吼，氣溫已降到八度，房間沒有暖氣，我蜷縮在一床薄薄的棉被裡，心裡那股暖流始終在周身流淌，身體雖然疲憊，內心卻十分清醒，輾轉反側，無法成眠。

我反覆思索，四十多年前的部落之行，到底是有心栽花，還是無心插柳？〈黑色的部落〉一文得獎後，除了帶給我文學的桂冠，令我躋身文壇之林，滿足了我世俗的虛榮之外，在真實的世界裡，它真的發揮了什麼功能？為社會人群增添了什麼福祉嗎？

我不得而知，也從來沒有人能夠證實，或者給我答案。事隔四十多年，幾歷滄桑，文學獎的史頁已告發黃的年代，我卻在頭目和長老兩人的身上找到了答案！

這個答案比當年文學獎的評審委員的肯定，更讓我感到無上的珍貴與榮耀，而頭目致贈給我的那條頭飾，我視為司馬庫斯頒發給我的終生成就獎。在我的心目中，它所代表的位階和成就，無疑地遠遠超過一般的文學獎項。

長夜將盡，我重返部落的尋根之旅才剛要開始，第二天一早即要步行五個小時，去山林深處探索最富神祕氣息的神木群，這是我離開部落多年之後族人的新發現。以及後來發展出來的「共產共享」、「共同經營」的生活方式和經濟行為，已引起國內諸多社造團體的關心和重視，紛紛上山來取經，媒體也時有報導，加深了外界對司馬庫斯的好奇。

新的謎底即將揭曉，新的課題有待開發。從「黑色的部落」邁向「上帝的部落」，我要向族人學習的地方仍多。新春伊始，接受了頭目的淨身祈福後，我也期待三十年後重啟的部落之行，能為司馬庫斯的書寫貢獻自己的餘生。

原載二〇一四年三月三日《中國時報・人間副刊》

中卷

產業興衰

烏魚遲來的時候

每年入冬，西南沿岸的漁民們，就會像海面上颳起的季節風般；一顆雀躍的心，就隨著那洶湧的波濤翻滾起來。他們都衷心地盼望著烏魚期早日來臨。這代表了幸運、福氣與財富的烏魚期，已是漁民們虔摯信守的傳統歲俗。

所以烏魚又贏得了「信魚」的美稱。每年冬至前後十天，牠們從西南沿海南下，洄游到巴士海峽產卵，漁民們的船隊圍堵在這裡，正好一網成擒，連魚帶卵，滿載而歸。這二十餘天的辛勞，往往比得上一年的收穫，漁民們的盼望之殷，也可以想見。

於是每屆冬至歲殘，寒風凜冽的時候，也正是漁民們最忙碌、最興奮的時刻。大批的漁船麇集在西南沿岸的港口，做最後的整補；有些則忙著出海巡弋，以探尋早來的魚蹤。烏魚群總是如期地出現在附近的海域，漁船加強了馬力，便瘋狂地追捕過去。

可是今年的情況卻相當地反常，來自各方的漁船，早就完成了作業的準備，日夜不停地在沿岸巡邏，卻一直沒有發現魚群的蹤影。

一、失信的信魚群

眾所周知，烏魚洄游南下的原因，是為了產卵及適溫。每年入冬後，成熟烏魚的生殖腺發生變化後，就要產卵，而產卵的適溫範圍在攝氏二十一到二十二度的海水，因此烏魚洄游的路徑，也都隨著這一等溫線的海流向南移動。

烏魚南下洄游時，多成群行動，一般可分為五個群集。即先鋒群、第一主群、中間群、第二主群及殿後群。根據漁民多年來的經驗，先鋒零星魚群約在十一月下旬到達新竹、苗栗沿海，洄游速度很快，每天可達二十四公里。經雲林沿海洄游轉彎後，速度減為十八公里。從此與橫渡臺灣海峽來的烏魚群會合，逐漸匯成較大的主群南移。

十二月初時，第一主群的先頭部分可到達臺中沿海，南移途中逐漸與其他零星魚群匯集而成主群。中旬後經高雄沿海到下演水漂附近，魚群便停滯徘徊，形成一大集結。

這時，第二主群的先頭部分也在臺中沿海出現，在雲林沿海與橫渡海峽而來的較大群魚會合，洄游到東港附近沿海，停滯徘徊，造成第二主群的集結。

殿後群則最後出現，洄游的速度很慢，每天僅十三公里，群集較稀。經雲林以南沿海時少與其他魚群會合，最後逐漸南移消失。

據省水產試驗所統計，每年南下的烏魚多是四歲大，至少有五百萬尾。在牠們的長途洄游中，有不少會遭日本魚船捕殺；再有部分遭鯊魚及大型魚吞食，抵達臺灣海峽時，大約只剩下兩百萬尾。

由於今年的氣候及海況的變化相當特殊，因此冬至時，西北部沿海的水溫尚未完全進入烏魚的適溫範圍；水溫仍然偏高在攝氏二十三度左右。烏魚季節因而向後延，在漁民們殷殷的盼望之下，這些「信魚」也無法如約前來。

二、望眼欲穿的漁民

根據調查研究，烏魚產卵的地方，多在水深十到二十公尺之間有淡水的平坦海底。所以往年烏魚群多在尖仔尾、茄定二層行溪、高雄港，以及東港下淡水溪沿岸出現。而漁船最理想的作業區則在臺南、高雄之間，因為這兒剛好凹入內陸，具有防風的功效，全臺各地的漁船，幾乎都要駛抵這兒，參加每年一度的大圍捕。

這許多外地來的漁船中，最引入注意的，大約要算是澎湖來的。每年一入冬，他們的船隊總要遠渡臺灣海峽，停泊到安平港，等烏魚期過了後才回去。這一年一度的遠行，對他們的生計來說，具有決定性的影響。因此出發之前，總要拜神許願，乞求老天庇蔭。回去之後還要做戲還願，酬庸神明，已成為當地漁民的一項傳統。

由於冬至前後海上風浪大，為避免受阻，捕烏的船隊總是提早出發。以今年的汛期來說，澎湖籍的二十二艘十一組捕烏船，早在十二月十三日就到達安平，完成一切作業準備，伺機捕撈這一季的先鋒魚群。

據「和邑美」十二、十三這組船的船長尤義敏表示，冬至前後，安平港外的水溫經常在攝氏二十到二十二度之間，最適合烏魚產卵。根據他的經驗判斷，去年是單數年，烏魚將在冬至前十天陸續來到，所以他們便提早出發，可是十餘天來卻毫無所獲。有一次雖然發現魚群，但因網破了，魚群循著漏網逃逸無蹤，令他們大失所望。

尤船長說，捕烏魚用的是巾著網，由兩艘漁船共同作業。當發現魚群出現時，首先應判斷牠們前進的方向。一艘定點不動，即刻向前方撒網，以橫斷魚群先頭部隊前進的方向，另一艘則繞到魚群後方撒網。

烏魚受撒網驚嚇時，通常都會下潛，後退或向光亮處逃逸。因為烏魚屬頂層魚類，不會下潛太深，巾著網的垂直長度可深至五十公尺，足夠攔住魚群。而前後兩艘的巾著網相連，即成三百六十度的大網，直徑可達六百公尺。魚群因退路被堵，無法後退逃出，漁民再將兩個相連漁網的底部收緊，就可以用機器漏斗，一斗一斗將烏魚撈上船，一尾也不會遺漏。

過去漁民捕烏魚全憑經驗，由專人站在船頭以肉眼觀察。若發現海水由青綠轉為紅黑色，即是大批魚群過境，得趕快撒網，否則瞬間即會消失。然而在茫茫大海中，光憑肉眼的觀察，要想發現魚蹤相當困難，因此早年捕捉的烏魚數量並不很理想。

現在的捕烏船上，都裝有魚群探測器或雷達，在掃瞄下，十幾里外就可以探知魚群的下落。自從裝添了這種新儀器之後，準確性提高了，漁獲量也顯著地增加。可是遇到今年這種反常的現象，魚群不來，再準確的探測器也無法發現魚蹤，怪不得漁民們的臉上一直陰霾不展。

三、出現零星魚群

由於烏魚姍姍來遲，漁民們望眼欲穿，水試所的試驗船「海富號」對於烏魚的動態也頗為關切。於是在高雄配備了最新型的海洋探測器，沿海北上，測定水溫，並開放四個頻率的波道，隨時提供漁民最新的烏魚動態。

兩天的寒流來襲後，南部沿海已進入烏魚洄游的適溫。高雄鳳鼻頭首先在二十日撈獲數十尾，被認定是先頭烏魚群，已洄游到南部沿海，但仍未結群。

二十一日，高雄水試所發出了烏魚速報，指出烏魚主群在三條崙、東石、布袋附近海面徘徊，緊接著即有大群烏魚出現，請漁民把握機會，前往撈捕。消息甫發出，漁船便使用對講機，紛紛呼叫友船前往嘉義外海作業。旋即有五、六十組的烏魚船，冒著十級的風浪，在當地不停地往來穿梭，做地毯式的探尋。

果然在這一天，一舉撈獲了七千九百六十六尾，高雄沿岸也捕獲了兩千七百二十尾。烏魚群終於零星地出現了，漁民們的精神為之一振，紛紛加緊到外海去巡弋。披星戴月，不捨晝夜，然而似乎仍未能發現主群的蹤跡。

主群遲遲未能出現，使得漁獲量一直無法提高，與去年同期比較的話，差距實在太懸殊了。前年十二月二十二日，高雄鼓山漁市場的交易量，已達十七萬七千餘尾，進場交易的船隻也多達七十一組。市場日夜燈火通明，照耀著熙來攘往的購買人潮，這種盛況一直持續不輟。

今年冬至以後，寒流不斷來襲，氣溫一再下降，零星的烏魚群這才紛紛湧到，各地的漁港也顯得更為忙碌。高雄縣的興達港，一向就是捕撈烏魚的大本營，漁船捉到烏魚後，也都當場在港邊拍賣。因此每天下午漁船進港時，總會吸引許多人圍觀。這些人群中，有漁會的工作人員、有各地來的中盤商、有附近的小漁販，也有一般圖享新鮮烏魚的顧客，密密麻麻地簇擁在港邊的漁貨拍賣場，盼望著烏魚船進港。

烏魚的拍賣一如其他漁獲，只因它的經濟單位高、利潤厚，特別吸引人罷了。烏魚從船上卸下來後，即由漁會的職員出來主持拍賣，再由中盤商喊價，由最高價者得標。中盤商承購之後，有些就地賣給當地的小漁販，或者一般顧客，其餘的則銷售到全臺各地。

烏魚的議價可分為兩種，一種是不分公母，集體議價，每尾約在一八十元左右。另一種則是公、母分開之後，再分別議價。母烏因有魚卵，所以價錢較貴，一尾約在三百四十元左右，公烏的價錢低廉，約在一、二百元之間。價錢的高低，常受進貨量多寡的影響。為了獨占鰲頭，以占有市場，漁民們總希望搶得先機，賣個好價錢，因此大家都希望能捕到先鋒魚群。

四、上上珍品烏魚子

所謂的烏魚子，即是母烏身上的卵，最富營養。經過晒製後，風味絕佳，是烏魚身上最珍貴的地方。一般消費者都視為珍品，不惜高價購買，以飽口腹之欲。因此每年烏魚子上市後，總是供不應求，被搶購一空。

烏魚子的製作過程十分簡單，幾乎一般家庭都可以自行晒製。將母烏身上的卵取下後，先用繩索將頭部綁緊，再用湯匙順著血脈將淤血刮乾淨，用鹽揉勻後，用板子壓平，晾晒在陽光下。三小時後將鹽洗去，再壓、再晒，晒乾後再用水擦拭，如此重複五、六次，盡量不要使它膨脹，十天之後即告完成。有些商人為搶時間，也有在晒三天之後，即匆匆推出市面。

烏魚子的售價，高低不一。價錢高時，一斤可賣到一千一百多元，較低時也有八百多元；不管價錢如何，總是不敷消費大眾的需要。因此有許多國外的贗品，便乘機魚目混珠，混到國內的市場，從中獲取暴利。

據說某些製造烏魚子的廠商，在十二月初以前，即從美國、阿根廷、巴西等地，進口大批母烏魚，存放冷凍倉庫，等候烏魚子盛產時製造烏魚子同時上市。由於尚未完全晒乾，消費者不易辨識，所以每年春節前夕，進口烏魚子也都可大發利市，猛撈一筆。

其實這些進口烏魚子的油質不夠，並有一股異味，火烤或油煎之後乾硬不堪，不若臺灣出產的烏魚子有較多的油質和香味。相較之下，還是省產的烏魚子廣受各界歡迎，甚至可外銷日本，獲利更高。

今年的烏魚遲遲不來，烏魚子的承銷商們也都顯得憂心忡忡。他們擔心母烏魚熬不住這麼長的時間，已將體內的卵排出，那時即使捕到母烏，卵的數量也大為減少，那麼他們的希望也要落空了。

五、不幸的墜海人

由於魚蹤杳然，漁民們競相出海，為了捕魚甚至奮不顧身，導致海難頻傳，在這歲暮冬殘之際，倍增海上的淒涼。

十二月二十日凌晨，布袋鎮漁民蕭世寬、董信義、黃三郎、蔡老寶和蔡慶林五人，聽到高雄水試所發出的烏魚速報，立刻駕了「新永隆號」漁船出海。到了下午六時三十分漲潮時，他們正全心專注在捕魚的作業上，沒想到一個大浪撲來，把漁船打翻，五人同時落海。其中董信義因頭部被擊傷，體力不支，隨波逐流，直至二十一日凌晨才發現屍體。

五天之後，基隆籍的漁船「集泰號」於下午五時，由八斗子漁港出發，沿著臺灣海峽南下撈捕烏魚。船上共有陳一信等九名船員，每個人都滿懷著信心，準備滿載而歸。七點三十分，漁船駛離基隆十一海里的時候，機件突然發生故障，漁船立即失去控制，在海面上漂蕩，十分鐘之後即被大浪捲翻，造成三人死亡的另一慘劇。

每年烏魚期，或是撈捕鰻苗時，都會發生這類的事故，漁民們為了討生活，卻不幸葬身在十二月的冰冷海水之下，足可為漁民們的殷鑑。可是烏魚不來，他們還能等待什麼呢？

六、最後的希望

十二月末的西南沿海上，波浪洶湧，層層的寒潮，冰封了海上的迷霧。可是一艘艘的捕烏船，還是奮勇地在冰涼的浪頭上追逐。運氣好的，一網網住了一年的財富；運氣差的，卻始終在海面上團團轉，而一無所有，怎不令人心焦？

確實，一年的烏魚期僅有二十來天，前十天不見魚蹤，往後的十天再不見烏魚，不但賺不到錢，還要貼上老本。一組烏魚船，需二十二名的船員，船長及主要助手，算是漁船的船東。作業的分配，先扣除作業的費用開支，漁獲由船東與船員均分。作業情況不錯時，船東在結帳之後會另給紅利。若成績欠佳時，船員還要分擔作業的開支。

由於投資烏魚船的，不是親戚就是朋友，大家都看「船長」投資。撈不到烏魚不但沒面子，而且回去時不好交代。因此大家心理的負擔都很沉重，再怎麼苦也得撐下去。於是船長在漁船出海作業期間，除了吃飯時下來十分鐘外，其餘時間都枯守在瞭望臺上，等候烏魚群的出現。

冬至已過，海上多風霜，鍥而不捨的漁民穿過重重的波濤險浪，正在和自己的命運苦苦地搏鬥著。誰是贏家是輸家，都孤注在這最後的希望裡，遲來的烏魚，反倒是最後的仲裁者。

一九八〇年十二月三十日

原載《時報周刊》一五〇期

鹿谷的春茶王國

春天來臨後的鹿谷鄉，總比別的地方來得繁忙與熱鬧。這兒山青水綠，給春風一吹，那青黛的山水更見輕靈秀逸；觀光客也踏著春天的蹤跡蜂擁而來。溪頭、鳳凰谷，這些著名的風景區裡，總擠滿了尋春的人潮。

等清明一過，穀雨將來之時，遊客便逐漸地稀落了，代之而起的卻是周遭的茶園。看那廣袤、沉寂的山坡上，轉眼之間，已綴滿了形形色色的茶農，正在翠綠的茶園中辛勤地工作。陽光普照，遠近的空氣中彷彿都浮蕩著一股輕淡的茶香，混合著收穫的喜悅，男人輕快的吆喝和婦女們不絕的笑語，一齊飄散在初春的穹蒼下。

春茶，總是在這種熱鬧、愉快的氣氛中，拉開了它綠色的序幕。整個鹿谷鄉都忙碌起來了，凍頂山上更是洋溢著無限的生氣和活力，來迎接一年中最盛大的收穫。

一、武夷傳種三十六株

凍頂山位於鹿谷鄉西南方，海拔七、八百公尺，山上是一片開闊的臺地，隨著山勢迂緩起伏，約有四十六公頃。清朝時叫福頂峰，日據時代始取名凍頂，現屬彰雅村的凍頂巷。

該山的土壤呈紅黃色，富黏性，含水量高。山腳下有潭，名麒麟潭，俗稱大水堀。面積廣達十三公頃，潭水終年不涸，且有雲霧繚繞，倍極神祕，著名的凍頂烏龍茶即原產於此。

據說，清道光年間，鹿谷鄉出了一位舉人林鳳池，他出身清寒，因受當地善士資助，才得以渡海到福建應試。中舉後任福建布政使，掌管米糧補給等業務，為報答家鄉父老的培育之恩，返鄉時即攜回了三十六株武夷山茶苗，分送親友，種於大水堀旁。

凍頂山麓因氣候溫和、潮濕，早晚多霧，最適合茶樹的生長，因此很早就有野生的「時茶」；但時茶味重苦澀，並不很受歡迎。武夷山的茶種栽種成功後，果然甘醇芬芳，色味俱佳，立刻壓倒時茶，茶農紛紛改種烏龍茶。後來的評價，甚至凌駕武夷山紅茶之上。林鳳池復將成品攜回福建，進貢朝廷，皇上喝過讚不絕口，乃賜名凍頂烏龍茶，從此聲名鵲起，成為凍頂山上最富盛名的產物。

可是好景不常，日人據臺之後，卻因糧食政策的因素，使得這個具有光榮傳統的產物幾為之中斷。日人的糧食政策，主要著眼在稻穀、蔗糖、樟腦等主要糧食和經濟作物，對非民生用品的茶、菸等消費性作物則採限制的措施。在這個殖民政體的強硬手段下，所有的茶園都被關閉，凍頂山上級級的梯田，也被迫改種旱稻和番薯。茶園逐漸荒蕪老去，輕淡的茶香也不復可聞，茶農們只能望著那凋萎的殘莖興嘆。

臺灣光復後，廢去了日人的糧食政策，茶葉的生產又恢復了生機。可是舊有的基礎已被破壞殆盡，農村的經濟形同瓦解，茶農們寧可勉強維持原有的旱田，誰也不願意再回過頭去種茶。凍頂山上依然是旱稻和雜糧的天下，茶園裡只有一些時茶在點綴著罷了。

民國四十年，政府為了重振茶業，乃撥列專款給省農林廳，輔導茶農種植茶樹。可是成效不彰，茶農們仍以副業的型態來經營，發展十分緩慢。政府為了達到勸導的目的，不惜設立茶葉專業區，免費供應肥料、農藥，投注了無數的心力血汗，終於有了代價。

茶農們又將茶園闢出來了，凍頂山上又吐出了一行行整齊的茶樹。從山坡蔓延到谷底，從山腳伸向四方的平原，一片葱蘢的綠意，瞬即又彌合了歷史的傷口。茶園復甦了，凍頂山像巨人般又矗立了起來，可是國人反倒對它感到有些陌生。

為了打開市場，茶農們得親自挑著產品四處去兜售。早年交通不便，上山下山全靠兩條腿，茶農們上下奔波備嘗辛勞。而主要的集散地，也差不多只有廣興村的那條老街，有些設了店鋪，有些開了茶廠，但規模都很小，一切端賴人工。這小小的市集，可說是凍頂烏龍茶發跡的地方，可是在烏龍茶享譽全臺的今天，它反倒沒落了。

民國五十年後，溪頭觀光區的開發，助長了當地旅遊業的興起，也打開了凍頂烏龍茶的銷售市場。茶農多將茶葉批發給遊覽區的土產店，很快地便引起遊客的注意。凍頂烏龍茶的名氣逐漸在風景區中響亮起來，甚至成了當地最富盛名的特產，各地的零售商也紛紛找上門來，茶農這才免去了跋涉之苦，專心致力於茶園的經營。

民國六十年後，凍頂山上茶園的面積，已增至五十餘公頃。流風所及，鹿谷鄉境內的農民也大肆改種茶葉。一畦一畦整齊的茶樹，綠遍了山坡谷底，幾乎已成了鹿谷最具特色的景觀。茶葉的產量也因而大增，原有的市場已達飽和狀態，而必須再開拓外地的市場。

民國六十三年二月，凍頂山的茶農在林先化的奔走之下，首先成立了茶葉生產合作社。在各種傳播媒體上大做廣告，以統一的價格、最高的品質，銷往全臺各地，最多的時候，全臺共有六十餘家銷售商經售他們的茶葉。凍頂烏龍茶絕佳的風味，像一陣旋風般，很快地占有了外面的茶葉市場。

林先化後來出任該合作社第一屆理事長，他回憶起那段慘澹經營的日子時說：那時烏龍茶儘管早已享譽全臺，可是大部分的消費者對它還是十分陌生；大多數的人知道有溪頭，卻不知道有鹿谷，更不知道凍頂山。有一次在基隆，一位十分喜歡凍頂烏龍茶的朋友，就當面問他凍頂烏龍茶是不是國外進口的，令他感到十分難堪，可見國人對它的了解還不夠普遍，推廣工作實在有待加強。

同年六月十日，當時的行政院長蔣經國在省主席謝東閔陪同下，到溪頭遊憩，回程時特地驅車上凍頂山巡視，在林先化家中喝到了凍頂烏龍茶。蔣院長讚不絕口，謝主席回去後更鼓勵國人養成喝茶的習慣。

以後蔣總統每次路過鹿谷時，都會上凍頂山喝茶，和茶農們閒話家常。凍頂烏龍茶何幸能得總統賞識，百年來的盛名終能維繫不墜。回顧凍頂山上這段湮滅的傳奇，是多少茶農以血汗勞力灌注所成，或許這才是凍頂烏龍真正值得我們喜愛的地方吧！

二、翠綠春茶已堪摘

凍頂山的烏龍茶一年可採收五至六季，分別是春茶、夏茶、第二季夏茶、秋茶和冬茶；發育較快時，則加上第二季秋茶。每季茶之間，相隔五十天至七十五天不等。其中以春茶的產量最多，味道也最好，因此最受茶農重視。收成的好壞，足以影響一年的收入。

據茶農們說：春茶擁有四個月的休眠期，生長的時間最長，而且這段期間的氣溫也較低，所生長的葉片自然也較厚。每當春天來臨時，它們就像「爆發」般地怒長出來，給茶農們帶來最大的喜悅。

依照傳統節氣的說法，春茶的採收總在清明以後五天，即穀雨前十天開始，而在月底前結束，前後不過半個月的時間。可是這半個月內，凍頂山上裡裡外外就像節慶一般，人人的臉上都掛著愉快、欣慰的笑容，每個角落裡都顯出特別忙碌、熱鬧的氣息，幾乎可以稱之為「春茶熱」。

首先登場的便是採茶的婦女，她們戴上斗笠，背著竹籃，成群結隊嘻嘻哈哈地走向盛開的茶園。花花綠綠的衣衫，點綴在碧綠的茶樹之間。彎著腰，努力地工作，不時夾雜著交談聲、哄然大笑聲。這一幅採茶的風光，確是茶園裡最美、最動人的時刻，多少年來，始終深深地戳印在人們的心中，成為臺灣農村最富代表性的畫面。

凍頂烏龍茶既是名貴的茶，對茶葉當然得特別講究，採茶也有獨到的功夫，須挑一心兩葉的地方下手。所謂「一心兩葉」，是指尖端的嫩芽和最上面的兩片葉子，是茶葉中最鮮嫩的部分。若有三片葉子時，採下的茶菁容易失去水分，日後製茶會增加許多麻煩。因此採茶的婦女不但要採得快，也要採得準，一般沒有經驗的，很難勝任這個工作。至於在其他茶種中大肆活躍的採收機械，在此也無用武之地，為了採得恰到好處，一切都得仰靠人力。

可是在人工普遍缺乏的今天，哪裡去找人手呢？人力老化的現象，在茶園中也同樣的嚴重。仔細放眼瞧去，裹在斗笠和面巾中的都是一張張爬滿皺紋的老臉孔，彎著的都是一個比一個大的粗腰。往昔採茶姑娘纖細的影子，如今已不容易在茶園中看到了。那山歌對唱，妹啊哥啊調笑的風情，也早成了空谷絕響。怪不得一個婦人感慨地說，採茶如今是「夭鬼飯」囉，除了生活，實在很難有什麼趣味。

為了彌補人手不足，許多外地來的婦女，也在親朋的敦促下上山來幫忙。她們大多來自鄰近的鄉鎮，有些暫時棲住親友家，有些則每天上下山，主人得僱請車子，負責接送她們往返。這些遠離家園的婦女，便在全臺各地的茶園間流浪著。春去秋來，轉眼年華已老，在凍頂山熱鬧繁忙的春茶季底下，也流轉著不少這樣老大傷悲的故事！

三、年產茶葉五萬斤

採茶的工作，茶農們稱之為「採菁」。為減少曝晒的時間，多擇天氣晴朗，陽光亮麗的日子；若遇到雨天或露水太重時，便無法進行。因此茶農們善觀天色，算準了好天氣後，一大早婦女們就上茶園工作。

採下來的茶葉，叫做「茶菁」，不能擱放太久，必須馬上挑回茶廠去。通常有專人挑著大籮筐，負責在茶園中收茶，當場以秤子稱好斤兩，核算採茶的工資。手腳較快的喜歡以斤計酬，採多少算多少。動作遲緩的則採包工制，按日領薪。一個技術嫻熟的婦人，一天可採到四、五十斤，一斤的工錢十七元，一天忙碌下來總有一筆可觀的收入。因此在茶園中閒話家常的，通常是包工的人；而埋頭苦幹、沉默寡言的幾乎都是論斤計酬的高手。原來同在茶園中幹活，也有這種不同的工作態度。

茶菁挑回茶廠後，須立刻在日光下曝晒，稱之為「日光萎凋」，主要是讓茶菁發酵。烏龍茶屬輕發酵的高級茶，發酵的程度約在百分之二十五到三十之間，超過或低於這個標準，都會影響到茶葉的品質。約十餘分鐘後，茶心軟垂下來，這表示已達適度的發酵程度。須移入室內，晾在層層分隔的棚架上，進行「室內萎凋」。

室內萎凋在防止葉片中的水分流失，繼續發酵。冷卻一小時後，再倒入攪拌，可使因失水而逐漸凋萎的葉片重新舒展開來，恢復自然、生動的面貌。這個步驟須重複三至四次，每次須一小時的光景，是製茶過程中最耗時、最花工夫，也是最重要的一個階段。一個製茶師傅技術的好壞、功力的深淺，全表現於此。消費者所享受到的風味，也有一半已經在這裡決定了。

輪到「炒菁」時，通常已是晚上時分。炒菁即是將茶菁炒熟，以往全靠人工，頗費力氣。一家家製茶工廠內燈火通明，終宵不寐，最能看出茶農的辛苦。好在現已改用瓦斯機器，減省了許多勞力。

再來是揉捻，將炒熟的茶葉裝入小布袋中，綑綁得勻稱、結實後，再放入機器中反覆揉捻，榨出殘餘的水分，再放入乾燥機中脫水。到這裡工作便暫時告一段落，夜早過半，周遭闃深得一無聲響，茶農們這才得以熄燈上床，結束忙碌而冗長的一天。

翌晨，再經乾燥、精撿，再乾燥，約在中午時分，乾燥機傳來最後軋軋的吼聲，一筐筐一筐筐的茶葉從機器中取下來，一縷縷甘醇的芳香，立時從製茶廠中飄出來。一家接著一家，香氣羼雜在一起，飄在空氣中，遠遠地就令人陶醉。

這些製茶工廠，都附設在茶農的家裡；或屋前，或屋後，或倉庫間，規模都很小，剛好可以裝幾部機器，設幾個棚架，擺幾個籮筐。因此動力雖已經機械化，但還保存了相當深厚的傳統家庭手工藝工廠的型態。

畢竟凍頂烏龍茶是精製的茶，手藝與技巧在這項產業中仍占有相當重要的地位，絕非一般大型工廠的全機械化設備所能取代的。因此凍頂山上這些小小的製茶廠，在製茶過程中雖然辛苦，卻有值得他們驕傲的地方。與其說是產業，不如說是流傳在他們社會中的一項絕活，一種傳統的、生活的藝術。

據估計，凍頂山上的居民有七十三戶，這種小製茶廠足足有七十三家，年產優良的茶葉五萬斤以上。可見茶與他們的生活有多麼密切的關係，這種親密、敬業的精神，生活與產業之間的協調，正是凍頂烏龍茶得以歷久不衰、廣受歡迎的主要因素。

四、高手雲集為比賽

儘管凍頂烏龍茶已經發展到供不應求的地步，可是茶農們還是不斷地在研究改進，期使他們的茶葉能吐出更多的芳香，為更多的消費者所愛。每年一度的春茶展示會和春茶比賽，正是他們大顯身手的地方。

這項由省農林廳和南投縣政府合辦的比賽活動，自民國五十年開始舉行以來，一年比一年盛大，一年比一年熱鬧，幾乎已成了當地最重大的一項活動。去年參加人數高達四百多人，加上各地遠道而來的茶商和看熱鬧的群眾，每次總是圍得水洩不通，熱鬧異常。

比賽的項目包括採菁和製茶，採菁部分大多是婦女參加，在一定的時間內看誰採得多、採得好。這些採回來的茶菁，即交由參加製茶的茶農們烘製，須在一天一夜間製成成品，再送交主辦單位評審。得獎的成品當場標售，由旁觀的茶商們喊價。去年的首獎曾喊到一斤萬餘元，二十斤瞬間被搶購一空，連他家中其他的成品，也都被眼明手快的茶商購去，著實賺了一筆錢。

由於得獎者可以名利雙收，坐享厚利，每個茶農都以能得獎為最大榮耀。因此參加的人極為踴躍，競爭也十分激烈，人人都使出了渾身解數，在技術上下功夫，無形中提高了茶葉製造的水準，也刺激了茶商和消費者的購買欲，兩相得益，怪不得大家都樂此不疲。

五、烏龍種茶有傳人

曾任茶葉生產合作社經理的林能德說：民國六十年以前，客人來到凍頂山時，他們還不敢泡茶待客，總要到小店買汽水才覺得周到。民國六十三年以後，再有客人來訪時，他們已堂而皇之的改泡茶水。這種態度的改變，最足以說明烏龍茶在國人心目中地位的轉變。

現在凍頂山上每一戶住家的客廳裡，都備有最完整的茶具，現成的上好茶葉，大大小小，琳瑯滿目的茶壺、茶杯，其中不乏百年以上的古董，小型的瓦斯筒推車。客人一來，便延入客廳，煮茶品茗，何等親切自在。

據林能德估計，一戶擁有一甲茶園的茶農，每年的收入可達兩百萬元以上，其中包括七十萬元的盈餘，這是何等令人羨慕的數字。收入的增加，使得他們的居住環境也獲得顯著地改善：古老的三合院逐漸地消失，寬大的樓房一棟棟聳立起來。鮮豔的色彩，把原本單調的凍頂山渲染得花彩繽紛，整個村子彷彿都年輕、明亮起來了。新鋪的柏油路面，飛馳的轎車，一切都指出了一個更光明遠大的前途。

當我登臨凍頂山巔、俯視山腳下大水崛的浩渺煙波，誰會想到百年前那三十六株武夷山的幼苗，如今竟會長成這漫山遍野的茶園呢？晨晚時分，山嵐煙雲依然在這兒升浮繚繞。凍頂山上的茶農們似乎都很明白，沒有這些幼苗，就不會有今天的茶園，他們始終努力地在做好一個烏龍茶的傳人。

一九八一年四月二十日

原載《時報周刊》一六五期

環山部落的水果傳奇

十餘年前，環山村就像其他的山地部落，貧窮、骯髒、落伍。然而十年後的今天，這個面積僅有八百餘公頃的村子，每年卻生產了近六億臺幣的財富，養活了二十萬的人口。今天的環山村已成了名符其實的花果山，到處都結滿了纍纍的果實。這樣的一頁「山中傳奇」，是如何寫成的呢？

一、八月，收穫的季節

八月，正是溽暑當頭的日子。平地裡的稻禾收割過了，而在高山上，風涼涼地吹著，人們一窩蜂地擁上來。這些人中，有避暑的觀光客、有登山健行的學生，而最大多數的人，卻是來自全臺各地的果販。不錯，在高山上，尤其是中橫沿線的寒帶水果栽培區，這正是最熱門的收穫季。

中橫宜蘭支線上的梨山、環山，更是熱鬧非凡。沿著公路兩旁的樹蔭下，早就蓋起了大大小小的竹棚草寮，前面堆滿了各種紙箱、木屑，商販雲集，大卡車絡繹於途。公路兩側的山坡地上，那亭亭如蓋的水果園裡，山風吹動著綠葉底下一串串纍纍的果實；紅的鮮紅，綠的嫩綠，都一齊閃耀著誘人的、光燦的色澤。

環山，這個中橫支線上的部落，正沉浸在收穫的喜悅裡，再也尋不到屬於它靜謐的氣息，這活躍的季節，正如頭頂上的太陽，是熱烘烘，也是潑辣辣地。

二、水果王國中的暴發戶

環山部落位於臺中縣和平鄉平等村，標高一七二〇公尺，正好嵌在雪山山脈巨大的峰巒之間，成為一個微向西傾斜的盆地。盆地背後，緊貼在山腳下的是大甲溪的上游，溪水終年碧綠湍急。從公路向下俯望，屋舍儼然，街衢分明，像一個棋盤般沿著山坡散布開來。四周盡是蒼翠的果園，隱沒在山巔崖谷之間，宛然是世外桃源。

環山村的居民多屬泰雅族的原住民，日據時代逐漸從各個山窪遷移到此，結社成一個群體生活的部落社會。

早期的環山部落，純粹是個貧窮的農業社會，村民們在山坡地上種植地瓜、小米、豆類、芋頭、萵苣等乾旱性的植物。他們居住在簡陋的草房裡，終歲憂勤，只能換得勉強的溫飽。在這種經濟條件下，他們的生活是艱苦而寒傖地。

日據時代，該地雖然也曾種植過蘋果、梨子等寒帶水果，但數量十分有限。村民們只將它們視為野生的瓜果，以補糧食之不足，從未認真地考慮過它在經濟上的開發價值。

民國五十二年，中部橫貫公路開通了，這對沿線那些封閉的山地部落而言，是一件劃時代的大事，臺灣東西岸富庶的文明，從此源源不斷地輸送進來。五十八年，輔導會在梨山地區從事大規模的寒帶水果栽培。二十世紀梨、長十郎、松茂、巴梨這些高級的水果，便紛紛地在這兒生根了。

由於該地區獨特的氣候因素及地理條件，很快地發展成寒帶水果的專業區，大甲溪兩岸的旱田，以及延伸到各山谷裡的山坡地，都廣植著這些水果界的新貴。環山部落，便是在這突如其來的幸運的浪潮中，迅速地躍居水果業的重鎮，成為一個暴發戶型的水果王國。

三、暴發戶的新面貌

走下中橫支線的公路，沿著一條鋪柏油的坡道往下走，很快地便沒入果園的濃蔭中。兩旁的枝椏都垂覆著纍纍的梨子，一團一團糾結在一起，只要一伸手，便可輕易地摘取下來。對於初履斯地的人來說，那真是一種誘惑，而當地的居民卻視若無睹。這段山坡道路約莫有半個小時的行程，就可到達環山部落。

目前部落的人口中，有山地戶九十六戶，八百多人，平地戶三十戶，連散居在果園各工寮中的共有兩千多人。他們包括水果販子、包商、榮民以及各種商號的店東。在採收季節裡，更有形形色色的採收工人、打工的學生等等，人來人往，十分熱鬧。

因此，在窄窄的街道兩側，便形成了一些簡單的街市的輪廓，有旅館、冰果室、菜市場、餐廳、撞球場，以及數不清的雜貨店，使得環山部落的商業色彩，顯得相當的濃郁。

這許多進步的實況中，最令人感到驚訝的，大概要算是原住民的居住環境。除了極少部分的家庭仍住在老舊的木屋裡外，絕大部分的家庭，都擁有最進步的家電設施。客廳裡，鋪著厚厚的地毯，擺著最時髦的沙發；電視、音響、錄影機一應俱全；壁爐、窗簾、吊燈等一樣不缺。廚房裡有不鏽鋼廚具，臥房裡的席夢思大床引人遐思。這些裝潢設備，已大大地超過了平地一般家庭的生活水準。

以該村首富楊新發的住宅來說，那棟兩層樓房裡，布置得美侖美奐，像皇宮一般的豪華。這個家庭擁有八甲的果園，全部租給包商，每年光是租金收入就有五十幾萬。他的客廳裡就擺著一套ＬＳＡ的 **Denlon** 音響，據說是從臺中高價收買上來的。

楊新發本身並不從事生產，完全賴租金的收入為生。事實上，整個環山村的經濟基礎，幾乎都是建立在這種「收租」的型態上。表面上看起來，每個家庭好像十分富裕的樣子，但銀行的存摺裡卻很少有存款。這不只說明了原住民不知節約的積習仍在，更暴露了包商的介入所帶來的諸多的問題。

四、活躍在果園中的包商

所謂的包商，通常指的是平地人，有些是平地的青果行，有些是實際從事生產的果農。他們憑藉著雄厚的資本，以及果園的經營知識技術來到山上，以一定的價錢包下原住民的果園，然後完全由他們支配運用。原住民除了每年分兩次收取租金外，再也沒有干預的權利。

環山村的老村長廖裕川說：「我們的錢都被包商們賺走了，我們只能拿取少數的租金。」

廖村長回憶說：民國六十年時，原住民們自己運了一批水果到臺北去賣，因為不諳市場行情，那批水果全部被平地人騙走。這是原住民們首度嘗試運用自己的力量來做運銷工作，這一慘痛的經驗，使得他們對自己完全失去了信心。連帶地使他們對於自己土地的經營，也失去了信心。

在高山上從事蘋果、梨子等高級水果的栽培，需要大筆的資金。據統計，一棵果樹一年的維持費用，包括肥料、農藥、人工等開支，共需五百元之鉅。原住民們明知水果的行情一致看好，奈何資金短絀，求貸無門；或者因家裡開支過大，亟待現金解決，只好將果園租給包商，收取微薄的租金。

租金的高低，視果園的大小、栽種的品種，以及運輸情況的好壞等，分成許多等級。較好的一甲地能收到三十萬，較差的只有四、五萬，包商們予取予求，吃虧的總是原住民。有些原住民窮急了，索性將整塊地賣掉。按規定，原住民保留地不准與平地人交易，但在徒具條文的法律漏洞下，仍有許多不法的交易行為，弄得附近土地的歸屬權大亂。

在這種承租的關係下，包商們在果園裡大肆活躍，錯落地散布在果園中的鐵皮工寮，都是包商們活動的據點。每年四、五月，果樹開始抽花的時候，這些包商便來到了這裡，開始施肥、打藥。他們在交通不便的山窪，投下巨資，開闢產業道路，興建纜車索道，以便減低運銷成本。附近果園的地價，也因這樣的投資，而巨幅猛漲。一切行情的波動，價格的漲落，都控制在大包商的手中，成為環山地區實際的受益者。

以當地的松柏農場來說，該農場位於大甲溪深闊的溪壑彼岸，承包面積廣達二十餘甲，種植著水蜜桃、五爪蘋果、二十世紀梨等各種水果。每天僱用的工人達三十餘人，並擁有自己的辦公室、包裝廠、工寮，以及索道纜車等設施。該索道長達一千四百八十公尺，跨越兩座山頭，所生產的產品即由此運送到對岸的集貨站，在該地算是規模最大的包商。

五、機會的創造者

在包商們來說，他們是憑本事賺錢，事實上，他們也都是極為卓越的果園經營專家。松柏農場的負責人就是一個例子。他出身水果世家，除在環山包租了二十甲的果園外，另外在梨山也有二十甲的土地，每年的投資金額即達一千萬元。每當水果收成季節，他便坐鎮在山頭的辦公室裡，一邊隨時以電話和全臺各地的青果商保持聯繫，一邊指揮水果的收成。據他透露，他曾出價一億元要購買那二十甲的果園，但主人絲毫不為所動。

但是，並非所有的包商都挾有雄厚的資金，一副剝削者的姿態；少部分的他們，只是一些忠厚善良的果農。在外地經營失敗後，轉而遷居到環山，租下一片小小的果園，企圖以自己的血汗來賺取東山再起的機會。

洪國安便是這樣的例子。他今年四十歲，臺南東山鄉人，普通身材，一臉的忠厚老實。原本在家鄉種植柑橘，後來透過臺中青果商人的介紹，知道了環山是個大有發展的地方，便辭別了家人，一人來到這片眾山環抱的谷地。在大甲溪十八K的地段，經營著承租來的果園，承租期間是八年。

他正在山坡上忙碌著，頭頂上的鴨舌帽汗漬斑斑，他忠厚的臉苦笑著說：「種水果賺的是天公錢，這天公錢真是不好賺。」

在那一甲地的果園上，他已投進了三百萬的資本。人工一天天高漲，這麼巨額的投資，對他是一種冒險嗎？他說自己一個人勤快些，就賺一點自己的勞力錢吧！看他那無奈的笑容，和我們想像中的所謂「包商」的嘴臉，實在是大大地不同啊！

他的老鄉陳慶麟，也在他鄰近的山坡承租了一片果園。兩人還合力搭了一個小型的纜車，花了他們五十萬元。痛心儘管痛心，但比起挑工費卻又省多了。環山是座金山，他們兩人都希望從這兒淘出他們該得的金塊來，所以他們來到了這兒。

六、卸下軍服進山打天下

五十八年，輔導會首先在梨山地區拓墾果園，許多勞苦功高的榮民們，卸下了軍服後，便相率到梨山來打天下。這些榮民中，運氣好的都發了財；運氣較差的，至今仍賴做工為生。在遼闊的山野間，到處都可看到他們活躍的足蹤。只是這些足蹤，已不若當年金戈鐵馬般地矯健。

劉椓今年五十七歲，頭髮已經顯著地發白，民國五十八年，他以八萬元在環山的十五K地段購買了兩甲的果園，自己也在部落裡定居下來，過著安定的田園生活。十年來，他孑然一身，頭髮白了，他一手栽種的果樹逐漸進入了盛產的年齡，便將大部分的工作交給他一位遠親的姪子梁勝男，自己只在一旁協助他、督導他。

十五K在部落後面的山上，須翻越半個小時的山路才可以到達。他在臨大甲溪的峭壁上，搭建了一座工寮，至今仍沒有電，夜晚回去時全靠摸索。今年五月，那條山路拓展成一公尺寬的產業道路，可行駛鐵牛車。路一開通，那兩甲果園已漲至千萬餘元。

雖然地價仍在節節高升，環山的水果仍被各方看好，但他卻很悲觀地說，環山的全盛時期已經過了。工資的上漲，肥料價格的挺升，已使他多年的積蓄盡投注在上面。明年、後年，他的果樹一定可以長出更多的水果，他的勞力正待收穫時，這些對他似乎都顯得那麼不重要了。半生戎馬，浪跡大半個中國，最後歸隱在人人豔羨的環山，老人還是寂寞的。

然而梁勝男卻是個野心勃勃的小伙子，他農校還沒畢業，便急切地投到環山的懷裡，三年來，他已是個水果專家了。他說，他的目標不只是一個果農，還要是一個中盤商、大盤商，他要站牢在環山的地盤上。

七、重返故里的年輕人

誠如廖裕川村長所說的：承租期滿後，我們一定要收回來自己經營。這句話正代表著現今環山村所有原住民們一致的心願。可是他們有這種能力嗎？那麼巨額的資金，他們哪裡去籌措？那許多技術上的末節，他們如何去克服？更有那種種勞力的支付，他們如何去勝任？泰雅族的原住民們，都在這樣的考慮中躊躇著。年輕的泰雅族人回到了故鄉，也在徵詢長輩們的意見。

在這許多觀望的年輕人中，張超羣卻捲起了袖子，在他們的果園裡揮汗勞動著。今年二十六歲的他，圓睜著大大的眼睛，注視著祖先所遺留下來的那兩甲果園，對於從小長大的這塊土地，他真是發狠地熱愛著。

因為讀書、當兵，而曾經漂泊在外頭，也因為舉家遷居到豐原，而遠離了他的故鄉。如今結婚後，帶著美貌的太太，又一起回到環山。正是忙碌的收穫季，他的妹妹張嵩燕、表兄妹，也一齊回來幫忙。烈日烤晒著，包裝房裡熱得像烤爐，然而綠葉間又響起了家鄉歡樂的笑語。

兩年前，他們的果園也曾租給包商，每甲地只值四、五萬元，等於是當廢地般的賣了，他覺得很不甘心，決定收回來自己經營。

首先面臨的當然是資金的問題，既然無處融資，便只有從成本中來節約。由於得力於果園專家李廷傑的協助，使他們能盡量的縮減開支。別人施兩次肥，他們只施一次；別人打四、五次藥，他們只打兩、三次；別人用包裝袋，他們則不用；他們盡可能以汗水來彌補以上的缺失，而他們的果實，也和別人一樣的結滿了枝頭。

在這樣困苦的局面中，張超羣終於完成了他的心願。他相信，假如給他更多的時間，他一定要比別人結出更多的果實。重返故里的年輕人已經有了這麼好的開始，環山村的大多數年輕人，也該可以從這兒學習更好的榜樣！

八、打游擊的學生工人

高浩洋和何智源站在索道的平臺上，凝視著夕陽那邊逐漸滑過來的纜車的黑點，纜車上載著大批的紙箱，快速地滑落在平臺上。他們急著將紙箱卸下，搬運到另一組單軌的搬運機上；再沿著山坡滑到路邊，再搬到路旁的大卡車上。一箱箱沉重的紙箱上，印著蘋果、水梨的形狀，並寫著「梨山特產」。他們一趟一趟的搬，車子開走了又回來，回來了又開走。

他們兩位都是六月甫畢業的大學生，高浩洋畢業於臺北商專，何智源畢業於中原理工學院，在等候徵召入營的時候，便趁著這段時間上山來打工。

在距離索道達一千多公尺的另一座山頭上，蔡玉嬌和黃淑真坐在紙箱堆邊，一個人手上拿著計算機，一個人拿著帳目表，正在核算運送出去的紙箱數目。後面的包裝廠裡，約莫有二十幾個年輕人，正忙著裝箱。蔡玉嬌是雲林元長鄉人，今年才從大成商工畢業。黃淑真是臺中人，草屯商工畢業，她們也是利用暑假到山上來打工。

每天上午六點半到十一點，下午一點半到六點，是他們工作的時間，每天的待遇是兩百元，吃住由老闆負責。工作完了，這些年輕男女便在夕陽中彈吉他唱歌，或者沉思散步。在高山上，他們雖有與世隔絕的感覺，但這種體力的勞動與新的生活環境，對他們卻是一種很好的磨練。

就讀屏東農專園藝科的張金樓說，到環山來打工，不只可以賺取下學期的註冊費，更可以使他學習到果園的經營和管理，而他們的老闆，乃至技工都是他最好的老師。這種活生生的教材，顯然比起課堂裡那些乏味的課程要有趣得多了。

就像這批在松柏農場打工的年輕人一樣，每年暑假，都有大批的青年學生上山來打工，據非正式的統計，人數大約在一千人左右。這些年輕學子們拋棄了纏身的課業，拋棄了冶遊玩耍，以勞力換取他們的代價，年輕人的觀念逐漸在改變。而環山、梨山等地剛好提供了這許多的工作機會，也算是造福年輕學子吧！

九、結出更大更多的果實來

雖然，水果給環山帶來了大量的財富，雖然，環山將來的繁榮也可以預期，但是在邁向未來更美麗、更遠大的坦途之前，環山現前所暴露的某些問題，也亟待解決。

首先便是資金短絀的問題，這是原住民們在面臨將果園收回自營前的最大考慮。如前所述，為了使水果累積的財富，能真正為自己分享，他們勢必要將果園收回，但缺少資金，這條路根本行不通。梨山合作金庫雖有貸款，但沒有良好的關係，並不易貸到資金。原住民們在碰壁之餘，已不再對它寄以希望，政府應設法解決融資的問題，以輔導原住民早日走上自地自營之途。

其次是產銷遭受剝削的問題。當前的水果價錢，悉數掌握在果商們的手中。他們盡量壓低價格，任意收取佣金，在轉手之間大肆圖利，大多數果農們的心血，都被這些商人榨取光了。因此，亟待建立健全的產銷制度。

以環山地區而言，十年前和平鄉曾有農會輔導，將產品分裝銷售各地，以實際價格給予果農，農會只收取若干手續費。這措施曾解決不少問題，後來雖曾出現弊端，但不失為一良好的制度，果農們都亟待恢復這套老方法。

最後便是果農們一致擔心的外國水果開放進口的問題了。據悉，今年八月起，我國決定開放外國高級水果進口，任何貿易商都可自由由外國進口，此舉勢必打擊到我國果農的利益。

雖然存在著這些隱憂，我們當然不願見到它們成為事實，我們寧願相信，環山的溫帶水果是世界上最好的，價錢也是最低廉的。我們也樂意看到環山的寒帶水果栽培業，能不斷地成長、茁壯；結出更大更多的果實來，來供給國人品嚐，來營養國人的健康！

一九七九年八月二日

原載《時報周刊》七六期

柳營酪農的曙光

一、乳牛來了

臺南縣的柳營鄉，是一個典型的、充滿著南部農鄉色彩的小鄉鎮。這兒沃野千里，一望無際，正是嘉南大平原最壯闊的景觀。陽光總是慷慨的遍灑在這兒，使得那片終年不輟的莊稼作物，璀璨耀眼，滿溢著無限生機。

這裡主要的作物是水稻和甘蔗，自古以來，農民們始終不改傳統的積習，在這兩種作物的周期輪作中，辛勤地種植。在老一輩農民的觀念中，土地就是要拿來種植的，而作物也是土地唯一的生產。這個傳統的觀念，使他們世世代代地廝守在那兒，也束縛了土地更有價值的利用和發展。

民國六十二年，中央在加速農村發展計畫項下，核定了乳牛農牧專業區的發展計畫。在全臺各地，選擇了適當的地方，設置了十個平地酪農專業區，補助農地重劃，獎勵農民飼養乳牛，以增加農民收益。

柳營的八翁、重溪這兩個村子，便是在這個計畫下，逐漸地放下了他們固執的鋤頭，將一頭頭碩大的荷蘭乳牛，趕進新圍築成的欄柵裡。一向沉靜的田野村墟，便不時響起陣陣的牛鳴。ㄇㄡ——ㄇㄡ——農民們聽著這不甚熟悉的叫聲，初時心頭難免會有些躊躇，因為他們無從知道，這樣的選擇是正確或是錯誤。

二、艱難的第一步

這個計畫的推動者，是臺南縣政府農林局畜產課的沈茂松課長。他是個學有專精，且對臺灣畜牧業十分關心的基層農業行政人員。

民國六十一年，他初調任縣府畜產股時，正值政府設置酪農專業區的計畫逐步成熟的時候。多年的農業行政經驗，使他深知農民的疾苦。在政府長年的低糧價政策下，農村的經濟日益困窘，農民的收入遠落於工商業者之後，已是有目共睹的事實。他認為，傳統的農業經營方式，已經到了要轉變的時候，而畜牧業在當地正是一種值得大力推廣的新型態。

在他和有關單位的極力爭取下，民國六十二年，柳營終於成立了一個酪農專業區，並配合地政局的經費和農民配合款，完成了八翁和重溪兩村的土地重劃，面積共有三百九十二公頃。

根據計畫內容，所有乳牛都是由紐西蘭進口的荷蘭種乳牛，每頭的年齡為十八至二十個月，並懷孕二至四個月，每戶酪農飼養六頭乳牛，可得十五萬元貸款。十頭小牛，可得十萬元貸款。另養十二月齡的母牛，可得二十萬元貸款。至於牛舍、飼料等也都有貸款，且分三期實施，足見政府對於發展酪農業的決心。

儘管政府已提供了這麼優厚的條件，可是大部分的農民還是存著觀望的態度。這些與土地依存了半生的老農們，似乎一時還拋不掉老舊的觀念，因此沈課長的任務就更艱鉅了。他馬不停蹄地奔波在村民之間，更利用農民間的各種集會，剖析利害關係，好話說盡，苦口婆心，可是農民們的反應還是很冷淡。到最後，進口的乳牛都送到村子來了，農民們才勉為其難地接受下來。

第一期的酪農戶數共有七十五戶，第二期九戶，第三期七戶，總計九十一戶，大小牛隻六一〇頭。區內的水電農路、柏油路等公共設施也都開通了。沿著馬路兩旁，但見牛棚林立，欄柵裡黑白斑點的牛隻雜然紛陳，有些則在放牧場裡優游徜徉，已具備一個專業區的規模。

三、進口牛肉的打擊

臺灣的養牛事業，雖然在土地資源上並不見得十分充裕，可是還有許多未開發的土地可供利用。且一年四季的牧草不虞匱乏，加上稻草、甘蔗梢、甘薯蔓、玉米稈、花生藤等農業副產品以及啤酒渣、鳳梨皮、竹筍皮、甘蔗渣等食品廢棄物十分豐富，都是牛隻飼料的最好來源，因此乃被各方廣為看好。

同時養牛還有許多的好處。一、牛糞可以改良土壤，降低農民的生產成本，增加農業所得。二、可供應國內最安全、最新鮮的牛肉和牛乳，確保國民的健康和糧食。三、節省進口乳牛所需的外匯，對整個國家的經濟建設有莫大的裨益。中央為增加母牛群，特別自國外引進一萬三千頭牛，分配給農民飼養，臺灣的養牛業頓時進入一全新的好景之中。

不幸於民國六十三年間，恰逢上全球性的能源危機，經濟大國普遍遭到經濟萎縮，紛紛採取保護措施，限制進口，以節制外匯，使得牛肉的消耗量銳減。而牛肉生產國家，如紐西蘭、澳洲等，則將囤積數年的冷凍牛肉，廉價傾銷到開發中國家，臺灣也不得倖免。

國貿局不顧農民及農林單位的反對，悍然開放無限制進口。民國六十四年時，進口量高達兩萬八千餘公噸，創下有史以來的最高峰。國貿局此舉，對剛在萌芽階段的養牛業，無異當頭一棒，全臺二十餘萬的養牛戶都橫遭打擊。牛隻的價錢，由原來一隻三萬元暴跌到不值一萬元，仔肉牛完全滯銷。

連續三年的不景氣，造成了飼養戶的慘重損失。可是人畜還需生存，農民已無力償還貸款，只得向有關行庫陳情延期償還期間。然而部分行庫不但不予幫忙，甚且緊追貸款，迫使部分農民變賣田產，以償還貸款；或者購買飼料，繼續養牛。一些告貸無門者，只有任牛隻餓死。這種現象甚至波及豬、雞肉，使得市場滯銷，價格下跌，整個畜牧事業都受到影響，造成了農村經濟的衰敗。

經過這陣打擊之後，柳營專業區的酪農僅剩下五十七戶。三、四年的調息之後，乳牛的頭數，又增至一千九百五十餘頭，每日的產乳量有一萬四千公斤。長年以來，在虧累的艱難處境之下，不畏困阨，忍辛耐苦，酪農們總算度過了危機。比起肉牛業者的一蹶不起，他們似乎又幸運多了。

四、在逆境中創生機

然而幸運並不是憑空而降的，而是人們的雙手創造出來的。在柳營眾多的酪農戶中，吳玉輝無疑是最被幸運之神恩寵的一個，也是付出最大的努力與心血，而獲取成功的一個例子。

甫於今年當選十大傑出榮民的吳玉輝，今年才三十七歲。原在軍中任職，官拜中校營長，因在一次橄欖球賽中受傷，而於六十六年九月申請退伍，回到柳營老家，開始在田園中勞做的生活，想不到這卻是他一生中事業的轉捩點。

談起與乳牛的因緣，吳玉輝得上溯十餘年前的往事。民國五十八年，他與太太蔡麗吟結婚後，最初在柳營街上開設了一家百貨行，日子過得十分安定。六十三年時，八翁村的酪農事業區成立，他接受了縣府沈茂松的建議，決定飼養乳牛，做為另一個事業的起點。便以太太的名義，向農會貸款二十一萬元，購買了六頭小乳牛，並搭建了牛舍，正式踏上了前途未卜的酪農事業。

他們飼養的初期，正值臺灣養牛業最不景氣的時期，而他們夫婦兩人又都是外行人，因此困難重重。首先是不懂經營管理的方法，其次不知如何選擇優良的品種。例如牛舍不知通風，牛隻容易生病。品種不良的牛隻不但不易長大，且分泌的乳汁很少，品質不佳，徒然浪費了飼料，而一無所獲。雖然他將每月的薪水都投進去，收支卻始終無法平衡，導致資金周轉困難，使他們滿懷的信心，幾乎瀕臨破滅的邊緣。

所幸六十五年時，進口牛肉的壓力減輕了，酪農們總算得以喘口氣。省農會、農林廳以及畜產試驗所也適時派專人南下指導。這時大部分的酪農都已經心灰意冷，只有他表示願意接受專家的指導。農復會的專家們，首先指導他選擇優良的品種，將原先的牛隻去蕪存菁。並要他注重環境衛生，保持牛舍乾燥通風。畜產試驗所再指導他飼養的配方，每天除供給牧草外，並添加適當的粗蛋白。

經過一年的試驗之後，果然大為成功。不但牛隻變得高大壯碩，牛乳產量也由每天五公斤增加到三十六公斤，達五倍之多。這種奇蹟，不但令他喜出望外，堅定了他的信心，也鼓勵了其他的酪農，朝現代化的飼養方法革新，實質帶動了整個酪農區的進步。

五、忙碌的飼養生活

民國六十六年九月，他退役後，便在家裡幫助太太照顧牛隻，並將十七萬元的退休金再度投資，添購了十二隻小牛。由於牛隻的增加，牛乳產量也跟著增多，收益當然也提高了。他們的事業更是蒸蒸日上，充滿了好景。

目前他們共有大小牛隻五十三頭，每天生產牛乳四百五十公斤，平均每月淨賺四萬元，當然也使他們的生活更加忙碌。每天清晨四點就要起牀餵飼料，五點開始榨牛奶。往常沒有擠乳器時，完全靠手工，既費時又費力，現在機器取奶，當然省事多了。榨好牛乳後，還得送到太康的集乳站，再轉交乳品公司。

八點過後，是牛隻的運動時間。他們得將牛群趕到放牧場上，晒太陽，散散步，可使牛隻發育得更好。中午趕回牛舍洗澡，一隻一隻仔細地沖洗後，再餵飼料。下午的時間則清除牛舍，醫療病牛，黃昏時又開始榨牛奶。晚上牛群採半放牧式，有在牛舍睡覺的，也有在放牧場過夜的。

軍人出身的吳玉輝，對於時間控制得分毫不差。對於牛隻的管理，也有獨特的一套。周而復始，經年累月，他們的畜牧生涯，便在那寂靜的鄉間度過。儘管工作的分量十分沉重，一年到頭始終忙碌不休，可是在工作與生活之間，還是充滿了樂趣。因為他們的辛勞有了代價，如今那三分半的牧場，那新穎美麗的居家，已成了酪農區裡最醒目的標幟；每一個到這邊參觀的人，都會到他家去坐坐、聊聊，喝喝他們香甜無比的鮮奶。

去年十一月十八日，以及今年一月二日，蔣總統與謝副總統，分別到他家去拜訪。今年又榮膺徐慶鐘博士基金會評選的優秀酪農，並由臺灣省乳業發展小組資助，前往日本、韓國考察酪農事業。足見他的苦心和毅力，已受到當局的重視，也足可做為酪農的典範。

六、乳品標示的一線曙光

長年以來，我們的乳品成品從來不曾標示生乳的成分。在乳業規劃中並不是沒有規定，只是沒有執行而已。正因為沒有徹底執行，酪農的生乳才沒有出路，而導致臺灣酪農業的退化。政府當局在這種窘境之下，又提出了乳品標示的老方法，並且在今年十月一日正式實施。

然而執行的決心，並不是邀各部門開開會，或者發布了新聞就算數，而是要拿出具體辦法來的。

比如調味乳、醱酵乳冬夏季的生乳比率究竟多少？沒照規定使用的廠商，政府如何處理？主管單位一定要拿出最大的決心和行動，來克服這些困難。

據農發會有關單位表示，國內較大的乳品廠商，如味全、統一、臺農等，都已完成標示作業，農林廳及衛生單位正密切注意之中。我們盼望，這次的標示能夠成功，因為它象徵著國內乳業的發展和進步，是所有業者在歷經長年的黑暗之後，所見到的第一線曙光。

我們深切地盼望著，這道曙光，能喚醒酪界業者失去已久的黎明，在朝日東升中，一起互道：早安！牛乳，來迎接國人一天中健康、快樂的開始。

一九八〇年十一月十日

原載《時報周刊》一四五期

太平山林場

臺灣地屬亞熱帶地區，境內氣候溫和，土地肥沃，是個四季如春的海島。島上崇山峻嶺，各支脈東西錯出，遍布全島。又因四面環海，雨水充沛，林木易於滋長，因此森林特別發達，濃密的林蔭，垂覆了全島百分之六十七的面積。十六世紀時葡萄牙人東來，航行到此，見島上森林如織，一片葱綠，不禁脫口呼出：福爾摩沙——美麗的寶島。森林於是成了寶島最美麗的標幟，在浩瀚的太平洋中，擎起了這一片綠色的世界。

一、原始森林：眠腦

宜蘭舊稱蛤仔難，位於臺灣東北部，原為原住民居住的地方。山野遼闊，森林蘊藏極為豐富。尤其是內山一帶，草昧未開，叢林蔽日，先民們常潛入山地，抽藤取薪，賴林產以為生活。

嘉慶十五年（一八一〇）時，清政府在其地置噶瑪蘭廳，人口漸多，山民們更進一步入山煎煮樟腦，或搭寮伐木，做為建材及木器工具之需。後來官府設立軍工廠，產製水師船隻，大量徵購木材，乃有料行承辦木料，以供應公家需求。同治十二年（一八七三）時，噶瑪蘭廳增設墾務總局，下設伐木局，在這個機構的主持下，臺灣東北角的伐木事業，便逐漸揭開了它那綠色的序幕。

太平山林場即位於這片叢林密布的地方，溯濁水溪而上，進入海拔兩千公尺以上的山野。這片蓊鬱蒼翠的原始森林，原住民稱之為眠腦，後人即據以稱之為太平山。

二、崎嶇的林木道上

從宜蘭搭上中橫宜蘭支線的公路班車，沿著濁水溪破碎的河床進入山區，一片青葱的綠意即掠上眼前。平原消失了，山路愈爬愈高愈陡。雲霧繚繞，兩個小時之後可到達土場。這兒便是太平山出入的門戶，也是木材集散的一個重鎮。這兒有派出所，有林務機關，也有林工的住家，散落在高高低低的丘谷間，宛然是個安詳的小部落。

從這兒開始，細小的山林鐵道即伸出了它蛛網般的線路，盤纏在偌大的森林內，運送木材的蹦蹦車，便銜接了所有的交通。這種小火車行駛的時候，會發出很規律的震跳聲，因此被林工們稱之為「蹦蹦仔」。蹦蹦、蹦蹦，像是寧靜的山林裡永恆的心跳，每當它開始搏動的時候，太平山便被震動得亢奮起來了。

索道與蹦蹦車，構成了太平山運送木材的交通網，也造就了太平山林場獨特的風光。一程一程的纜車，接駁起一段一段的鐵道，爬上一座座更高的山頭。凌虛御風，穿過重雲層霧，彷彿來自天外的孤鴻，破空而至，悄然掠上山巔，優美至極。

太平山林場共設有仁澤、中間、蘭臺、白嶺、白系、上平六個索道。每一座索道都設有機房及木造工寮，散落在鐵道兩側，乘客必須不停地上下換車。高處不勝寒，蹦蹦車細小的軌道，盤旋在陡峭的山腰，駛過古老的棧道。兩旁的林相，也逐漸從熱帶林、溫帶林，而進入寒帶林。紅檜、扁柏等巨木參天，林野廣袤，新栽的樹種郁郁青青，盡在眼底。

三、群山之巔的林場

太平山標高一九二〇公尺，山容壯盛秀麗，孤聳於群山之巔。山上空氣稀薄冷冽，就是陽光照著，也令人覺得涼涼地，一副寒國蕭瑟的景致，太平山工作站即設立於此。

民國三年，日人即開始在這裡做小規模的開採。由於運輸不便，只能利用濁水溪的流水，運貯木材於員山。民國十年，開始在天送埤與土場、歪歪間敷設輕便鐵道。民國十三年，再由歪歪延展到羅東，大部分的森林鐵道遂告完成，各項設施也逐漸擴充完備，產量大增，與八仙山、阿里山合稱臺灣三大林場。

太平山林場，綿延三百餘公里，作業區面積廣達五萬餘公頃。轄有太平山、大元山兩分場，及棲蘭山辦事處。以事業區而言，太平山居第一位，約為阿里山的五倍、八仙山的三倍。

民國二十年至二十九年之間，阿里山、太平山、八仙山三大林場年產木材的平均數字，約為十萬四千立方公尺。到民國三十年時，該林場的產材數量，占全臺總產量的百分之六十，凌駕阿里山，高踞第一位，斯時太平山上的伐木事業可謂盛極一時。

除了林場辦公室外，還有製材工廠、修理工廠、貯木廠、各種運輸車輛，以及八十八公里的森林鐵道、四千多公尺的索道。如今這些日據時代的建築和設備，都和林場同其悠久。隨著林場日趨沒落，處處都可看到斑駁傾頽的痕跡。這種盛極而衰的歷史命運，使得現今的林場看起來倍添淒涼。

四、苟延殘喘的茂興線

初期日人開採的地區，在卡拉山，又稱做舊太平山。因年年砍伐，原始森林逐漸告罄。目前所遺下來的林木，多是當時砍伐跡地的人工造林，頗為整齊美觀。

民國二十六年以後，砍伐地漸入深山，即三星、茂興一帶，場址也隨著遷移到茂興線，稱新太平山。現在太平山所出產的木材，多出自該分場所轄的林班。

臺灣的伐木事業，已邁入機械化作業，採用鏈鋸代替人工，使得伐木事業大為改善。經驗豐富的林工們，在崖邊谷底忙碌著、吆喝著，電鋸尖銳的吼聲，震撼著寧靜的山谷。鋸倒的樹木在半空中搖晃著，挾著巨大的撕裂聲，瞬息仆倒下來。轟然的巨響此起彼落，頗為驚險、刺激。

伐倒的樹木，先得除去枝梢，並按伐木造材的規定，在現場鋸成數段，稱之為「素材」。由於砍伐地多屬崎嶇不平的山坡，木材的搬運十分困難。早年只能使用人力，將木材滾落濁水溪中，隨溪水流出。由於木材損傷甚多，效能和經濟上都不盡理想，後來才改為機械集材，可說是伐木事業的一大革新。

五、機械動力的投入

機械集材，以蒸汽機為動力。集材工人將滑翔架滑至適當位置，以鐵鈎鈎起捆縛好的木材，運轉至裝載場卸落，集中於鐵路兩旁。再以裝載機，將木材置於小火車上，用鐵鍊縛緊，然後由蹦蹦車運出。蹦蹦車看起來雖然嬌小，卻可曳引十五輛的運材臺車，長長的一列，像一條黃色的毛毛蟲，在山腰間蠕蠕而動。

當年太平山林場全盛時期，蹦蹦車上上下下、川流不息，最多每日曾達八十三回。林蔭深處，到處都可看到它們活躍地、神氣的姿影。一聲一聲的汽笛，把太平山吵得熱鬧非凡。

木材運到索道後，索道的運材工人將臺車接駁到纜繩上。一發動，一根根巨大的林木便滑下索道的鐵軌，直往茫茫的山谷墜落下去，一轉眼便不見蹤影。在下面另一座索道裡，會有另一批林工，將它們接駁到等候在那兒的另一列蹦蹦車上，一站一站地接運到山下去。

早期以人力運材時，頗為曠時損材，最高連材量年僅四千餘立方公尺。等森林鐵道鋪設完備，索道架設使用後，運輸量大增。日據時代最高曾達八萬立方公尺，可見機械的投入，對林場作業的能力有多大的影響。

六、踏遍林野的老林工

伐木工人，一直在林場中扮演著重要的角色，即使是在機械發明之後，他們在整個產業活動中也甚為活躍。每個林班的角落裡，都可看到他們的影子。

太平山林場的林工，可分為初級工、二級工、三級工、四級工。初級工又稱為下工、二級工又稱做上工，他們的主要工作包括架設積柱線、鋼索、綁綑、卸材、拉鋼索等，是最繁瑣，也是最耗勞力的工作，三級工是蹦蹦車的司機，四級工是索道的運轉工人，屬於技術階層。工作雖較輕鬆，擔負的責任卻相當大。

這些林工大多在年輕時就上山，從臨時助理員幹起，然後逐漸成為林工，如今年紀都有五十餘歲了。多年的探伐經驗，使他們成為技術精湛的專家，大半生也多在寂寂的林野中度過。對他們而言，山林自然有一份他人無法理解的感情；可是連年的探伐，原有的密林美材，逐漸在他們的手中被淘空了，目睹著太平山林場的沒落，這些老林工們也有一份他人無從了解的黯然。

他們都老了，年輕人卻無法接下他們的棒子。一些受過森林專門教育的年輕學生，除了書本上的知識外，對於集材、索道作業一無所知，何況他們也吃不下這種苦頭。如今偌大一片空蕩蕩的林場裡，只剩下他們一百多人在苦苦支撐著，然而他們還能支撐多久呢？

陸火樹先生今年五十九歲，他是宜蘭人，十五歲那年上到太平山，開始了伐木的生涯，如今一晃，四十個年頭就在索道和蹦蹦車之間過去了。原先他在獨立山索道，後來獨立山關閉了，有一陣子，他奉命到合歡山滑雪場管理索道。後來又回到太平山，在仁澤索道當索道工。由於林場產量的銳減，使得他的收入大為減少，一家六口，僅賴四、五千元生活著，當然十分地艱苦。

年老的林工逐漸地凋零，有些準備要下山，有些下山之後卻尋不著出路，難怪他們的臉上都滿布著憂愁，且不停地嘆著氣。

七、枯寂的山中歲月

索道附近都設有工寮，那裡面就是他們的天地。夏天時他們在那兒喝茶、休息，冬天時圍在那兒烤火；遇到下雨的日子，便躲在那兒避雨。二、三十年的感情了，那鐵皮的老屋子裡，覆蓋著他們太多的回憶。他們逐漸地老了，房子也逐漸地破損了。

每過晌午，層層的山巒間，山嵐雲靄便簇擁而來。有時是過眼煙雲，隨風一飄即逝，有時卻籠罩不去，煙雲滿山，到處都是白茫茫的一片。尤其在寒冷的日子，霧水彷彿凝結成雨珠，便淅瀝淅瀝地落著。每片玻璃窗上都罩著一團霧氣，點上燈時，燈光暗濛濛地，像北國的寒冬。

這時最溫暖的地方，便是林場的澡堂。下了工的林工們，都迫不及待地擁到這裡來，泡在熱騰騰的池子裡，一天的勞累都消除了。他們總要泡上一陣子，哼哼唱唱地，血液都沸騰起來了，才依依不捨地離去。

夜晚的太平山是寂寞地，除了少數有家眷的外，吃過晚飯後，這些林工們很自然地又聚在一起。

喝喝酒、聊聊天，來打發這寒冷漫長的夜晚。為了讀書的方便，大部分林工的妻兒都遠在山下，使得他們在山上顯得相當地孤苦。酒酣耳熱之際，免不了會懷念民國四十年到五十年間太平山全盛時期的盛況。

那時山上麇集了五千多人，年產木材十八萬立方公尺。年輕的伐木工人意氣飛揚，人進人出，十分熱鬧。連土場和太平山都設有小學，學生最多時曾達七百餘人。然而好景不常，當林木逐漸伐空後，人去山空，如今太平山上只剩下三百多人居住，那兩所小學也關閉了。往日的繁華宛如一場夢影，轉瞬便已無跡可覓，只殘留在這些老人們的記憶原始森林。

八、死亡與新生

雖然太平山林場已經沒落了，可是山上醉人的風光，卻吸引了許多外地來的遊客。每逢星期假日，遊客像潮水一般，一波波地湧進寂靜的山區。這純樸自然的山野風光，對十里紅塵中的人們來說，是多麼令人嚮往！

仁澤溫泉位於索道下方的一處清幽溪谷中，以岩壁石隙間湧出來的溫泉而得名。為碳酸鈣溫泉，水質清澈無味，有治療皮膚病的療效。此地原有一座山莊，可供旅客們住宿沐浴。最近林務局為配合觀光區的開發，又新蓋一座現代化的國民山莊。在溪谷間，流水淙淙，極為靜謐安詳，實為旅客休息住宿的好環境。

森林公園，位於太平山的後山，四周峰巒迭起，早晚時分，更有煙雲繚繞，景色瞬息萬變。裡面有一座介壽亭，亭下是鄭成功廟，以及黨國要人手植的樹木，更有一座名為「人間仙境」的公園，古木參天，充滿了原始的趣味。

而其中最美麗、最吸引人的，大約要算是翠峰湖這個全臺最大的高山湖了。群山環抱之中，這一湖瀅瀅碧波，紋風不動，恰如一面明鏡。每當雲消霧散之時，周遭景物盡倒映其中，令人心胸一開，足供人們滌盡俗塵，徜徉忘返。

在太平山巍峨的山巔，新的建築不斷地出現，新的設施不斷地增添。而工程浩大的環山公路，更盤過古老的林場直通上來了。古老的太平山死亡了，新的太平山終必要隨著新栽的那片更鮮綠、更廣袤的林野，蓬勃地生長起來。

一九八〇年一月五日

原載《時報周刊》一一一期

七股的鹽田風光

臺灣的西南海岸，為一平直、單調的沙質海岸，來自臺灣海峽的鹹濕海風，終年不停地吹拂著。由於這裡的日照特別長，在陽光滔滔地照射下，這一條狹長的海岸線上，便孕育出了鹽的特殊產業景觀。從嘉義布袋以下，經北門、七股、臺南到高雄，到處都可看到一畦畦的鹽田，將那濱海的地區鋪染成一片皚白的世界，這兒便是鹽的白色的故鄉，也是臺灣唯一產鹽的地帶。

一、美麗的鹽鄉

七股鹽場，位於臺南縣七股鄉的海邊，占地廣達二千餘公頃。鹽田上阡陌縱橫，水渠密布，粼粼的水波映著鹽坵的倒影。小火車細小的軌道，像蜘蛛網般貫穿其間，造就了鹽田所獨具一格的風光。

早年，這兒只是一片荒涼未闢的海隅，由於濃重的鹽漬，阻止了作物的生長，地瘠民貧，居民的生活十分匱乏，所以又被稱為「鹽分地帶」，意即落後貧窮的地方。直到居民學會修築坵埕，引海水為滷，曝晒製鹽後，他們才有了謀生的憑藉。

然而這大自然所賜與的財富，並不是憑空而降，仍然需要付出相當的勞力去換取。從最早的煮鹽到晒鹽，從龍骨車的揚水進到風車的旋轉，鹽民們粗礪的手掌，緩緩地推動了產業的革新。使得原先荒涼的海埔地，現出了美麗的、怡人的風光。他們以前想都不曾想過的財富，也像那一坵坵飽滿地、豐碩的鹽坵，逐漸地堆高起來。

依據地質學家的調查，世界上鹽源的分布，相當廣泛而均勻，幾乎地球的每一塊地表上，都有獨特的形態與生產的方式。主要的有岩鹽、池鹽、井鹽、鹽泉、含鹽滷水和天日晒鹽等，臺灣西南海岸的鹽田，皆屬天日晒鹽。

天日晒鹽是以海水為原料，利用太陽的熱能，使海水蒸發、濃縮、結晶而成。站在七股鹽場前，縱目所極，那廣達兩千餘公頃的鹽田，一畦一畦，整整齊齊地排列著，都是經過精心設計而成的。這些產運設備包括堤防、水門、水路、灘池、電力、抽水運輸及儲存等設備，已不單純是天然的資源。

鹽場的最外圍設施便是水門，也是管制鹽灘的第一道關卡。通常在漲潮後一個小時，開啟水門，納入高濃度的海水。這時的鹹度僅有三度波美，這些海水經由給水路和支水路送到鹽灘的大蒸發池，便開始進入了晒鹽的階段。

二、腳踏龍骨車

鹽田中的大蒸發池一般分為五坵，每坵之間都有一定的落差，經過逐坵過水。海水從三度波美濃縮至十二波美，注入集滷溝。由集滷溝送入小蒸發池的滷水，因為落差頗大，所以必須將水位提高，才能往上輸送，在鹽田上的作業，稱之為「揚高」。

這種揚高的過程，使得平坦單調的鹽田，增加了動人的景致。最早是用人力踩踏的龍骨水車，由鹽民兩人分踩在踏板上，一起一落，將水激揚起來，注入較高的小蒸發池。這龍骨車是往昔鹽田上唯一的動力，也是鹽田最綺麗的風光，當它軋軋轉動的時候，滷水即嘩啦嘩啦地飛濺起來，燦然耀目。

可是因為靠人力踩踏，既浪費時間，又消耗勞力，後來便發展成風車。以風力來帶動揚滷機，雖然節省了勞力，可是若遇到無風的天氣，便發揮不了作用，徒然耽誤了蒸發的時效。鹽場當局經過多年的努力後，大部分的鹽灘都已改裝電力抽水機，以承擔揚滷的重任。而進入電動化的時代後，鹽田的風光，也就遜色多了。

小蒸發池裡可再分為三段，當滷水進到這裡時，已濃縮至二十五度波美左右，這時鹽中的粗石膏大多已經析出。高濃度的滷木，流經三段，最後注入結晶池，再過一兩天的時間就可逐漸結晶成鹽。

臺灣現有的結晶池，按池面的構造可分為土盤和瓦盤兩種。土盤是用適度比例的砂和黏土揉和而成的蓋面土，瓦盤則用不規則的硋片嵌鋪而成。經由上述的程序，由海水以至成鹽，一般約需十二天的時間。這時瓦盤鹽灘即可開始收鹽，土盤鹽灘為了減少耙收次數，防止池面損害，所需時間較長，大約要二十天左右。

鹽灘收鹽，是鹽田中最常見的景觀，婦女們以長耙將池面的白色結晶體耙碎，然後耙成一長龍狀，再由鹽工們肩挑到灘邊的鹽堆上，堆積成小山。為怕雨淋，都覆以稻草。因此鹽田上到處都可看到一坵坵的鹽丘，整齊地排列在小鐵道兩旁，被太陽晒著，反射出晶燦的光，閃耀著鹽塊最美麗的晶體。鹽田的風光，也變得更耀人眼目。

三、最鹹的一碗飯

目前臺鹽總廠所屬各鹽廠的鹽工，可分為承晒與僱晒兩種。前者係按工作量計算工資，後者則按工作時間計資，兩者有別，所以工作的鹽場也不在一起。

以七股鹽場來說，這廣達兩千公頃的鹽田，即分為西區、鯤鯓、馬沙溝、後港、中寮五個場務所。前兩個屬僱晒區，後三者屬承晒區，除了計資方式有別外，他們的工作則是一致的。

由於天日晒鹽，需要充足的陽光，所以鹽場中最忙碌的盛產季節，便集中在日照最強，而又沒有雨水干擾的月分。每年三月至五月，南臺灣的陽光逐漸增強時，鹽場也開始忙碌了，鹽民們稱之為大汎月。這時節，豔陽當空，氣候乾燥穩定，鹽民們的精神特別抖擻，鹽田裡到處都擠滿了勞動的人群。鹽坵林立，雪白得耀眼；小火車忙進忙出，一幅繁忙壯麗的盛況。在這短短的三個月內，所生產的數量幾占全年度總生產量的一半以上。

六、七、八月間雖是盛暑，然而也是南部的雨水期，再加上晴日午後猝然而來的雷陣雨，使得鹽場裡的活動顯得相當地蕭條。鹽工們將鹽坵蓋起來，三三兩兩地回到村子裡，每天望著淅瀝淅瀝的雨而發愁，然後便找米酒來澆愁。勉強出去晒鹽，也常被陣雨淋慌了手腳，多日的心血盡付諸東流，這是令人失意的季節呵！

進入十月後，雨水過去了，小陽春又探臨鹽場的天空；日頭短了，卻是溫暖地。緊接的三個月，鹽民們稱為小汛月，又是個晒鹽的好季節。鹽民們冒著海風，在空曠的鹽田間工作著，這是最辛苦的月分，當然也就不那麼熱鬧了。

僱晒工每天的基本工資是一百十三元，另有生產獎金，每生產十噸九十三元；若超過一百二十噸時，則加發一天工資。在這種給薪制度下，鹽工們都奮力淬發，希望能多掙點錢，對他們來說，這碗最鹹的飯，其實也就是最甜的。

四、鹽田中的夫妻檔

鹽田的風光中，最可親的還是那些工作中的鹽工。他們勤奮的身影映在水波裡，穿梭在羅列的鹽堆間，使得冬日的鹽田看起來多了一點活力。也使得那撲鼻的鹹水味中，多了一份人的氣息。

這些鹽工中，大多是夫妻檔。許多婦女們嫁到鹽村後，很自然地便披上面巾，戴上斗笠，拿起竹耙下鹽田幹活。婚姻對她們來說，有一半是在空曠的鹽田，另一半才是在家庭。

這些披戴整齊的婦女們，早已成了鹽田最具代表性的畫面。她們踩著龍骨車，在鹽田中耙起一堆堆的鹽，然後倒在鹽灘邊，再一耙耙地耙高了一座座的鹽坵。紅的、花的身影，使得那片雪白的鹽田更鮮活，她們賣力地工作著，矯健的身手，一點也不輸給男人。

陳王春華是個四十六歲的婦人，中年後略顯福泰的壯碩身子，密密地裹在面巾和手袖中。海風吹得她的衣袂飄揚，她正在鹽堆下一耙耙地耙高鹽堆，這沉重的工作像是永遠耙不完。她出生在馬沙溝海邊，從小就在鹽堆裡長大，然後便嫁到七股來。先生是鯤鯓人，當她來到這個鹽工家庭後，便註定了這一輩子與鹽長相為伍的命運。往昔鹽村還相當殘碎的時候，她的工作解決了家庭不少經濟上的困難。家庭需要她，鹽田也需要她，而今竟然已經習慣了這樣的工作方式，那便是最真實的生活吧！

為了工作上的避嫌，夫婦們並不在同一個鹽區工作。一個鹽區通常有兩、三甲，設有一個組長，八個組員。組員中男女各半，許多先生已經當上組長，當然不好意思和太太在同一組工作。也許先生在結晶池，而太太卻在蒸發池，或者在過水。總之，夫妻檔同是鹽工，卻不在一起工作，這種安排是頗富興味的。

五、鹽村的公寓化

站在西區場務所三層的辦公大樓上，四邊都是望不盡的鹽田，水光如鏡，映照著淒白冬日。大樓底下，則是兩列低矮的平房建築，整齊的屋瓦如鱗，筆直的街道如矢，這兒就是西區僱晒鹽工聚居的鹽村。

古老的鹽村已經消失了，代之而起的是一棟棟整齊的平房；其中有一部分是鹽民藉著貸款自己購得的住宅，有一部分則是棲身的宿舍。不管是哪一種方式，都是同樣的整潔、樸素。鹽村的變貌，已然超越了陸地上廣大的農村，領先步入了現代化的生活。在這些房子裡，每家每戶都有客廳、廚房、臥房，有電視機、電冰箱的電化設備。

四十五歲的老鹽工李石慶，最喜歡在飯後飲一杯。他做得一手好海鮮，閒來煮上一碗蚵仔，喝上一杯老米酒，就足可陶醉半天。談起過去，他說他已經吃了一輩子的鹽巴飯了，也一眼看盡了鹽田的滄桑變遷。

他原是青鯤鯓人，九歲那年隨著父親來到七股，父親在鹽田晒鹽，他便在旁邊看水門。十九歲那年，正式成為鹽場的僱晒鹽工，歲月便在龍骨車的踏板間，隨著滔滔的流水過去了。一晃二十六年的光陰，太太也老了，五個子女也大了。從前住的木造房子，只鋪著簡單的石棉瓦，一下雨，房子裡也下著小雨。如今他閒著的時候，就蹺起大腿來，看上一段的歌仔戲或連續劇，再也不會在半夜裡窮發慌。有了自己的房子，他黧黑的臉上，似乎顯得篤定多了。

住在他鄰近的黃誥，雖然不是自己的房子，也設備得十分完整。對這些節儉的鹽民們來說，許多以前不敢奢想的日常用品，如今都擁有了，他們正在以他們的餘年，安享著自己努力所締造的成果。

在臺鹽員工福利會自辦的鹽工建屋貸款項下，自六十五年以來，已先後完成三百五十二戶的鹽工住宅，每戶可貸款五至十萬元，分十五年無息攤還。目前在北門、在七股、在鯤鯓，還有更多的鹽民住宅正在積極地興建中。這些現代化的公寓，不斷從鹽田邊矗立起來，為古老的鹽村添加了新的臉孔，鹽村已蛻變了。

六、晶亮的新世界

儘管各地鹽場的設備不斷地在更新，鹽民的生活不斷地在改善。可是在歲月的遞嬗下，物換星移，滄海桑田，許多新的困擾也產生了。

臺灣西南海岸，由於海埔新生地逐漸向外伸展，原有的鹽田自然內移，使得這些舊有的鹽田納潮不易，性能衰退；而接近內陸的低性能鹽田，也因經濟持續發展，地價節節高升。因此，如何處理面積小、性能低的鹽田，開闢海埔地上面積更大的新鹽田，已是今後各鹽場必須慎重考慮、重新規劃的重點項目。

臺鹽總廠總經理裴超先生說：臺鹽已將布袋鹽場第三工業區的開闢，列入六十九年度的預算，今後會有更多的海埔地被列入開闢計畫。另一方面，臺鹽當局鑒於臺灣環境，並不是最適宜產鹽的地區，正在積極研究向國外發展，在國外地區開闢鹽田的可行性。這一個構想並不是不可能，以日本來說，他們就做得相當成功。

其實，鹽除了食用之外，尚有許多其他的用途，隨著科學的進步，已逐漸推廣到漁業的防腐、農業的選種、飼畜與施肥。甚至可推廣到鹼氣工業，及冷凍、製皂、製革、冶金、染料等相關工業，幾乎網及整個工業，而與之息息相關，世界各國為了適應這種新的需要，都在全力發展，銳意經營，以配合整個工業的建設。

而海水便是這一切的根源，當我們走過七股、北門、鯤鯓這一大片遼闊的鹽田，當我們看到那一坵坵綿延無極的鹽坵，我們便可以了解到這一顆晶亮的世界裡，孕育了多少未來的希望！

一九七九年十二月二十一日

原載《時報周刊》九十六期

臺北大橋下的人力市場

一、勞動者的世界

凌晨三、四點，大臺北的夜生活大致已告了一個段落。麻將聲寂靜下來了，尋歡者的激情冷卻了，夜貓子的清談聚會散夥了，連爬格子的動物也哈欠連連，一個個熄了燈、上了牀；不久鼾聲就統治了下半夜的王國。

可是在這長夜行將落盡，黎明尚未來臨之時，在一些僻靜、敗破、雜亂的巷閭街角裡，另一個暗澹、勞碌的世界，已經醒過來了。

這是一個勞動者的世界。包括賣早點的、清潔工人、各種臨時工，他們揉著睡眠不足的眼睛，離開了溫暖的被窩，在都市最清冷的時刻，出發幹活去了。水銀燈的光霧照著杳無人跡的街道，只有他們三三兩兩的影子，在空寂的都市裡蠕動。新的一天，已比別人更早地懸在他們的頭上。

這時的臺北大橋底下，已熱鬧非凡。來自各地的工人，不斷湧到這兒，賣吃食的小攤販，早就在路邊擺開了。小燈泡的光影，照耀在黑漆漆的橋墩下，但見人影幢幢，蠅蠅嗡嗡的一片，在黑暗中顯出了十分怪異詭祕的氣氛。

那大橋底下，橫直不過是一塊十餘公尺見方的空地，橋壁上點了兩盞微弱的照明燈，剛好照在一塊「臺北大橋臨時工服務處」的木牌上。底下歪七扭八地擺了十餘張長板凳，幾乎有一半的板凳上都睡著人。或仰身，或側臂，或弓曲如蝦，各種姿勢都有；鼾聲如雷，在狹窄的水泥牆上迴響。水泥牆下則充斥著一股辛烈的、衝鼻的尿騷味，看那尿水已匯聚成溝，汙穢難聞之至，因此到處都彌漫著這股辛辣的臭味。

據說在那兒睡覺的人都是流浪漢，並不是出賣勞力的人，他們混跡在臨時工人之間，儼然以該地為家，可是工人和他們之間還是有區分的。工人們大都勤奮苦幹出身，對於不事生產的流浪漢並不同情，因此都牢守著彼此之間的界限。有時沒地方坐了寧可站著，也不與他們坐在一起。

隨著天色逐漸破曉，來的人也愈來愈多。臺北橋下的臨時工人，經常維持在四百人左右。他們大多來自南部農村，尤以雲林、彰化兩縣最多；其次是苗栗、宜蘭；甚至有遠從金門、澎湖外島來棲身的。由於近年來農村生活困難，耕種不足以溫飽，他們紛紛遷到都市來謀生。可是人生地疏，又沒受過多少教育，無一技之長，只好走入出賣勞力這一行。

二、出賣勞力的人

這些老實、單純的鄉下人，大多在耕種中鍛鍊了一副好身體，既能吃苦，又有體力，這就是他們在都市裡賴以生存下去的本錢。

也由於以前在農耕之暇，多會幾手砌牆、拌水泥的手藝，而臺灣的建築業，在這十幾年間蓬勃地發展，需要大量的建築工人，剛好提供了大量的工作機會。在這種供需的市場需求下，他們大多將心力投注到建築業。

不可否認地，建築業拜經濟繁榮之賜，在這幾年之間一枝獨秀，在各種行業中成為天之驕子，可是對於工人的來源卻難以掌握。各種包商必須透過工頭的招攬，才可以請到好的工人；而一些勤奮、苦幹的工人，也因工作的流動性太高，一直找不到固定的雇主。在這兩者的空檔之間，工頭憑藉著良好的關係，便在工人和包商之間大肆活躍，做穿針引線的工作。長此下來，幾乎變成了建築業延攬工人的一個不成文的規矩。

當這種規矩集中在臺北大橋來運作時，臺北大橋乃逐漸形成一個人力交易的中心，到今天已是名聞遐邇的勞力市場。許多初來臺北闖天下的下港人，這裡往往成了他們的棲身之所，而一進到這裡後，這輩子的勞力大多奉獻在這兒，再也無法轉業。

一般而言，麇集在勞力市場中的這些勞動人口，素質要比外面的工人高；他們不但手腳勤快，幹活認真，而且都有一、二十年的工夫，脾氣性格也較為人熟知。工頭要找人時，當然先找他們，所以他們要的價錢相當高，一天工資九百元，而且是做一天算一天，現買現賣，相當乾脆。

由於僧多粥少，大家都想得到工作機會，彼此之間的競爭也相當激烈。因此大家都盡可能早到，往往三、四點光景，橋底下已密密麻麻站滿了人，在那兒等候排班。工頭要多少人，多少人就跟去，晚來的當然被人捷足先登了。

他們工作的地點也相當分散。有時在市區，有時在市郊；有時甚至遠在桃園、三峽。短距離的話，大家各自騎車去；較遠的時候，則搭摩托車，兩人相載前往，騎摩托車的人可多領到一百元的油錢。

一些較機靈的工人，幾年幹下來後，搭上了包商，再拉攏一些班底，也可擢升為工頭。工頭將工程包下來後，扣除了工人的工資，其餘的便是他的利潤。所以能力強的工頭，多包幾個工程下來，利潤相當可觀，一年賺個幾百萬，是相當容易的事。因此工頭們個個吃得肥肥胖胖地，在工人群中總是趾高氣揚，神氣萬狀。

而一個工人，即使再如何拚命，每天最多趕個兩工，賺個一千八百元，已是最了不起的了；何況這種工作機會並不是天天都有。運氣不好時一個禮拜做不到一天工，收入就十分有限。所以大部分的工人都黑黑乾乾地，一副營養不良的樣子。

三、生命財產一無保障

臨時工人不但沒有固定的工作機會，也沒有安全的保障。建築界競向高樓巨廈發展，將工人的腳步帶向了更高的天空，對他們安全的挑戰也相對提高。

一位姓蔡的老工人說，工人最怕夏天，臺北盆地一到夏天，就熱得像個火盆子。那些鋼筋、水泥、器材，無一不熱得燙人，再給火一烤，眼睛馬上昏花。這時在高樓上工作最危險，稍不慎就會發生意外。而那麼高的地方，一有任何差錯，後果不堪設想。

蔡先生指出，他在十多年的建築工人生涯中，至少曾目睹了五個同伴墜樓的慘劇，以及數不清的傷害；重者一命嗚呼，輕者終身殘廢，都是令人遺憾的事。因他們都是臨時工人，既無勞工保險，自己也沒有能力投保，所以每當慘劇發生後，資方大多不予過問，任你自生自滅。遇到較負責任一點的包商，給個十幾萬元，也是杯水車薪，無濟於事。

所以一個臨時工人，最要緊的一件事是隨時提醒自己，絕對不許有意外發生，否則只有自己認命。當然，整體來講，這種意外事件的發生畢竟只是少數，只要當事人自己提高警覺，總是可以避免的。可是經常沒有工作機會，那就真的無可奈何了。

一位資深工人說，民國六十一、六十二、六十三年的三年間，是臺灣建築界的黃金時代，也是他們建築工人的全盛時代。幾乎每天都有新的建築開工，每個工程都需要人手，每天加班還分身乏術，一天當兩天用，一個人劈成兩個人來做。

那幾年工夫大家確實賺了不少錢，可是那個時機一過，這種盛況就不曾再出現了，甚至每下愈況。到去年、今年房地產的蕭條，房屋乏人問津，連他們的生計也成了問題。做一天，歇三、四天。有一頓，沒一頓。大家一早就到橋下排班，可是排到中午仍沒有人來招攬，只好回去睡覺。

一位老工人開玩笑地說：有一次我連著睡了一個禮拜，起來後竟累得連門都走不出去。他們一致認為，天下再也沒有比光睡覺不做事更辛苦的事。

四、逐漸沒落的行業

據一位包商分析說，其實他們這一行的興衰，和整個社會的景氣有相當密切的關係。目前整個社會不景氣的景象十分明顯，尤其是農村，許多農民無法生存，紛紛到臺北來做工。他們的加入，使得原就十分有限的工作機會更有限，多數的工人已有許久不曾得到工作了。

這些失業的人口，成天群聚在大橋下。太過無聊，難免會找些消遣，比如下棋、擲骰子，愈玩愈烈，到最後都沉迷在賭博中。有時輸贏十分可怕，連飯都沒得吃，想來也的確心酸。

於是其他行業需要人手時，他們也去了。如抬棺木、吹喇叭、拍電影等雜役，常常帶給他們一些外快、一些快樂。像拍大場面的電影時，他們常扮演沒有名姓的群眾，呆呆地拿著一把火。吹喇叭時為了壯大聲勢，只將喇叭頭含在嘴中，不吹出聲音來。一位來自北港的工人就羞怯地說他幹過這種事，可是這種雜事的代價都不高；有時呆站了一天，才拿到一百塊錢意思意思，讓他們逗樂逗樂罷了。

由於工作機會大減，原來的一些年輕人都跑掉了。他們去工廠、開計程車；既舒服，又有固定的收入，當然不願意再回來。可是老年人要轉業就比較困難，他們幾乎都已在這上面投注了半輩子的心血，此外別無所長，想從頭學起，也因頭腦不靈光而跟不上。

所以目前的臺北大橋底下，幾乎是清一色的老臉孔，面目黧黑，且爬滿了皺紋；背漸駝，腳步漸無力。看著他們蹣跚的身影，不禁使人想到，這最原始的人力市場，是否已走到了它歷史的尾端？臺北大橋是否就是這個行業的終點呢？

五、揮不去的雨季

最近這陣梅雨，落得臺北大橋更見清冷。可是每當破曉時分，依然有那許許多多人，穿著雨衣，騎著老舊的腳踏車，不遠千里地來到這裡。他們連雨衣也不脫，就坐在椅子上，這裡坐坐，那裡站站，找人問問有否工作可做？得到的幾乎都是搖頭的答案。他們索性坐下來閉目養神。

綿綿不止的雨絲，似乎已在他們心裡淋出綠霉。沒有陽光，他們如何工作呢？沒有工作，他們如何生存呢？臺北大橋底下的這些臨時工人們，似乎真的已走到日暮途窮了。

一九八一年六月五日

原載《時報周刊》一七四期

北投風月的最後一夜

玫瑰脫了高跟鞋，仰頭站在夜空下，
像一朵黑夜裡癱萎的玫瑰。
周遭的世界早已沉睡過去，
滿天的星光寂然無聲，
風吹得她滿頭亂髮狂舞不已……
東方漸漸泛出魚肚白的曙光，
北投的風月，將隨著這道黎明的到來，
而成為歷史的陳跡。

一、最後一通電話

用過午飯後，呂老太太像往常一般，將吃過的碗筷洗淨了，覆在水缸的木板架上。經年累月的洗刷，已使得那塊老舊的木板布滿了森白的紋脈。三只白瓷碗孤零零地覆在那兒，水亮的珐瑯層上映著窗外灰沉沉的天色。她習慣地抹抹腰上繫著的藍布圍裙，抬起頭來，細細地雨絲正在低矮的屋簷下若有若無地飄著。

這是民國六十八年十月三十一日的晌午，位於北投銀光巷上半山腰間的這家女侍應生戶，顯得特別的靜謐。這種不尋常的、近乎冰冷的寂靜，在六十七歲的呂老太太看來，竟是分外的淒涼。

她邁著佝僂的步子，走上玄關。將地板上的矮腳飯桌收拾好，又踏進紙門輕掩的房間。裡面顯得更陰沉，臨窗的角落裡坐著「賴仔」，他一手拿著菸，一手托著腮，怔怔地望著桌上的兩部電話機出神，黑框的老花眼鏡上顯得一片空茫。裡頭，剛剛吃過飯的雅青又蜷在棉被裡，連例行上美容院做頭髮也不去了，看在呂老太太的眼裡，不由嘆了口氣。

只剩下他們三個人了，這棟日式的木造房子裡，自從民國五十七年正式開業，牆壁上高高掛起市府核發的營業執照後，呂老太太便應聘來這裡給女孩子們洗衣煮飯、管理家務。十餘年來，進進出出的女孩子也不知道有多少。最盛的民國六十年左右，這棟不到二十坪的小房子裡，最多曾經住過十八個女孩，後來一直維持著十四只小牌。每天鶯聲燕語，電話聲此起彼落，限時專送的摩托車聲終宵不息，好一幅綺麗繁華的盛況，呂老太太也跟著忙進忙出，忙得不亦樂乎。

她來的第三年後，賴仔也來了，除了接聽電話外，也分了她一部分工作。賴仔是三重埔人，當年還不到五十歲，人瘦瘦小小的，臉上架著一副黑框眼鏡，為人忠厚老實，至今仍孑然一身，未有妻室。在這裡的女孩子都稱他為「歐吉桑」，大家相處在一起，由於畸零的身世，這些在風塵中打滾的女孩子們，似乎特別珍惜這一份感情，因此大家就像一個大家庭那般的溫暖。

十幾年的歲月這樣過去了，女孩子們來了又去，留下了許許多多淒涼悲傷的故事，也留給他們一段段溫馨真摯的懷念。他們的頭髮白了，皺紋深了，手中的電話機壞了又換新的。對他們來說，這個小小的世界是多麼的痛苦、悽慘，然而也是多麼溫馨難忘，可是，這已是他們的最後一天。

一個禮拜以前吧！女孩子們便紛紛地離去。她們捲好行李，穿上最漂亮的衣服，對他們揮著手說：「歐吉桑，歐巴桑，有空到××來玩吧……」有些人還沒有說完，便哽咽地哭出聲。有些臨走之前，還塞給他們一把鈔票，大家緊緊地握著手。啊！這些女孩子們，一個個這麼可愛，可是世途坎坷，此去誰來照顧她們呢？

兩位老人望著暗澹地、空洞的房間，也開始打點自己的行李。老太太要回她萬華的老家，賴仔暫時只好去三重埔投靠他的內弟，以後再做打算。未來的日子，對他們來說真是一個未知數啊！

這時，桌上的電話突然「鈴鈴鈴」地響起來，賴仔先是一驚，還是抓起來聽。

「喂！喂！賴樣，還有小姐嗎？我們這邊客人逼得很緊，一定要小姐；不然就要走了……千萬拜託……」

與這同時，分布在光明路、溫泉路，以及銀光巷上的三十二家女侍應生住宿戶的電話，都次第的響起。急促的鈴聲，響遍了沉寂的山頭，雲層愈壓愈低，看樣子馬上就要下起大雨。

二、理容院門前冷清

下午三點，陳文清跨上他那輛不再光亮簇新的「野狼」，衝下溫泉路的斜坡，路面上已被雨水淋濕了。枯坐了一個下午，在溫泉路旁的機車店裡，好不容易來了一通電話，年輕的陳文清沮喪的神情一掃而光，「叭叭」——他使勁地按了兩聲喇叭，衝到國賓理容院前，做好頭髮的春子剛好推門出來。

染了金黃頭髮的春子，因沒有睡好而眼皮略顯浮腫，在做頭髮時一直伸著懶腰，打著哈欠。理容院的老闆娘周淑女一直在向她們吐苦水，怨嘆著說明天她們這批老主顧走後，也就是她關門大吉的時候了。春子和她們的姊妹淘一夥，每天中午都在國賓做頭髮，一邊嚼著零食，閒話一些恩客們的情愛等等。這種懶慵的風情，以及理容院裡親切的氣氛，一直使她們喜愛著。可是今天的理容院門面也確實冷清，平常還得等候一陣子的，如今連她在內，還坐不到四個人。

她跨上機車，陳文清告訴她，旅館裡到處叫不到小姐，大家都很緊張，因此他便直接到理容院來載人。

二十五歲的陳文清，幹限時專送一行才不過四個多月，好不容易才將侍應生戶的番號及各大小旅社跑清楚，就面臨了歇業的困境，實在令他感到氣惱。不只是他，所有他的同業們，都在為自己另找門路，以便侍應生戶歇業後，能夠取得生活的來源。可是到目前為止，大家都還拿不定主意。

他將春子送到鳳凰閣，看著她修長的身子進了旅館的大門，忙著又招攬生意去了。在他印象中，春子好像是一個沒有牌照的侍應生，像她這種身分的人，北投比比都是。平常日子她們的行動也許較隱祕，但到最後一天了，有牌照的侍應生多已飄然而去，她們頓時成為搶手的貨色。

鳳凰閣位於溫泉路天主巷，原本是一家日本式的旅館，後來經過整修後，便揉和了西洋的建築及中國的裝潢，成為一座富麗堂皇的殿堂。從迴廊的窗子望出去，鳳凰閣的庭院還在整修之中。一些日式的園石，已長滿了萋萋的荒草，破損的廊簷，擱置在一邊，已沒有人去管它了。春子晃著手中的黑色皮包，看著窗外飄落的雨絲，突然覺得沉痛起來。

在這以前，她一直不認為北投真的就要成為過去，她已被幾個姊妹說服，大家暫時蟄伏一段時間，等風聲較平靜時再一起出來，自己另立門戶，不怕沒人要。所以對於近幾日來報紙上的言之鑿鑿，一直嗤之以鼻。還有人問起她將來的打算時，她也不吭氣，她想我春子在風塵中打滾了這麼些年，豈是混混的角色？

她步下鋪著紅地毯的階梯，櫃臺小姐感激地對她點點頭，一邊對她說：「小姐，晚上務必多多幫忙，最後一天了啦！拜託拜託……」

哼！又是最後的一天，她揚揚頭，踩開那一扇玻璃門。一輛摩托車「嘎」地一聲在她眼前停下來。

三、烏衣巷口夕陽斜

溫泉路是一條曲折幽靜的柏油路，盤旋在溪谷之間，到處都可聞到硫磺的臭味，在這條路的底端，居住著幾戶狹隘幽暗的人家。

這裡聚居了三十餘個賴按摩為生的盲人。三十日下午，他們一大群人互相扶持著到市議會「聽」了市議員對北投問題的質詢。當他們希望所繫的黃世溫議員最後的陳情，仍不足以挽回市府既定的政策後，這些前途茫茫的盲人們，終於死了這條心，黯然地回到這個暗無天日的小天地裡。

六十二歲的江贊源，曾經擔任陽明山按摩公會的會長，這一個月來四處奔波陳情，已經使他灰白的頭髮又增添了新霜。在這個落著細雨的黃昏，一個人獨坐在窗前喝著濃茶，他的心境是淒苦無助地。盲人的生活是寂寞的，尤其遇上這陣工作上的挫折，他們的迷惘顯得尤其令人鼻酸。

江贊源到北投來打天下，已經有三十餘年。由於盲人們彼此的團結合作，自己組成了按摩公會，憑著一雙精湛的手藝，終於在北投開拓了一片大好的遠景。

往昔，冶遊的客人們在浴罷舒暢之後，每召來盲人按摩，是北投溫泉鄉的一個特色。盲人們靠著按摩，一個月總有萬把元收入，足可支付他們有限的生活。但是侍應生被取消後，市府所答應的觀光設施卻不見蹤影，遊人必望而卻步，而影響到他們的收入。這種情況，如今已逼臨在他們眼前。

這一兩個月以來，每家按摩戶的生意都顯著地衰退；不但賺不到錢，還要透支借貸，弄得一家家愁雲慘霧，惶惶然不可終日。是最後一天了，可是電話一次也不曾響，他們仍坐在黑暗的角落裡，耐心地等待著。

從這兒往上走，拐過幾個彎，便到了銀光巷。歐太汽車行前停了三、四部計程車，司機們三三兩兩地坐在兩旁的屋簷下，幾個女侍應生穿著粉紅色睡袍，正在和他們說著什麼似的。

瘦削的廖信夫將腳翹在桌子上，桌上的電話靜悄悄地，正和楊銘銓有一搭沒一搭地瞎扯著。歐太在北投已有十餘年的歷史，四年前遷到銀光巷現址，由於附近有六、七家女侍應生住宿戶，得地利之便，生意總是特別好。但近半個月來，生意便大不如前。勤快的司機只好遠道到臺北闖天下，懶惰的便成天地在屋簷下打哈欠，再不然便和侍應生們調笑著。可是侍應生們馬上就要離去了，他們的日子仍長呢！

歐太汽車行的對面是紅屋美容院，一個叫心怡的女侍應生正蹲在門前的小凳上，看玄小佛的小說《等待一個黎明》。年紀輕輕的心怡，自稱是一個無牌照的侍應生。兩年前，她是在基隆廟口一帶遊蕩的落翅仔，後來為了多賺一點錢，便到北投來。對她來說，取締與否並不重要，她說：「我到處可以去，礁溪、臺北，或者南部的高雄，世界那麼大，北投沒有什麼好留戀的！」

然而紅屋美容院的年輕老闆娘卻無法這麼灑脫。以前，下午到傍晚這段時間，是她的店裡最忙碌的時刻。女侍應生們一腳踏進，一腳踏出，花枝招展的身影，把個小小的店面裝飾得又熱鬧、又鮮豔，大家談笑風生，笑語不竭，令她笑得合不攏嘴來。

住在對邊的一位姓柯的女侍應生戶老闆，近半個月來也難得看到他的笑臉。他坐在「紅屋」的屋簷下，回想著這條巷子以往的盛況。他比手劃腳地說：「那時候的這個時刻，摩托車早就轟隆轟隆響個不停，差不多要將整條巷子都擠滿了。女孩子們一車接一車地往外送，回來了馬上又出去，簡直連片刻的歇息都沒有……」

柯老闆說得眉飛色舞起來，可是如今眼前那條巷子，卻空空蕩蕩地只停放著幾部車子。夜色很快地暗下來，街燈照著濕漉漉的路面，柯老闆無奈地聳聳肩，回到他的家裡，僅有的三、四個侍應生，也在整理行李，準備離去了。

四、最後一朵夜玫瑰

入夜後，雨便停了，大大小小的霓虹燈又在樹隙間閃爍著；可是再怎麼看，也沒有往日那般地璀璨奪目。溫泉路上傳來寥落的摩托車奔馳聲，據飯店的服務人員猜測，這最後的一天，總會吸引來一些好奇的客人吧！或許也有部分多情的舊客，會來做最後的溫存……

這最後的一夜，勾起了多少人的懷念、多少人的惆悵？也維繫著旅館業者孤注一擲的期望。熱海大飯店的櫃臺領班楊金榮翻閱著這一個禮拜來的營業紀錄：二十六日酒宴十桌、客房兩間，二十七日酒宴十二桌、客房三間；二十八日酒宴十五桌、客房十間、二十九日酒宴十三桌，客房無；三十日酒宴十三桌、客房七間，……他想起從前全盛時期，二百五十九個房間被預訂一空，每晚三十桌酒席，女侍應生們川流不息的盛況，大概永遠不會再回來了。

金碧輝煌的大廳裡，吊燈照耀得四周如同白晝。外面的庭園裡，每一株樹上都閃亮著七彩的小燈泡。可是庭階前還是冷冷清清地，只有走唱樂隊的吉他聲從前面客房洩出來，許多客人因叫不到小姐，喝了一杯啤酒後，便匆匆地走了。

十點多時，又進來了一批客人，服務生連忙將他們帶到樓上去。他們都是公司的職員，同事們在一起開玩笑說：北投是最後一天了，沒去玩過太可惜了，他們希望來過北投的第一天，也是最後的一天，於是便相偕地到熱海來尋歡。

他們開了兩個房間，叫了兩桌酒席，就是叫不到陪酒的小姐。每次服務生端菜來，都要按捺他們說小姐馬上來了，但酒過三巡，仍不見陪酒的小姐來。大家都覺得好掃興，便在一起喝著悶酒。

想不到最後竟來了兩個小姐，門啟處，探進來兩張醉態可掬的臉孔，一個叫江妮，一個叫玫瑰。江妮年紀較大，她自稱三十七歲了，臉上塗著很濃的妝，走起路來顛來顛去。玫瑰只有二十三歲，生得白白嫩嫩地，臉部富於表情，兩人進來後，房間裡立刻顯得熱烘烘起來。

這一天晚上，她們兩人已經連趕三場宴席。旅館到處打電話叫人，原有的六百三十一位小姐，僅僅剩下不到一百位，當然應付不來。女孩子們也樂得趕場，最後的一晚了，能多撈就多撈一點，這最後的一夜，對她們來說是何等地珍貴。

江妮一喝酒，話就來了，她高舉著酒杯說：這是歷史上的今天，未來的歷史將會記載著北投的這一天，這一晚。她咕噥一聲將酒一乾而淨，倒拿著酒杯，哈哈地大笑起來，然後便唱了一段《蘇三起解》，又唱《梁山伯與祝英臺》，又唱歌仔戲，她談起年輕時在酒家學唱戲，被教戲先生處罰的情形，以後便一直淪落在風塵，在男人的懷裡和酒杯中過著風月的生活。

然而北投就要結束了，她的風月生活是否也要隨著結束呢？她說她還有十幾萬的會錢要繳；結束了，這些錢哪裡去賺？她突然仰起頭來說，北投要是再給她一年的時光，那一切就好辦了。

玫瑰是個善於做戲的女人，和江妮兩人一搭一唱，竟像在演戲一般。可是一再的喝酒、乾杯，終於使她躲進盥洗室裡大吐特吐。她擦乾了臉，虛弱地回到席上，便軟綿綿地倒在一位客人的懷裡，雖已爛醉如泥，她還是頻頻地舉杯和人乾杯。

乾杯，啊！乾杯……

諸位，你們要記得，這是北投最後的一夜……

一直鬧到凌晨五點半，宴席散了，她們兩人跌跌撞撞地走到櫃臺，叫醒了睡著的服務生，在昏暗的燈光下算好鐘點費，一個小時四百元，她們嘴裡噥噥地說不清，可是一毛一塊都沒有算錯。

江妮掛了一通電話去叫機車，兩人歪歪倒倒地走出大門。江妮坐在路邊的一塊石頭上，歪著頭倒在草叢中。玫瑰則脫了高跟鞋，仰頭站在夜空下，像一朵黑夜裡癱萎的玫瑰。周遭的世界早已沉睡過去，滿天的星光寂然無聲，風吹得她滿頭亂髮狂舞不已。

遠遠的那邊，傳來摩托車的引擎聲，當摩托車載著她們兩人離去時，東方早就泛出魚肚白的曙光。北投的風月，也將隨著這一道黎明的到來，而成為歷史的陳跡。朝日漸昇漸高，俯照著這個沉睡的小山坡、小谷地，北投的居民們在一陣嘹亮的雞啼聲中醒過來，將會是一個全新的日子。

一九七九年十一月二日

原載《時報周刊》八九期

下卷

城鄉舊事

再見！老火車頭

一、又見黑旋風

嗚嗚——

每天清晨八點，新竹機務段巨大的車房前，總會準時地響起一聲高拔、尖峭的笛聲，隨著一蓬蓬乳白的蒸汽飄散開來。唧唧——彷彿憋了一肚子氣，要痛快地抒放出來般，那水蒸汽愈冒愈濃愈白，霎時彌漫了一地。

隨即又傳來引擎沉重而略帶喑啞的衝擊聲，唧鏘——唧鏘——一輛巨大的、烏黑的老火車頭，終於氣盛地從煙霧中闖出來，在引導人員旗幟的指揮下，緩緩地駛過調車盤。倏地又是一疊聲的尖叫聲，蒸汽猛地又排出來，像要舒活舒活筋骨般，DT650 型，編號六八七的老蒸汽機車，恣意地在機務段前狂奔了一陣，又悄然地退回煤堆旁，開始每天例行的「身體檢查」。

司機賴光炎俐落地從駕駛座上跳下來，拿著一根鐵鎚，在那輪軸的每一個接縫、螺絲間逐個輕敲，堅實飽滿的金屬聲迸跳出來，表示它的筋骨肌肉都還十分健康。司機的助理姜義宏則跳上煤堆，將煤鏟進煤水車，再一鏟一鏟地「餵」進鍋爐裡。鍋爐的鐵門一開一合，熊熊的火光照得裡面一片灼亮，姜助理的側臉和手臂都被染紅了。

這時正是朝日東昇的時刻，機務段裡猶顯得沉靜，可是隔著一道欄棚外的火車站裡，早就熙熙攘攘地擠滿了旅客、通車的學生、叫賣的小販，以及月臺上不時響起的廣播，交織成一片繁忙熱鬧的氣息。鐵軌上端架滿了電氣化的電線，密密地連成一塊灰黑的天幕。響著輕快喇叭的電力車頭，拖著一列列簇新的車廂，像旋風般地進出不息。每個人都在引頸盼望著火車的蹤影，而無暇旁及欄柵這邊的老火車頭。

二、遙想當年種種

確實，自從六十八年七月鐵路電氣化完成後，這些老火車頭就不見蹤影了，取而代之的是更為快速、便捷的電力機車。當我們坐在舒適的車廂裡，享受著冷氣、安靜、準時的服務時，很自然地便將那嘈雜、震動、烏煙瘴氣的老蒸汽機車遺忘了。

那些老火車頭哪裡去了呢？人們在享受著電力所提供的快捷的輸送時，也許想都不曾想過，這一切正是古老的蒸汽機車，在鐵路草創的時代裡奮力奔馳出來的。車輪流轉，時光的腳步何其匆匆，一轉眼九十年的時光，就在這些飛轉的車輪間逝去了。

翻開史籍，臺灣的第一條鐵路完成於清光緒十七年（西元一八九一年）十月從基隆到臺北，長二十英里。兩年後，延長至新竹，全長共六十二英里。最早行駛的兩部蒸汽機車是「騰雲」及「御風」，都是購自德國。它們也是最早行駛在中國鐵路上的機車，光緒元年至二十年間，曾活躍於上海吳淞間，後來才運抵臺灣，成了臺灣鐵路交通運輸的開路先鋒。

這兩部老火車頭全重十六點三噸，牽引力二千三百公斤，時速僅有二十公里，相當地袖珍緩慢。以後又自英國購進「掣電」、「超慶」、「攝景」等機車，因其水櫃覆蓋於鍋爐上，成為馬鞍狀，又稱為馬鞍形水櫃機車。它們的體積較大，重達二十五噸，牽引力也多達三千一百公斤，使得機車頭數增至八部。在它們的效命下，臺灣的鐵路運輸，就此邁入了一個新境。

據《臺灣誌》所載，當時火車的設備極為簡陋，僅有客車二十輛、貨車二十六輛。每車長約二丈，分上下兩等。因係草創階段，火車站既沒有信號機，也沒有升降場，行進途中隨時可以停下來供人搭乘。因此時刻不定，逢大稻埕拜祭城隍時，為輸運信徒香客，列車會臨時增駛。可是遇到歲首臘底或春秋令節時反倒停駛，與現在情形正好相反。

據說臺灣割日後，日本首任總督樺山資紀從基隆登陸時，臺北火車站僅剩一部車頭。經日本技師徹夜修理，又補好鐵軌枕木，才恢復兩地交通的運轉。但每次只交配一、兩輛貨車，不足以輸送軍隊，乃用夫役六十人在車後推進，直到臺北。

後來路線雖然恢復了，可是因為路線太過急迫歪曲，車行頗為危險，每小時的行車速度僅有八英里，且機車經常發生故障。為顧及行車安全，日人特別在列車後多掛一輛機車，以備不時之需。

儘管當時行車的條件是這麼地惡劣，可是這些老火車頭還是默默地奔馳了過來，這些悲苦的歲月，大大地耗損了它們的青春，使得它們的行車生命減短到十年之間。到一八九七年時大多停駛了。「騰雲」號雖多跑了十幾年，也在一九二一年光榮退休。

值得慶幸地是這個老英雄終能免去被支解的命運，至今依然完好如初地停放在歷史博物館邊，供後代子孫們憑弔瞻仰。它看起來那麼古老、瘦小，誰能想像當年它奮勇奔馳的英姿呢？

三、開拓鐵路的黃金時代

當時基隆臺北間，雖只有短短的二十幾公里，可是運輸還是極不方便，它的運費居然高過基隆與日本間的價目，令人驚嘆。日本總督府深知鋪設鐵路的重要，乃決定開闢縱貫線，至光緒三十四年（西元一九一四年）四月基隆高雄全線開通，臺灣鐵路從此又邁入了另一個紀元。

這時較大型的蒸汽機車，紛紛在縱貫線上出現了。它們大多來自日本，少部分則來自英國、美國。首先登場的 B-33 型，重量已達三十六噸，動軸兩個，直徑為一百二十五公分，主要作為客運用。第二批的 B-97 進來後，重量也增至六十二噸，直徑為一百三十九公分，主要做為貨運。

以後陸續地又有 C-35、C-38、C-44、C-92、C-95、C-55、C-57 等新型機車出現。編號 C 的機車擁有三組動輪，主要做為客運用，噸位有超過一百噸者，如 C-55 型，重達一百一十噸，動輪直徑長達一百七十五公分，平均時速七十五公里以上，當年奔馳在南滿鐵路的特急快車「亞細亞」號就是這個型式。

一九二〇年以後，D型機車也加入營運，像D-96、D-98、D-51三種，動軸多至四組，主要做為貨運。另有E-43型，輪軸共五組，看起來像是多足蜈蚣，也是做為貨運之用。

到光復前，這些機車大大小小共有二一九輛，不但在縱貫線上南北飛馳，也同時活躍在宜蘭、潮州、淡水、集集、平溪、臺東這些偏僻的支線。或載客，或運煤，或拖運木材，到處都可看到它們奔忙的影子。濃濃的黑煙飛向長空，高亢的笛聲震撼著原野。這一幅繁忙的景象，帶動了臺灣全面的建設，雄風萬里，氣吞山河，這些蒸汽機車在顧盼之餘，當然有值得它們驕傲的地方。

四、盛極而衰的命運

民國三十四年臺灣光復後，臺灣鐵路歸還我國，由臺灣省政府繼續經營。在二次大戰末期，由於盟軍猛烈地空襲，臺灣鐵路的損毀極為嚴重，經過搶修後，C-95及D-98型的蒸汽機各損失一輛，另由日本海軍設施部接收了C-50型五輛，臺中梧棲港築港工程處接收了A-6、A-7兩輛，故光復初期，隸屬於鐵路局的蒸汽機車共有二一四輛。

其實在大戰末期，臺灣另向日本訂購了五輛D-51（戰時型）蒸汽機車，於民國三十三年製造完成。但當時日本已瀕臨潰敗邊緣，沒有船隻可運臺，故延至光復後才運抵臺灣，加入營運。民國四十年時，又增添了D-51型機車五輛。四十二年時，臺灣經濟復甦，開始進入發展的階段，對於運輸的需求量激增，鐵路局因應這種情勢，再向日本購買了 C-57 型載客用機車八輛，使得蒸汽機車總數增至二百三十二輛。

運輸的便捷，加速了臺灣經濟的發展；經濟快速的發展，又回過頭來刺激了交通的發達，蒸汽機車在這個階段的經濟建設中，確實立下了不少汗馬功勞。

到民國五十年，鐵路局為追求更高的效率，致力於動力現代化，改用了柴電機車，這些老蒸汽機車才有喘口氣的機會。以後隨著柴電機車不斷地增加，老火車頭老的老了，壞的壞了，十年之間，被淘汰報廢的達一百二十輛以上，僅存的一百多輛，只能擔當運煤之類的工作。

民國六十八年七月，鐵路電氣化全面完成之後，縱貫線上密布的電力設備，更不適合老蒸汽機行駛。除了部分性能較佳者尚保留外，其餘的全遭到了淘汰報廢的命運。縱貫線上當然再也看不到它們賣力地奔波的身影了。

五、英雄依然不老

現有的蒸汽機車僅有 CT-250、CT-270 及 DT-650 型三種，共五十五輛，分別存留在高雄、宜蘭、嘉義及新竹的機務段裡。CT-250 即原來的 C-55 型，CT-270 即原來的 C-57 型，是從前客運中最出鋒頭的兩匹駿馬。DT-650 型原為 D-51 型，光復後才自日本購進，為老蒸汽機車中最年輕、最有衝勁的新機型。儘管它們雄風依然不減，可是時代已經變了，也只好寂寞地在機務段裡度它們的餘年。

為了不使機件塵封失靈，這些老蒸汽機車都排有一定的活動時間。活動的空間則在各地的支線裡，還可以拖些零碎的貨物，來打發那冗長的退休時間和多餘的精力。

在新竹機務段裡，十六輛 DT-650 型的蒸汽機還輪流負擔著運輸水泥的任務。每天上午九點五十分，出發到九讚頭亞洲水泥公司，將水泥運回新竹，再由電力車轉運到各地。來回不過兩個小時的車程，可是對這些老火車頭而言，卻是一段可以讓它們大肆活躍的機會！

那是一個灰暗的清晨，稀落的雨絲不時打在古老的蒸汽機車上，我坐在狹窄的駕駛座裡，看著煤炭轟轟地在鍋爐裡燃燒。老機車的心臟似乎被煨熱了，響起了又急又響的喘息，水蒸汽不斷地噴灑出來，它看起來比我更興奮。

唧鏘——唧鏘——老機車頭出發了，後面拖著的長列貨車一齊跟著震動起來，濃黑的煙柱長長地拖在後頭，突然讓人覺得天地多麼空曠。內灣線的沿線還保持著相當樸實的景觀，收割過的田野，母雞率領著小雞在上面覓食。村童們在河邊牧牛，看到老火車頭經過，都興奮地揮著手，有些還跟著一路追逐，司機和助理也樂得和他們招呼。這種情感的交流，在密閉的現代化車廂裡已無從看到。

內灣線是著名的陡坡，坡度高達千分之二十以上，比縱貫線上的鶯歌段還要陡兩倍，因此蒸汽機車行經這兒時，便須特別的賣力。司機助理不停地加煤，大寒天裡都熱出滿身大汗來，可以想見早期行車的辛苦。

「開老蒸汽機車有兩怕，一怕大熱天，這駕駛座裡便像個大火爐，渾身打赤膊也沒有用，人簡直被烘得像肉乾。二怕下雨天，外面下雨，駕駛座裡也下雨，雨水瀉進來，身體被打濕了不說，兩旁的玻璃鏡全看不清，全靠頭伸出去張望，多辛苦哪！」

司機賴光炎邊開邊敘說著，他今年四十八歲，從十九歲進鐵路局當練習生，二十八年來天天與火車為伍。從老蒸汽車到柴電車，開過的機車不知凡幾，卻對老火車頭的印象特別深刻。他形容老火車頭像一匹粗獷的巨獸，要駕駛它需要獨到的功夫。相形之下，柴電車或電力車就馴良多了，駕馭它們也較簡單。若要他選擇的話，他當然選電力車，舒適又乾淨，誰不喜歡呢？可是對於老火車頭，卻又有一股說不出的感情。畢竟他投注在這上面的太多太深了，所以要他開老火車頭，他也十分樂意。

六、再見！老火車頭

其實賴司機的感情，也差不多是我們乘客普遍有的感情。時光飛馳，逝去的東西永不再回頭，誰不懷念那可愛的老火車頭呢？那高拔的笛聲、那雄壯有力的節奏，與敞開的車窗外廣闊的天地緊密地結合在一起，仍不時會勾引起我們的記憶，我們豈能無動於衷？

從內灣回來，在新竹站外等待著信號燈誌時，各型各式的電力列車，像流星般在我們左右穿梭不停。掛著窗簾的車窗、色彩鮮豔的車身，交織成流動的、五彩繽紛的光彩。那光彩，好令人迷惑、悵惘。

然而在下一個時刻裡，我已置身在那豪華的車廂裡。隔著窗簾望出去，老火車頭正要進入車房。

那橢圓形的巨大庫房裡黑漆漆地，十六輛 DT-650 型的老火車，一齊禁錮在那幢幢黑影裡，我只能無聲地說：再會吧！老火車頭。

一九八一年二月二日

原載《時報周刊》一六六期

臺糖小火車的終站

一、車輪間的童歌

嗚——嗚——

喀隆——喀隆——

每個搭乘過臺糖小火車的人，一定忘不了這高亢地、尖銳的聲音；也忘不了這一組平穩地、沉長的律動。它們交織在一起，便是響在原野間的一支充滿著活力的旋律。

六、七十年來，這一支旋律，隨著小火車的軌跡，響遍了寶島臺灣的每一個角落。車輪飛轉，歲月也跟著流轉；小孩子長大了，年輕人成熟了，大人們垂垂老矣，可是響在車輪間的這支歌，卻是一支最動聽的童歌，始終縈迴在人們的心中，帶領著我們往前奔馳。

因此，小火車在大部分人們的印象中，多是屬於童年地吧！那小小的、搖晃的車廂，曾經裝載著多少童稚的憧憬和幻想。那溫馨的夢，曾滿足了多少幼小的、渴盼著長大去流浪的心靈。

小小的火車，駛過臺灣早期的農業社會，在那公路運輸還是十分不便的時代，負擔了大部分的運輸。那確實是小火車的黃金時代，冒著黑煙的小火車頭四處疾馳，嘹亮的汽笛聲響徹天地之間。它的節奏，是和人們的心靈、大地的脈搏，緊密地結合在一起的。

可是時代變了，當公路的運輸系統隨著汽車時代的來臨，提供給人的是更便捷的服務。當各種新型的、電力發動的鐵路客車紛紛問世，臺糖小火車的天地頓然顯得局促起來，它的奔馳的腳步，也顯得鬆軟了下來。寂寥的旅客，小鐵道上漫長的時光，搖晃的小火車已駛進了它生命的盡頭，終於在七月十五日這天，停止了它疲乏的腳步。

二、最後的兩個驛站

翻開臺糖歷史，臺糖前身的小火車，是由各製糖會社分別建築經營，時間大約在民前五年至民國元年，及十六年到二十七年兩個時期；前期為草創時期，後期則為擴充時期。三十年起，因受第二次世界大戰影響，新路建築遂告停頓。臺灣光復，各廠間鋪設的鐵路全長共有兩千九百六十四公里。

日據時代的小鐵道，以運輸甘蔗原料為主，故多以製糖工廠為中心，向外輻射，與各廠農場及原料區連接。由於各廠間的隸屬不同，各轄區雖相毗連，可是路線並不相銜接；加以鐵道管理的組織及設備互有差異，無法統一經營行駛。

以後，由於鐵路沿線居民行路的需要，糖業鐵路又依照使用性質，分為專用線與營業線。專用線分布於鄉間原料區，地多偏僻，僅供糖廠開工時運輸之用。營業線則貫穿人口較密、物產較豐的城鎮，與地方交通有很密切的關係，同時兼辦對外客貨運的運輸業務。光復接收時，營業線的旅程已達六百二十七公里，遍布於臺灣西部平原，並及於東部海濱地區。

臺糖鐵路自政府接收至三十七年間為復舊時期，三十七年以後，完成各項改進措施。到民國四十二、三年間，營業路線擴充為四十一線，營業里程達到六百七十五公里，每日定期班車也增至六百餘次。全年客運人數，由一千萬人，每年遞增，至四十六、七年間，達到兩千三百萬人的全盛時期。

可是好景不常，跨過這個高峰之後，社會的結構開始明顯的轉變。新興的工業崛起了，汽車客運大量增加了，尤其是鄉間行駛的機車，更是猛烈地膨脹。糖廠小火車所代表的農村悠閒的腳步，被遠遠地拋落在後頭，原先的線路在慎重的考慮之下，一條條地停駛。只剩下上行駛嘉南間的隆田線、朴子線和北港線，在寂寥的月臺間苦苦地支撐著，而終於也免不了停駛的命運。

三、隆田線最後的一日

清晨七點，隆田車站的站長黃天下，像往常一般地將開車的路牌交到司機蔡宗文手中，然後揮揮手，年輕的蔡司機習慣性地按了一下喇叭，深藍色的單節車廂，便在長滿野草的小鐵道上，緩緩地往前駛去。

自從學校放暑假以來，連通學生的影子也看不到了，整個車廂裡除了司機和兩三個糖廠通勤的員工外，空蕩蕩地一無別人。也許大家都已習慣了這般冷漠的氣氛吧，也或許是那一份難堪的離愁吧，隆田線上最後一天的早班車，便這麼落寞地開出去了。

五十五歲的黃站長站在空曠的月臺朝外看，石欄柵外，鐵路局隆田站長長的月臺上，正鵠候著大批的旅客。車站前麇集著賣吃食的飲食攤和水果攤子，火車就要進站了，站裡站外，旅客進進出出，顯出一份忙碌的景致來。不過是咫尺之遙，他那所小小的木造車站前，卻是冷冷落落地，連一隻啄食的雀子都沒有，這是何等強烈的對比啊！看在黃站長的眼中，當然很不是滋味。

擁擠的人潮，也曾在他這個小小的站裡排過長龍呢！那是民國四十一、二年間，乘車買票的人群，從售票口一直排到對面鐵路局的車站。小販的吆喝、兒童的嬉鬧、大人們匆忙的腳步，曾使得他們十二位同仁忙得滿頭大汗，團團直轉，那是何等熱鬧的場面。

這種場面一直持續著，每天都要對開十一、二班的班車，每班車上都擠得滿滿的。可是到了民國四十七、八年間，乘客突然少了下來；人不再擁擠了，工作人員也覺得閒散下來了。民國四十九年，他調升站長，情況不但沒有改善，反而急劇地下降；二十年後，終於面臨了停駛的厄運。

年老的站長，遲緩地走進辦公室，茫然地望著張貼在售票口前的那張公告：自本月十五日起，本線小火車停駛。一陣椎心的疼痛掠上他蒼老的臉頰，這樣的心境，怕是一般人不易了解地。

即使是年輕的蔡司機，也感染了這份憂愁。他今年才三十二歲，進臺糖開小火車也不過只有三年的時間，可是這條短短的十六公里的旅途，卻載滿了他太多的感情。隆田、西庄、番子寮、總爺、新麻豆、后庄、新宅、蕭壠，這些沿線小站上的站牌，那些挺立在月臺上的小榕樹，那些熟悉的老乘客，都清晰地浮現在他眼前搖晃的玻璃窗上，在狹窄的車軌間跳動，他的感觸，又有誰能了解呢？

據麻豆糖廠運輸課長王中村先生表示，由於乘客銳減，使得這條營業線的負擔極為沉重，平均每年要虧損一百二十萬元以上。長此以往公司實在不勝負荷，故報請交通處同意後，已決定自七月十五日起停駛。至於將來學生的通車問題，也決定由當地的協成客運公司承辦。隆田線上將永遠見不到這些深藍色地、小小的車身了，本就寂寞的月臺，怕要更聽聞不見人聲了吧！

四、朴子線的最後班車

從麻豆、佳里，經中央公路往南走，約一個半小時的行程，就到了朴子。這個嘉義縣境內的小城鎮，一如往常地沉浸在美麗的夕陽中。人聲鼎沸，夜市正準備上市，小鎮的黃昏總是這般地熱鬧，彷彿大家都已忘記了這是朴子線營業的最後一天。

夕陽正逐漸地沉落下去，六點十二分，朴子車站裡響起了尖銳的鈴聲，由司機徐萬丁駕駛的最後一班列車，在黃昏中緩緩地駛離了月臺。

朴子線蜿蜒在嘉義朴子間的農村，經大溪厝、竹子腳、新虞厝、過溝、溪南、田灣，到蒜頭糖廠，再延伸到嘉義，共長二十一．五公里，正是嘉南平原上最富庶的農鄉。

五十四歲的老司機徐萬丁，望著夕陽下的田野往後掠去，暮色在天邊愈聚愈濃。這是最後一班的列車了，蒜頭糖廠開工以來的七十年歷史，就要在他的手中成為絕跡，想到這兒，不由有些感慨。三十餘年的駕駛生涯，也將隨著車後的軌道，消失在黑暗的記憶之中。明天起，他就要調到機務股去從事另一種工作，愈想愈讓他感到對這列車的濃厚深情。他怎麼願意呢？可是眼看著線路的沒落，確也是不得已的苦衷。

在這同時，五點五十三分嘉義站開出的另一列班車，也在司機賈崇文的駕駛之下，急急地往蒜頭糖廠趕回來。胖胖的、二十四歲的少年司機賈崇文，這幾天來的情緒也很低落。他十七歲就進糖廠的運輸課，在小火車的駕駛臺上當練習生。四年前，正式成為駕駛員，可是小火車在這時已走完了輝煌的年代，在英雄的末路上蠕蠕而動。他恰是這段歷史的見證人。與其說是對過去歲月的傷感，倒不如說是這個時代變遷中的必然結果，他便抑制住心裡的激動，很坦然地接受了這個事實。

七點五分，天已經黑下來了，他們的眼前分別出現蒜頭糖廠巍峨的煙囪和廠廓，鐵道的末端在夕陽的餘暉中閃亮，瞬間外面已全部黑暗下來了。他們減速慢行，終於把最後一批旅客，帶回蒜頭火車站的月臺上。

月臺上早就圍聚了運輸課的大部分員工，月臺邊還有一張供桌，上面擺滿了水果餅乾。站員們在兩列客車的窗口掛上長串的鞭炮，點燃開來，劈里啪啦的爆竹聲揚起一團煙霧，在寧靜的車站前迴應著。

運輸課運務股的黃雹股長，在眾人圍觀下燒了一炷香，謝過天地，又燒起銀紙來。大家便拿起啤酒來慶祝，慶祝他們最後一班列車的歸來，也慶祝朴子線上小火車七十年歲月的結束。

火光映照著他們的臉龐，朴子車站的老站長林昌榮拿起酒，感慨地說：「我心裡真難受……」說完，眼眶裡的淚光便被火舌照亮了。他眨了一下眼睛，一連喝了好幾杯。隨著火光的熄滅，朴子線上的小火車和司機，以及寥落的旅客，正式在人間的舞臺上落幕了。

五、唯一的倖存者——北港線

午後十二點五十分，嘉義車站天橋下的小火車站，準時地響起寂寞的鈴聲，圍攏在月臺邊的一群高中生，懶散地跨上車廂。

列車開動了，這群參加暑假輔導課的高中生們，閒閒地倚在木質的座椅上；有些看書、有些打盹、有些則望著窗外單調的原野而沉思。稽查員蘇清誥打開車門來查票，日復一日，年復一年，蘇先生的腰圍就在搖晃的車廂和剪票口間粗了又彎了。五十三歲的年紀了，每天卻仍得為這些小毛頭們查票，還得在每個平交道間指揮交通，以維護行車安全，他的一生都奉獻給這條聯貫北港、嘉義間的北港線了。

所有的路線都停駛了，只剩下獨一無二的北港線。據臺糖公司運輸處運務管理組的王承文組長說，由於這條線上的通學生將近有八、九百人，不是一般客運公司能夠接辦，所以臺糖公司雖然每年要虧損四百萬元，還是需要苦撐下去，以表示臺糖對服務地方的誠意。除非將來有地方客運能夠接辦，否則臺糖願意堅持到底；另一方面，也是保留做為觀光資源，以供外國觀光客們乘坐觀賞，所以北港線便成了臺糖碩果僅存的小火車客運路線。

時代的變遷，各行業間的興衰起伏，似乎依循著一定的歷史規律。臺糖的小火車，就是在這種時代的變遷中，逐漸走上了沒落的命運。新的潮流把我們帶向了更寬大、更舒適、更快速的交通工具中，可是我們為何忘不了臺糖小火車呢？我們所難以忘情的，不就是那小小的車廂晃動的身影，和那組輕快且充滿節奏的旋律嗎？

一九八〇年七月十八日

原載《時報周刊》一二六期

玉山上的氣象測站

一、白色的小木屋

玉山北峰位於主峰之北，海拔三千八百五十公尺。登玉山的人，很少錯過這座崢嶸挺秀、峻偉雄奇的巨峰。不只是它的山容壯盛、稜線兩側風景殊異，令人一眼難忘，更重要的是中央氣象局在這兒設了一座氣象測站，是整個玉山山表唯一能夠供遊客投宿歇息的地方。因此每個登山團體都將它列為行程中的一站，好在這兒整裝休憩、養精蓄銳。這氣象測站的大名乃不脛而走，在登山界中的地位，甚至凌駕它本身的職責之上，成為登山者心目中一個溫暖的標幟。

從八通關溯荖濃溪而上，約莫有二十公里的山路，一路盤旋上山，高度也由海拔三千多公尺上升至三千八、九百公尺。上了鞍部的大碎石坡後，向北望去，就可看到北峰巍峨的姿容。再細眼凝視的話，不難在那煙雲籠罩的山頭，看到一小塊白色的斑點，襯在翠綠的山巒之間，異常地醒目。那就是全臺最高的建築，中央氣象局的玉山氣象測站。

玉山測站立於雲表之上，是一棟日式的平房建築，周圍圍著白色的欄柵，屋頂上的風信雞終日旋轉個不停。最醒目的要算是國旗，它高掛在空中，迎風飄揚，顯得分外地耀眼，隔著好幾里路外，都可清楚地看出它美麗的影子。

這個測站遠在日據時代就有了，屬四等測站。按中央氣象局四等測站的編制，僅有三名工作人員，包括一名觀測員、兩名工友。觀測員負責所有的觀測任務，工友則擔任打柴、作飯、整理環境及運補等工作，其中以運補的工作較為吃重。

由於地處高山，交通不便，加上生活單調寂寞，因此這兒工作人員的流動性極高。頂多待一兩年就調走了，另一批人又調進來，進進出出，頗為頻繁，只有這氣象測站依然屹立不動，經得起風霜的吹打，也耐得住雪夜的荒寒。

目前的觀測員李臺軍今年三十三歲，十月才從阿里山調到玉山來。他原來在航運公司工作，四海為家，在海上跑了不少年。沒想到從海闊天空的船員生活退下來後，竟來到了這最偏僻、最孤獨的地方。

這種生活空間與生活方式的改變，對他來說並沒有多大困擾。現在他成家了，不能再像年輕時到處跑，當然得想辦法安定下來。而要安定下來，莫如氣象局這種安定的工作和環境，所以考上氣象局後，他就自願到山上來，從頭開始學起。將近一年的時間，他已熟知氣象、地震方面的知識和技能，對於觀測的工作也能勝任愉快。並利用空閒的時間進修其他的知識，他希望通過考試，能有進一步發展的機會。

二、大氣層的守望者

每天清晨五點，山頂的天色還不十分明亮時，他就得起床觀測。觀測的範圍包括風向、風速、氣壓、濕度、雲量及雲層。如果碰到下雨或下雪，還得測雨量和雪量，編於電碼中，從清晨五點到晚上九點，分八次反覆觀察。其中五次須報給阿里山測站，再由電傳打字傳送回臺北。

除了氣象觀測，地震觀測也是他職責中的一部分。平常每天上午八點及晚上八點，須做兩次校時，將時鐘撥回三秒鐘。如遇地震時，需立即算出震波及級數，編電報經阿里山測站發臺北氣象局物理科。

高山上的氣候一向較平地來得敏感，因而最能及早獲知氣候變化的徵兆。比如每年首度下霜、下雪，這些現象都最先見於玉山山區，觀測員均應詳細的記錄，並通知臺北氣象預報中心。今年入秋後，十月三日首次下霜，雪期則尚未來臨，尚無下雪的紀錄。

負責運補等雜務的徐有春與朱明德，分別為四十六歲、三十六歲。他們兩人都是臺南縣白河鎮人，原先在故鄉耕種，因農業收入有限，無法維持生活所需，徐有春首先於六十七年四月到山上來工作，朱明德透過他的介紹，也於今年三月來到氣象測站。他們都是典型的南部農民，能夠吃苦耐勞，也保持了善良純樸、樂天安命的天性。

他們的工作比較瑣碎，如撿柴、挑水、煮飯、打掃環境等雜務。這些經常性的工作比較輕鬆，運補就比較吃力了。玉山屬高海拔的大山，山區裡除了他們外少有人煙，對外交通極為不便。他們的糧食、油、鹽、柴火及日用品都須從阿里山運補上來。這條山路長達三十八公里，單是徒手下山就得走八個小時；若背負重物上山，跋涉的時間甚至要超過十四個小時，造成山中生活最大的不便。

每年十二月中旬，玉山山巔就開始飄雪，一直要落到翌年四月中旬，這段時間是玉山山區著名的雪期。瑞雪紛飛，覆蓋著山頭，大地一片銀妝，固然十分美麗，可是也把路徑掩沒，交通路線全部中斷，運補更為困難。由於雪期長達四個月，為免被冰封、隔絕，運補人員必須利用其他時間加倍運補，貯存糧食，否則一旦為風雪所困，就過不了冬天。

三、熊熊的爐火永不熄

我上到玉山雖是暮秋時節，玉山山巔卻早就進入冬天的景況。白天時太陽照著山頭還不覺得冷；可是夕陽一落，雲海山嵐簇擁過來，那絲絲的寒意便鑽到肌膚裡來了。這時站在測站後面的山崗往四周望去，雲海之上猶露著主峰、東峰、北北峰，以及更遠處的八通關山和秀姑巒山黝黑、峭冷的陰影。山風猛烈地颳著，面對那蒼茫、混沌、深邃的群峰，更覺心頭一陣無由來的森冷。只一下子，四周便全部陷入黑暗之中。

冰涼的空氣充塞在黑夜的山頭，連測站裡都無法倖免。小小的屋子裡門窗緊閉，發電機的噠噠聲低沉地震盪著窗扉，微弱的燈光時亮時滅，在充滿著原始氣息暗影的包圍下，這兒是唯一有燈光的地方。

這時最溫暖的地方莫過於火爐旁邊，這火爐的火終日不熄，白天煮飯、燒菜；晚上擱著水壺，便讓熊熊的火燄一直燃燒下去。水蒸氣彌漫在屋子裡，透著一縷焦熟的氣息，更倍增了房間裡的溫暖。

玉山測站有一架老舊的黑白電視機，就擺在這房間的角落裡，這房間還兼做臥房、廚房和書房。床鋪上有厚厚的棉被、有書桌、有飯桌、有一櫥子的碗筷炊具，工作人員全部的作息盡在這斗室之中。

晚上摟著棉被看電視，是這兒唯一的消遣。影像儘管不很清晰，他們還是看得津津有味，事實上除了這部電視機，他們還能有什麼消遣呢？唯有那盆熊熊的爐火吧，或許能讓他們沉湎在一些往事中！

四、最難風雨故人來

遇到山友來這兒投宿，景況就不一樣了。這些登山的人來到這兒，多已是薄暮時分，早就筋疲力竭、人仰馬翻、饑腸轆轆。大夥兒卸下背包，便擁進房子來取暖。工作人員對遠道而來的友人一向非常友善，盡量給予方便。於是有的埋鍋造飯，有的躺下來喘息，有些高山病的患者，還需要一杯熱茶下肚。這些鬧哄哄的人影和聲音，立刻把這棟寂靜的小屋子填滿了。

登山的人本就是熱情洋溢、活潑好動。他們來到這兒，享受過一餐豐富的熱食後，活力也恢復過來了，於是彈琴作樂，高歌一曲；或者打橋牌、看電視，與工作人員打成一片，最能令人感到人情的溫暖。而在一個這麼孤絕蒼涼的山區，這種友誼、情感的交流，就顯得格外自然、珍貴了。

有一陣子遊客來到這裡，因為好奇亂摸，損壞了儀器，曾給氣象測站帶來許多困擾，一度禁止遊客在這兒投宿。遊客露宿在荒山野地，為風寒涼露所苦，測站裡也頓然顯得冷清寂寥。基於事實上的需要，不久就再度開放，廣結善緣，遊客也能安分守己，才使得這兒又恢復了活潑、熱鬧的氣息。

測站的發電只到晚上九點，九點一過，馬達聲戛然停止，螢光幕上的影像消失了，斗室裡也陷入黑暗之中。這時投宿的人差不多都累了，於是攤開睡袋來，擠在火爐邊，一個挨著一個，鼾聲一個接一個響起。有人的地方就有這種溫暖的氣息，所以測站工作人員的心房也因而暖和了起來。

九點正，是觀測員一天中最後一次的例行觀測。屋外寒風如吼，夜涼如水，氣溫僅有攝氏三度。群山都睡了，雲海也散開了，月光皎潔，照耀著這片無人的山野，連地平線上的燈火也燦亮可望。觀測員告訴我：那邊是高雄、臺南的燈火，這兒是臺中的火海，而山腳下那幾盞寒芒，則是阿里山測站……

那麼多的燈火，像一把把沒撒開的芝麻，迤邐在山腳下不停地閃爍著。同樣的燈光下，有人紙醉金迷，有人兩情繾綣，也有人依舊埋頭在苦幹；有人高堂滿座，有人笙歌達旦，也有人寂寞難成眠，獨守黑暗到天明。站在玉山山巔，對人世彷彿多了一點洞察，多了一點參悟。生活在這兒的人，大概也就比平地人多了一點豁達、一份淡泊的心志！

五、一雙永遠醒著的眼睛

北風漸涼，山頂上的風寒逼得氣溫節節下降，雪期又在不遠的地方召喚他們。在這兒度過三個雪期的徐有春說：風雪一來，我們與外間的關係就更孤立了。風雪較大時，甚至把整棟屋子都覆蓋住，出門時要將積雪鏟開，連風向儀和各種室外的測具，也都會被冰凍得失去作用。這時還得爬上屋頂，猛澆開水，才能恢復儀器的靈敏感應。

大雪紛飛，風雪肆虐，可以想見這兒的生活有多孤苦。工作仍得照常進行，甚至得加倍注意。外地的訪客也少上來了，生活中只有一成不變的飲食、睡覺、喝酒，頂多加上一點點遐想。

孤獨是人類的大敵，隔絕的生活環境無異自囚，可是生活還是要繼續下去，工作一刻也不能停止。那麼多人來到了這裡，又回到了社會，他們都曾是這座山岳的守護者，是風雪詭異變化的目擊者，是站在大自然第一線上的先知。透過他們的眼睛，構成了一張無遠弗屆、包容萬端的電訊網，為我們提供了最正確的氣象訊息。

來到玉山氣象測站，我終於了解所謂的先知，就是那一雙雙永遠清醒的眼睛，能夠將任何細微的氣象變化，透過無遠弗屆的電波網脈，忠實地傳達到我們眼前，讓我們也能洞燭先機，防範未然。那麼我們的眼睛，豈能無視於他們的辛苦和勞累呢？

一九八一年十月三十日

原載《時報周刊》一九三期

鹽水港的興衰春秋

一、歷史的鹽水港

鹽水是臺灣古老的鄉街之一，當年所謂的「一府、二鹿、三艋舺、四月津」的月津，指的就是今天的鹽水。可是一般人只熟知鹿港和艋舺，排名第四位的月津，反倒和其他的鄉鎮一樣，默默地消失在歷史的煙塵之中；人們的記憶中，也很難留下它的影子。

從嘉義跨過八掌溪，進入臺南縣境，橫亙在縣境最北端的市鎮便是鹽水。從地圖上看起來，它剛好嵌在八掌溪和急水溪之間，正好位於嘉南平原的中央。平原與溪流的匯合，一向就是農業發軔的溫床，再加上河川的通航，更是一個理想的商埠。鹽水因具備了這兩個地理優勢，使它得以領先鄰近諸邑，最早走上開發之途。

鹽水的開發，可上溯至明朝。永曆十六年（西元一六六二年），鄭成功的部將何積善、范文章，率領泉州人來這兒拓殖屯田，經營農業。那時海岸線尚未形成，海水可由急水溪的支流直通內陸，形成一個彎月形的港道，故鹽水初名為月港或月津。因有通船之便，市集漸漸形成，人口也慢慢增多。

到了清道光年間，鹽水港發展到了最繁榮的時代。由於這兒與福州的航程最短，大部分的商船都走這條航線。商品的交流，行旅的增加，人口不斷地流入，達三萬人以上，自然使得這個港埠熱鬧起來。現在的橋南街，就是以前的行溝，商船都停泊於此，船家也蝟集在河港的碼頭，是當時最著名的商業區。此外像布街（現在的三福路）的布匹、半街（中正路）的南北貨、竹子街的米市等，都是買賣中心。這些縱橫交錯的街衢，顯示出一個商埠繁華的形貌來。

除了繁華的商場外，昔日的鹽水還是一個風光旖旎的水鄉。急水溪的支流環繞在古城的四周，到處都有亭臺樓閣、小橋流水，平添了古城的勝景，吸引了不少墨客騷人前來吟詠徘徊。最有名的便是月津八景，「興隆水月」在今過橋下，「聚波漁火」在大眾廟前，「蓮寺荷香」在玉蓮寺畔，「東門曉月」在朝琴路尾，「釋寺甘泉」在栗子寺後，「里仁村濤」在武廟後面的路口，「月池蛙鼓」在周厝邊，至於「赤兔望月」，於今已不知所指。

總之這八景，幾乎都離不開澹澹煙水。可是日後河床日益淤淺，不但航運漸受威脅，連這些湖沼之勝也逐漸涸竭。到了光緒年間，急水溪的支流終於淤塞，雖屢經疏浚，終挽不回它的命運。船隻無法進港，鹽水遂失去了河港的功能，它所締造的繁榮，也逐日衰頹。

這些舊河道的片段，仍滯留在許多偏僻的角落，嘉南大圳完成後，都闢為圳道。在鹽水街或近郊的，便孤絕成一窪窪的小池塘。沿著大眾廟、月津國小、橋南里，一直到後厝仔，至今仍可辨識昔日港道的遺跡。可是在那密不透風的布袋蓮的遮蓋下，殘存的八景的痕跡，就渺茫難覓了。

二、天災人禍的侵凌

河港淤塞後，鹽水的市面頓然蕭條下來，人口也紛紛星散四去。然而厄運還是接踵而來，這一連串的慘痛打擊，終於使得鹽水全面衰退沒落。

光緒十一年夏天，一場霍亂突然降臨這個小城，死亡人數達一千人以上。原先商行密布的精華區，一下子變成了耕地，市中心隨著轉移到媽祖宮街，再移到伽藍廟前，市容已經整個改變。十一年後的四月十四日這天，臺灣發生了六級的大地震，震央就在鹽水港。一時山崩地裂，飛砂走石，到十九日為止，五天之內連續震了四十七次，造成十五人死亡，八十四人受傷，三千多棟房子被毀的慘劇。經過這兩次的天災之後，鹽水港已形同廢墟，再也無復昔日光采。

日據後，修築縱貫鐵路，原計畫經過鹽水，可是卻遭到地方反對。老一輩的人士認為，鹽水港是一個鯉魚穴，風水得天獨厚，若讓鐵路經過，勢必破壞穴脈，鹽水將永世不得翻身，後世子孫們也無法抬頭，因此堅決反對。鐵路當局只好改變路線，經由新營南下。等縱貫線通車後，鹽水已遠離交通幹道，被困頓在一隅，它的地位反為新興的新營取代。一念之差，鑄成了鹽水孤立的命運，老一輩的迷信誠然遺害匪淺。

所幸民國十九年，嘉南大圳完成後，嘉南大平原上的水利灌溉有了長足的進步，已適合稻米的種植，農村的經濟才逐漸地好轉。再加上公路的鋪設，鹽水遂搖身一變而為城市與農村之間的農產物集散中心。過去賴河港以繁榮，而今卻從泥土堆中來汲取養分，這種變遷實在有不得已的苦衷。

二次大戰末期，日軍戰敗的跡象愈來愈明顯，盟機的空襲已兵臨城下。日軍在現在的鎮公所屋頂，架設了瞭望臺，指揮民眾躲避空襲。困獸猶鬥，畢竟無濟於事，逐漸復甦的鹽水市街，又遭到戰火猛烈的摧殘，幾乎片瓦不存。

光復初期，鹽水猶是一片斷垣殘壁，市面非常蕭條，人口也停滯不前。由於謀生困難，許多居民便離鄉背井，遠走他鄉：或高雄，或臺南，甚或臺中。故鄉的影子愈來愈遠，人口愈來愈少，可是經過後人的努力，鹽水還是從廢墟中站立了起來。

三、老街的現貌

鹽水大致還保持了原有的面貌，三十多年來的建設，市面當然比以往繁榮多了。市中心仍然在伽藍廟前的廣場，這兒麇集了來自各方的攤販，有賣吃食的、有賣冰水的，密密匝匝，沿著廣場四周排開，十分壯觀。入夜之後，這兒便成了夜市，賣成衣的、跑江湖的，又聚到這兒來。燈火照著一個個攤位，逛街的人潮往來穿梭，小鎮的夜市看起來樸實、熱鬧而溫暖。

以伽藍廟的廣場為中心，僅有的幾條街道，即從這兒輻射出去，從東往西，依次是朝琴路、中正路和中山路。朝琴路以前叫竹子街，又叫東門路，故省議會議長黃朝琴的故宅即位於路尾。地方為紀念這位政壇、商場上的風雲人物，特改名朝琴路。昔日這兒只是一條小路，米商多聚市於此，頗有名氣。如今已開闢成柏油大道，兩旁商店儼然，仍以經營雜糧批發、農藥買賣為主。往東可直通白河關子嶺，是交通上的要道，因此車子絡繹不絕於途。

中正路舊名半街，是以前南北貨的聚集要地，自然是一個繁華的交易中心。因此古式的紅磚樓房特別多，一棟緊挨一棟，至今仍簇擁在街道兩旁。林林總總的市招，顯示出這是一條不斷在變化、更新的市街。華洋百貨、電器用品，都陳列在這兩邊的櫥窗裡；也不時可以聽到電動玩具咻咻的聲音。冰果室、唱片行大聲地播放流行歌曲，連迪斯可的熱門旋律也飄到這兒來了。

繼續往南下去，過了護廣宮之後，眼前豁然開朗，一片開闊的湖沼驀然掠上眼來，湖上還有一石橋橫臥，這就是古城最著名的月津港。往昔商船溯急水溪而上，可直通廟前，桅檣林立，是何等盛況。而今河道柔腸寸斷，只留下那灘淺水下的爛泥，橋畔的勒石紀念碑也湮沒在違建戶中。樹倒屋頽，繁華散盡，空留下這歷史的陳跡，好叫人惘然！

往西行的中山路，舊名布街，顧名思義，乃是昔日布商雲集之處。布帛綢綢，是從前最受歡迎的商品，布商幾乎都在這兒賺了錢，發了財，因此一棟棟歐式的紅磚建築，裝飾得何等堂皇。五、六十年後的今天，歲月依然不能奪其光采。

這三條主要的街道，大體承襲了往日的餘蔭，在今天依然強而有力地支配著鹽水經濟、商業，乃至農產品交換的中心。它們具有傳統的風貌，又接受了現代的經營觀念，終於合力塑造了這張蛻變後的新臉孔。

四、斑駁古蹟猶自在

要尋古城的古蹟，如今可能要到廟裡去找了。早年鹽水因為人文發達，所以寺廟極多。除了早已廢圮的玉蓮古剎外，至今街上還有關帝廟、廣濟宮、大眾廟等八座，香火不絕，其中尤以關帝廟最具代表性。

關帝廟又名武廟，位於市街北邊最寧靜的武廟路畔，廟堂巍峨，為清初臺澎兵備道梁文科於康熙七年（西元一六六八年）所創建，至今已有三百十餘年的歷史。所有建材均來自大陸福建，剪黏、雕刻等也都出自唐山名師之手。精工細雕、古色古香，幾經修建後，益顯得富麗堂皇，為臺灣著名的廟宇之一。

關帝廟供奉武聖關公，正殿上關公的雕像高約三尺，長鬚拂胸，正義凜然，據說連座椅都是渾然一體，以石雕出，為寺廟裡難得一見的神像精品。

該廟占地極廣，遍植花木，廟後巨樹參天，設有一老人俱樂部，老年人經常聚在這兒下棋聊天，頤養天年。再過去便是廣闊的農田，有一條木橋通往岸內糖廠，這便是昔日南北通衢要津的「里仁橋」所在地，橋邊還立有記事石碑一座，然而已尋不出河道的蹤跡。

鹽水至今還保有一座八角樓，據說是全臺唯一僅存的古代樓閣。該樓位於中山路四巷一號，樓高兩層，呈八角狀，兀自聳立在鄰近的樓房間，顯得特別突出，也顯得特別老邁剝落。

八角樓的主人，是現年六十七歲的葉君輝老先生。他說該樓是他祖父抵鹽水時所建，迄今已有一百一十年的歷史。他的遠祖原在這兒經營黑糖生意，產品遠銷至大陸上海。擁有財富後，即以空船運回大陸高級建材，邀請唐山師傅來臺，在鹽水蓋下這棟別具風味的八角樓。

百餘年後，這棟古樓的外貌雖然老朽了，裡頭卻還十分堅固硬朗。梁柱窗櫺、門扉地板，處處散發著遒健、拙壯的古意，裝潢雕刻，也頗具古風。最值得一提的是二樓的窗櫺全鑲著雲母片，片片層疊，若牡蠣外殼，又像蜂巢洞穴，可以採光，實在是目前難得一見的窗子，足供古建築的專家研究參考。

這棟古樓剛好臨街而立，加上年久失修，剝落坍塌處，已引起縣府建設局的注意。認為是危樓，有拆除的必要，曾幾次下公文到葉家，表明拆除的決心。幸好當地記者的一篇報導，引起縣長楊寶發的注意，認為古樓有保存的價值，才暫時解除了被拆的命運。

可是它還能存留多久呢？誰也不知道。據葉老先生表示，他們子孫的意見也頗不一致。有認為應該拆除，重建鋼筋大樓者；也有認為是祖先的遺產，應予保留者。由於子孫眾多，產權糾紛無法解決，這棟古樓便在風雨飄搖之中，暫時得以安身。無論如何，這已是全臺碩果僅存的八角樓古建築，一旦拆除，便永遠沒有挽救的餘地。

漫步在鹽水的老街上，其實處處可發現古城的遺跡，有時是一座院落，有時是一條巷弄，或者只是老人身上的古老飾物，只看你怎麼去瀏覽玩味，以及懷抱著何等的心情。

五、沒落的牛墟

鹽水還有一座全臺聞名的牛墟，位於朝琴路底。這座歷史最早、規模最大的牛墟，也因為農業社會的式微而跟著沒落了。牛隻的買賣交易，顯得相當地零散，走到裡面只見到幾頭水牛，懶洋洋地躺在棚架下，旁邊還有一些老舊的牛車、破損的車輪和牛軛，四處寂然無聲。

倒是入口處的欄柵內，滿是白胖的小豬，嚶嚶嗡嗡一片，十分熱鬧。最近豬價上漲，以前被拋棄不要的小豬，現在身價已漲到每頭一千餘元。在一致被看好的景氣之下，這些小胖豬們又神氣起來：吃最好的飼料、住最乾淨的豬舍，主人禮遇有加，怪不得牠的叫聲會這般的響亮。

當地流傳著一句俗語，叫做「豬母牽到牛墟去」，果然不幸而言中，不管多古老、多傳統的行業，畢竟逃不了市場供需的鐵律。價錢的漲落，是最無情的事實，也是市場的仲裁者，而時代的變遷，剛好為這種盛衰做了最好的注腳。那麼牛墟的沒落，也是必然的趨向。

在人聲鼎沸中，在小豬嚶嚶的嬌啼下，離開牛墟時，正是日落西山的時刻。環視夕陽中的鹽水古街，車水馬龍，仍是一副熱鬧奔忙的市容。儘管它有輝煌的過去，也屢遭創痛和打擊，可是在時代的潮流下，它還是不斷地在顛躓中前進。霧失樓臺，月迷津渡，穿過這些歷史的迷霧，鹽水已找到了它新的道路！

一九八〇年十一月二十一日

原載《時報周刊》一四九期

西螺七嵌的故事

一、浩浩長流濁水溪

在大多數人的印象中，濁水溪多少是帶有幾分神祕、也富於傳奇地，它像一尾神龍，從中央山脈的高山深壑間，伸出紛雜的龍爪；卻將它長長的尾巴，伸到嘉南平原來，龍尾掃處，蔚而開朗，直放海邊。

大多數人印象中的濁水溪，便是流淌過平原，且相當開闊的這段溪流。位於海口附近的西螺，沾了地理的光，似乎在人們的錯覺中，成為濁水溪的代名詞；於是人們所稱的濁水溪，便被局限在這個獨特區域內的河流。

西螺，這個濁水溪下游南岸的小鎮，伸出它長長的防波堤，擁抱著那寬達兩公里多的河床。灰黑的沙土間，濁水溪蜿蜒地流過，濁黑的浪滔滔地沖洗著古老的河床。河道南了又北，北了又南，滄海桑田的景觀，反映在這個小鎮之上的，便是一段段成長、茁壯、衰退的痕跡。老的去了，新的來了，歲月層疊在這兒，就讓潺潺的溪水來訴說吧！

二、西螺七嵌的故事

多年前華視播映的電視連續劇「西螺七劍」，可說是脫胎於「西螺七嵌」的故事。而這個故事，又牽連到先民開疆的史實。篳路藍縷，以啟山林，先民們的努力奮鬥，終於開創了漢民族開疆史中最燦爛的一頁。

「西螺七嵌」的故事，可追溯到張廖姓的典故。清乾隆、嘉慶年間，福建詔安縣一個叫官陂的地方，有張廖姓家族，隨著閩粵移民潮，陸續渡海來臺，定居在西螺堡附近。從事拓墾工作。由於歷代子孫辛勤的耕作，遂奠定了張廖姓子孫繁衍的基礎。

當時的臺灣乃是一個純粹的農業社會。一方面，由於和中國本土遙隔，帝力鞭長莫及，在清廷的心目中，只不過是一個莽荒的邊疆，所以從未加關心。另一方面，臺灣山多地少，移民良莠不齊，所以盜賊占山為王，打家劫舍的事端層出不窮。張廖氏為了自保，族人便在西螺地區以村落為單位，分為「七嵌」，以犄角之勢守望相助，實施宗族聯防自保的制度。

七嵌地方的張廖氏族人，為了加強彼此之間精神的凝聚力，各嵌每年都舉行規模宏大的迎神賽會。散居各處的張廖姓宗族，定期聚集在先祖守護神「七嵌媽祖」廟的廟址——即現在二崙鄉來惠村的新店地方。由七大區域輪流迎神，出巡拜祭，鑼鼓喧天，熱鬧非凡，無形中促進族人感情的交流，增加患難與共的意識。此外並制定「七嵌箴規」，勗勉子孫必須嚴格奉守，世代遵循，這也是七嵌所以能發揮強大團結力的原因。

三、七嵌振興社的興衰

七嵌武術館振興社的創始人為劉明善，本名劉炮，也就是電視上所稱的「阿善師」。他是福建詔安人，年輕時習武於少林寺，來臺後聲名大震，為臺灣少林派的嫡傳武師。為人剛毅正直，聰慧過人，秉持儒家謙抑忍讓的美德，擅長武藝，又精通醫術，一生雲遊四海，濟世活人。

道光八年時，他隻身渡海來臺，初居於打貓，今民雄牛稠山，後來獲悉有親人居住在土壤肥沃的西螺一帶，乃於十一年遷居於廣興庄，由於精通武術，遂在其親人的請求下，開設武館，開始傳授武藝。

此時已值清末年間，國勢日危，政治失修，盜賊四起，迫使每一村莊必須自組武力，擴大為區域聯防。七嵌地方的團結力量，很自然地在現實的需要下凝聚起來，武術館也在這種情況下成為地方上自衛的訓練機構。

武術館既在這種時代背景下創立，地方青年習武的風氣也因而盛行一時，加以明善師為人宅心仁厚，待人誠懇，而且門徒必須先習文，而後練武，遠近慕名而來者逐漸增多。習文、習武，高徒輩出，迅速地傳遍本島各地。

當時的廣興庄，因位於濁水溪河床的三角洲地帶，經年遭受颱風洪水的侵襲，以農業為生的居民，必須用雙手與自然搏鬥。幾番風雨，明善師在貧病交迫之下，乃將館址另遷，並接受廖氏父子的供養，終因年老力衰，雙目失明，而告退隱。

日軍據臺之後，七嵌志士紛紛組織義軍，起而抗日，在濁水溪畔激戰。並在某次夜襲中擊斃日軍憲兵兩人，割取頭顱，懸掛於王爺宮廟示眾。因而導致日軍憤怒，發動大軍攻占西螺，焚毀王爺廟，嚴令武館解散。此後武術固然繼續在外流傳，然而七嵌武術發祥地的廣興，卻從此失去了昔日的光輝，而成為臺灣開拓史上的陳跡。

在現今廣興里的大埔，尚保存著明善師的墳墓，並建有文祠廟祭祀，香火不絕，遠方遊客也絡繹於途，這英雄埋劍的地方，實足供後世子孫憑弔。

四、繁華的市街

邁入了更新的年歲後，西螺的進步是快速地，原先的純農業社會，逐漸發展成工商化的小鎮。更由於西螺大橋竣工，串連了兩岸的交通，而迅速躍為交通上的重鎮，於焉形成了今日繁華的街市。

在這塊五十八餘平方公里的土地上，聚集了五萬多人的人口。其中非農業人口已占一半以上，在整齊寬敞的市街，經營著各種行業的買賣，諸如食品、農產、家庭電器、文具書坊等的交易，都顯得相當地頻繁。一眼望去，一片欣欣向榮的朝氣。

若說西螺的特產，最有名的大約要數醬油。小鎮的街衢裡，處處可看到醬油的市招，少說也有七、八家。隱藏在歲月的陰影中，香味撲鼻，令人陶醉。而其中最享盛名的便是丸莊醬油。

丸莊醬油現任董事長莊英烈先生說：釀造醬油的三大條件是水質、溫度和濕度。西螺位於濁水溪畔，得天獨厚，地下水清冽無比，實為最理想的釀造用水。加以四季冷暖適宜，對於菌種的發育有極大的幫助，因而造就了西螺執全臺醬油釀造業牛耳的地位。

西螺醬油除了得地利之便外，他們在原料選擇上也很講究，所釀成的醬油具有獨特的風味，與科學化的製造過程完全不同，因而能夠在市場中樹立聲譽，引人注目。

五、原野高掛青紗帳

離開市街到鎮郊去，西螺正像一艘航行在綠波裡的船，那整片碧綠青蔥的田野，直伸展到天地盡頭，一望無垠。

魚米之鄉的西螺，那廣大的平原，至今依然維持了三萬多的農家人口。這兒的農產品有蓬萊米、甘蔗、番茄、大蒜等，林林總總，一齊編織在那塊綠色的地毯裡。

傳統的農業景觀大體上還保持著，可是大量種植蔬菜後，這裡的田園卻有了許多改觀。青紗帳高高掛起，層層疊疊，迤邐無邊，彷彿古代的營帳，這便是蔬菜專業區的特色。

民國六十二年，西螺在中央加速農村經建計畫項下，成立了蔬菜生產專業區，並配合政府的運輸政策，加入了共同運銷。七、八年來，種植的面積已廣達八十餘公頃，靠此維生的農戶也增加到一千九百戶，已然成為臺灣十一個蔬菜專業區中，生產數量最大的一個。

農民們種植的蔬菜有小白菜、茼蒿、芹菜、菜心、球莖橄欖等，翠綠的葉莖，幾乎不留絲毫間隙，把大地都密密地遮蓋起來，因此這蔬菜專業區在農田裡尤其綠得耀眼。

為了防止日晒雨淋，以及蚊蟲霜害的侵襲，農民們每在他們種植的菜地上搭上竹子，覆以青綠色的紗帳。一片一片，像一頂一頂垂掛的蚊帳，遮蔽了大半的田野，造成西螺一個很特殊的田園風光。

由於政府的限價糧政，種植水稻者不勝虧累，農民們種植水稻的意願大低，紛紛轉而改種蔬菜。一般而言，種植蔬菜有較高的利潤，收成也快，水稻因而日趨沒落。住在安定村的老農高宗岳先生說，他的三分地如今都已改種蔬菜，如番茄、茼蒿等，每季收成，總可收回兩、三萬元，較以前種植水稻的報酬而言，算是高了些。

然而蔬菜最怕雨水，經雨水浸泡後容易腐爛，不幸的是去年的雨水期過長，大多數的茶農都虧損。這時只好利用農暇四處去做工，賺些工錢來補貼。在當地女工每日所得約一百六十元，男工為三百元，工資比收成高，難怪大家都不放棄做工的機會。

可是一季的虧損，卻不曾打擊到這些老農的決心，他們依然種下一棵棵的蔬菜，掛起一件件的紗帳，在日晒風吹中，期望下一季更豐碩的收成。

六、長虹一道跨河來

站在西螺的北郊，一眼望去，鳳凰木垂覆的枝椏下，最令人驚心動魄地，還是要算西螺大橋那座龐大的鋼鐵怪物。它像一道長虹，橫跨在濁水溪廣大的河床上，氣勢壯盛非凡，也是西螺最感驕傲的標幟。

這座大橋初建於民國二十六年十月，原為日人鳩工興建，後因中日戰爭爆發，工程便被擱緩下來，建了三年，才完成三十二座橋墩。繼而因珍珠港事變擴大了戰火，日本又急於南侵，便將所有的鋼鐵器材全部搬運到海南島去，改建該島碼頭，工程便被棄置一旁。

臺灣光復後，政府為應時代的需要，溝通南北交通，下定決心籌建大橋。民國四十一年五月，在美國經濟合作總署的合作下，開始在原地點興建。因橋墩早已完成，一開始即行敷設橋面，左邊並附設臺糖產業鐵道，汽車火車都能通行無阻，於同年十二月二十五日竣工。全長一千九百三十九公尺，寬七公尺三十公分，共有桁梁三十一孔，每孔長六十公尺，為遠東第一大橋，也是僅次於舊金山金門大橋的世界第二大橋。

西螺大橋完成後，被濁水溪長期分割的南北交通，終於銜接起來了。原須經由臺中、南投、集集、竹山、斗六而至斗南的行程，已可由員林、北斗、西螺而直達斗南，共縮減了四十一公里的旅程。素有「穀倉」之稱的嘉南平原，就因這條交通線的開發，而迅速地繁榮起來。

時隔二十八年，這座深灰色的鐵橋，依然雄偉地矗立在濁水溪上，一點也看不出蒼老的樣子。雖然新建的中沙大橋，以更快速的步伐，自它身邊迅捷地跨越而過，它仍然是南北交通上不可缺少的一環。畢竟久遠的年代，更能讓人感覺到那份鄉土的親情，這種心靈與故土的溝通，將使它成為西螺永恆的象徵。

可是它上面的小鐵道就要被拆除了。挖路機已隆隆地開上它的軀幹，以堅銳的鋼鑽鑿開了它。為了開拓更寬大的空間、容納更多的運輸量，它正在接受一場痛苦的手術，人們從它旁邊的便橋飛馳而過時，都關切地探望著，希望它早日痊癒、康復！

七、七嵌的子弟

當「西螺七劍」的連續劇風靡島內的觀眾時，當阿善師的武功被戲劇性地神化之後，是否給我們一點什麼文化上的反省呢？是否讓我們多了解了一點列祖開疆的史實？西螺地方的人士，至今依然津津樂道當年電視臺的種種，依然喜歡和外地的遊客大談七劍的神勇，可是這顯得多麼地天真，又多麼地空洞。

做為臺灣武術發源地之一的西螺，是否已隨著振興社的沒落而永遠成為一頁傳奇呢？當我看了廣興里年少的一輩，正隨長輩勤學棍法武術時，當我知道西螺的巷閭間依然懸掛著本義堂和勤習堂這兩家國術館的招牌時，便知道生息在民間的這股習武講義的俠風，依然在年輕的一代間流傳著，他們依然保有七嵌子弟的古風。

啊！濁水溪畔豈是埋劍地？金劍雖已沉埋，寶刀依然未老，七嵌的子弟自有他們驕傲的傳統！

一九八〇年一月二十一日

原載《時報周刊》一〇八期

大溪一代陀螺王

一、一代陀螺王復出

最近這陣子，大溪最引人注意的話題，不是關聖帝君大拜拜的盛況，也不是鳳飛飛去美國捧回了一座玉音獎，而是沉寂已久的「一代陀螺王」又復出了。

這個由大溪鎮民簡武雄一手創立的陀螺班，十三年前曾在大溪掀起一陣陀螺熱。十三年後的今天，它的復出，雄風依然健在，盛況更數倍於往昔。當那顆碩大的、飽滿的，已被歲月磨蝕得泛黑的大陀螺王，再度在福仁宮前的廣場虎虎生風地旋轉起來時，大溪鎮的鎮民一個個興奮地漲紅了臉、拍痛了手掌，齊聲為那個重達五十臺斤的老陀螺王加油、喝采。

十三年的時光，在大陀螺旋轉的鋼釘間，一打轉就過去了。當年猶在襁褓中的娃兒，如今已能抽動十五臺斤的陀螺；當年只有十一歲，曾贏得兒童組比賽冠軍的蘇勝輝，又締造了一百二十二臺斤的新紀錄。十三年來大溪鎮物換星移，幾歷風霜，連大家喚做阿鑾的鳳飛飛，也遠嫁香港商人婦。不變的是「金生發石工廠」的廊廡下，簡武雄那顆充滿了童趣、永遠年輕的心吧！

二、假如牛頓的蘋果是顆陀螺

假如簡武雄坐在牛頓曾坐過的蘋果樹下的話，那掉下來的蘋果可能是會在地面上打轉的，那麼地心引力的發現，可能要延遲好幾年，而會有離心力，或旋轉力學的新發現；假如牛頓坐在一九八〇年代的大溪老街，眼睛迷惘地望著夏日午後的陽光，他想到的也許只是一只冰凍可口的蘋果。不管如何，總之，他們都是善發奇想，有怪異創意的人就是了。

大溪這個古老的山鎮，有山有水，以產豆腐干聞名於世。也保有傳統精湛的手工雕刻藝術，流傳在古老的家具店和石工廠間，到處都散發著木材和豆腐干的香味。而打陀螺也差不多是狹窄的街坊間，小孩們代代相傳不絕的遊戲。一般認為，這和當地質佳密緻的木材和繁盛的車織家具業，都有一些關係。

這些背景、這些孩童時代的經驗，都一齊具現在那一個個小巧玲瓏、嗡嗡旋轉不已的小陀螺身上。在大溪鎮，竟是一種普遍的風尚，小孩子們玩得開心，大人們也看得入迷。多少年來，始終這麼自然地旋轉著，娛樂著當地的人們。直到十三年前的一個下午，簡武雄的一個奇怪念頭，這個小小的陀螺，才激起了人們更多的驚奇。

那是民國五十七年八月的事了，當時二十八歲的簡武雄尚未成家，在祖傳的金生發石工廠裡做著碑石雕刻的工作。他精力充沛，工作之暇，最喜歡坐在廊廡的石板上胡思亂想。有一天下午，陽光正強，晒得小鎮懶洋洋地。他又坐在石板上，細瞇著眼睛，無聊地望著一群小孩在馬路上打陀螺。他想起小時候打陀螺的情景，仍然充滿了依戀，可是孩提時代已經過去了，再去打那麼小的陀螺，一定會被人取笑。可是愈想手愈癢，忽的靈光一閃，他想道：小孩子打小陀螺，大人為什麼不做個大一點的陀螺來玩一玩呢？

三、向一碗陽春麵致敬

這個年輕的石雕匠，一向就是個行動派的力行者，當這個念頭在他腦際閃過的同時，便決定付諸行動。他跑去找車織專家簡新發，請他車一個五臺斤的大陀螺。簡新發知道他不是開玩笑的，果然照他的需要，把個五臺斤的大陀螺製造出來了。

可是怎麼打呢？簡武雄抱著那笨重的大陀螺，用盡了所有以前的方法，都沒辦法讓它旋轉起來。然而他一點也不灰心，他深信基於同樣的原理，這個大陀螺一定可以像小陀螺般地旋轉起來的。為了早日尋到這個答案，他找到了幾個志同道合的朋友，組成了一個「陀螺王公會」，並附設「陀螺王訓練班」，一心要讓那大陀螺旋轉起來而努力。

為了互相勉勵，他並立下規定，誰能夠率先打動它，他就請吃一碗陽春麵。年輕人誰也不服輸，加上有這個報酬，不久之後，就由當時的木匠學徒王銘祥一舉打轉了它。大陀螺勇猛地在廟堂前旋轉起來，大家都拍手叫好，他果然贏得了第一碗的陽春麵。

為了鼓勵更多的後來者，簡武雄的這個賭注繼續押下去；只要誰能打轉它，誰就贏得一碗陽春麵。這些年輕人一個個摩拳擦掌，每當工作之餘，便在福仁宮前的廣場苦練打陀螺。不久幾乎每個人都能打得轉了，簡武雄的陽春麵一碗一碗地輸掉，可是他一點都不心疼；繼續鼓舞著他陀螺班裡的同好，向更大的目標邁進。

第二個目標變成十臺斤，重量雖然增加，體積也變大，可是卻難不倒這些精力充沛的年輕人，幾天之後，每個人都能抽得它呼呼轉。簡武雄又把重量推向十二斤，簡新發的車織也忙碌起來了。年輕人的紀錄不斷刷新，十五斤、二十斤、二十五、三十五斤，一路勢如破竹，銳不可當。四十斤、四十五斤，短短的幾個月時間，他們已將重量推向了五十斤的邊緣。

四、一代陀螺王的誕生

當五十斤重的大陀螺，從簡新發的車織廠裡抬出來時，那龐大的身軀、飽滿勻稱的曲線、那雕石鋼錐磨成的釘子，無一不美，看起來氣派非凡，具有王者之相。於是他們便封它為「一代陀螺王」，並在它的頂上刻上「一代陀螺王」這五個字，以為紀念。這「一代陀螺王」的出現，立刻震驚了大溪鎮的鎮民，大家聞訊紛紛趕來圍觀，爭睹它的風采。

本來大家都以為這是個難關，要抽動它可能不太容易。可是沒有多久，所有的困難都被這些野心勃勃的年輕小伙子克服了。五十斤的龐大身軀，必須纏上兩丈的粗篾麻，陀螺班使出「關夫子拖倒刀」的絕技，一拉一帶，這個龐大的傢伙，便優美的在釘子上旋轉起來。圍觀的人無不嘖嘖稱奇，咸認為一代陀螺王實在當之無愧。一時風起雲湧，大家趁勝追擊，未幾能抽動陀螺王的旋轉高手，已達數十人之多。

「一代陀螺王」的盛名從此不脛而走，不但大溪鎮的鎮民人人皆知，鄰近鄉鎮，乃至更遠的城邑裡，也有許多慕名而來的好事之徒，頻頻走訪大溪道上。簡武雄當初實在沒想到會造成這種盛況，他眼看大陀螺運動的推展已成氣候，為了進一步達成全面推廣的目標，乃在民國五十八年農曆正月初二，在大溪福仁宮前大廣場，舉辦首屆大陀螺競會。比賽當天，大溪鎮上萬人空巷，福仁宮前擠滿了人山人海，大家都被那熱烈的場面激發得沸騰了，一代陀螺王的盛名，也在當時達於顛峰狀態。

遺憾的是這股熱潮，不久即漸漸冷卻下來。翌年，簡武雄結婚成家，陀螺班的成員也因工作的關係逐漸離散。年復一年，這股陀螺熱終於在大溪冷寂下來。

五、復出的陀螺王

十三年後，簡武雄已邁入四十一歲的中年之齡，膝下的三個稚兒也已長大就學，金生發的石工廠仍在敲敲打打，然而他再也忍不住地又想起那幾個風靡當時的大陀螺了。

這樣深刻的記憶，他哪裡忘得了？曾經投入他全副心力的陀螺運動，怎能就這樣讓它沉落下去？

復出的念頭，像陀螺般在他腦海裡迅速地旋轉起來，他知道是陀螺班重新振起的時刻了。

今年七月二十日，他又找到了幾位志同道合的朋友，提出東山再起的計畫，立刻得到地方仕紳熱烈的支持，並決定將「陀螺王公會」正式改名為「大溪一代陀螺王技藝俱樂部」。於是一個更龐大、更完整的會員組織，在大溪成立了；也引起了當年更大的迴響，擁有更多的群眾，和更高超的技巧。

五十斤重的「一代陀螺王」，畢竟已是十三年前的東西了，簡武雄決心跨越它。一開始，他們就車出七十斤、八十斤、九十斤的大陀螺。對於旋轉的技巧也一再研究改良，從古老正宗的纏繩打法，進步到現在的改良打法。繩子不再從釘子纏起，只纏在陀螺的上半身；繩子也不單使用麻繩，而進步到皮帶和橡膠；連旋轉的姿勢，也有推鉛球式、拋網式和平推式三種，所以成績突飛猛進，能打九十五斤的大陀螺已是家常便飯。像蘇勝輝、鍾隆奇、簡清福、簡基寬等年輕好手，已能輕易地旋轉起一百二十二斤的「超級陀螺王」。

今年七月二十五日（農曆六月二十四日）大溪關聖帝君一年一度的誕辰大拜拜，寺廟當局舉辦了空前的慶祝活動。各地的戲曲、雜耍、藝閣等團體都來了，濟濟一堂，繞境遊行，盛況可謂空前。而這一連串活動的壓軸好戲，便是由「大溪一代陀螺王技藝俱樂部」擔任演出。

他們把十餘個大大小小的陀螺，全部裝在小貨卡上，參加遊街，並在每個街口空曠處表演旋轉技巧。會員們精神抖擻地吆喝著，陀螺一顆顆像聽話的孩子般旋轉著，觀眾們將街道圍擠得水洩不通。掌聲如雷爆響，直到夜幕低垂，仍在福仁宮前表演不輟，是當天最受歡迎的表演項目，觀眾們看得脖子發痠了還不覺得。一代陀螺王果然再造當年的盛況，風靡所有的觀眾。

六、永遠不停地旋轉吧

慶祝的活動雖然已過去，可是陀螺王俱樂部的練習並不曾停止。每當夕陽西下，一天的工作完畢後，福仁宮前的廣場，總聚集了許多漢子在那兒抽陀螺，小孩子則圍在旁邊看熱鬧。也有許多外地來的年輕人，騎著車子來嘗試大陀螺的滋味。一片熱鬧、和諧、愉快的氣氛，總是浮蕩在那兒，幾乎成了大溪近日來最具特色的景觀。

現年三十一歲的沙石場老闆黃文德說，他原先有體力衰退、食欲不振的症狀，自從兩個月前開始打陀螺之後，病況減輕了。他從四十斤的打起，現在已能打到五十斤；而且再怎麼打，也不覺得疲憊。所以他轎車的行李箱裡，都擺著一個大陀螺，走到哪裡，就打到哪裡，已變成他每日不可缺少的運動。

現年三十二歲的電子工人簡榮動，原患坐骨神經痛，自從練習打陀螺之後，神經疼痛的情形也已緩和許多，他目前已能打動七十斤以上的陀螺。

福仁里里長邱振玉的太太，原患有高血壓。現年六十歲的她，看人打陀螺也跟著玩，一點都不輸年輕人。簡武雄三十五歲妻子游花雪，和二十三歲的婦人李秀梅，已跟著男人打了兩、三個月，目前她們都具有五十斤的實力，且還不斷地在進步中。

表現最突出的，要算二十五歲的水電工鍾隆奇。他的體重只有五十四公斤，卻能打動一二二斤的大陀螺，而且單手推出，姿勢最美妙，贏得了美技獎。

由這許許多多的例子，不難看出玩陀螺的風氣，已在大溪廣為生根。經由「大溪一代陀螺王技藝俱樂部」的推動，它已經具有了全民運動的可貴遠景，顯出了追求健康的實在成績。由此來看，簡武雄所領導的「陀螺王」俱樂部，不僅在民俗技藝的發揚、保存上，達到了目的；進一步與國民生活、國民健康也都產生了密切的關係。這是否指出了民俗技藝在保存發揚上的一條可行的道路？是否能供其他項目的活動一些參考學習的地方呢？

四十二歲的簡武雄並不是什麼高官貴人，也沒有什麼學問知識，可是他選擇，並走出一條這樣的道路，實在值得我們深思；在深思之餘，或許也能有所敬佩。身體依舊硬朗，聲音依舊洪亮的他豪爽地說：「這只是我們的一個起步，我們決不以此自滿，我們的目標還在後頭，那便是全民體育、全民參與。為此，今年中秋節，在大溪皎潔的月光下，我們將擺下擂臺宴，發出英雄帖，請各地的英雄好漢，來和我們一較長短，互磋技藝。」

想想，今年中秋，大溪大概又會有一場精采的好戲。有志於此的各路英雄豪傑，盍興乎來？大家就等著一睹這場好戲吧！

一九八一年八月七日

原載《時報周刊》一八一期

桂竹林的大家族

在這個大家族中，每年都有人結婚出嫁。
每年都有壯丁被徵集去報效國家；
更顯而易見的是，每年都有更多的嬰孩誕生。
因此，永遠沒有人確實知道，這個家庭到底有多少人？

一、雞鳴五更天

每天，棲息在雞棚、枝椏上的雞鴨們，總會被廚房的小窗頓然洩出來的燈光所驚醒，而引起一番輕微的騷動。公雞們這才連忙拍拍翅膀跳上高枝，喔——喔——喔——喔地啼叫起來。

當這些遠遠近近的雞啼聲，次第地啼遍桂竹林的村墟，啼破東邊的曙色時，猶是暗濛濛的林家院落裡，便開始有了騷動。有些房間的小窗亮著燈，有些沒有，但廚房的那盞燈始終亮著。當值的媳婦，早就在巨大的灶坑間煮好一鍋熱騰騰的稀飯，在等候族人起床。如果遇上農忙的時候，不但要起得更早，也要煮得更多，燒更多的菜，來填飽那些精壯的莊稼漢們特大號的肚皮。

只這樣的一陣雞啼間，屋子裡，大大小小的都起來了。咳嗽聲、盥洗聲、小孩子的尿尿聲、哭啼聲，便一齊混雜著成為一支動聽的晨起奏鳴曲。

這時族長林火壽老先生，照例邁著小小的、卻穩健的步子，在廳堂臥室間穿梭地巡視著。他不是多話的人，頂多在後生們叫一聲「阿公早」時，「嗯」著一聲示意示意。踱得差不多時，他便會揮著手說：「去囉！去囉！日頭都快出來了。」

於是，女人們洗衣的洗衣、掃地的掃地；男人們湧到飯桌前唏哩嘩啦地喝著稀飯；沒事的小孩子們，便蹲坐在門檻石階間，捉對地嘶殺喧鬧著。然後一齊奔向寬闊的晒穀埕，把一群群初醒的麻雀，驚嚇得飛掠起來。

朝日初昇，蘭陽平原上的千里良田正在播種插秧，一畦一畦的水田整整齊齊地羅列著。一天的起始呵！林家的子弟們已然牽著牲口，開著耕耘機，浩浩蕩蕩地往他們的田園出發去了。

二、變遷中的農業社會

礁溪是蘭陽平原上一個富庶的魚米之鄉，境內良田彌望，水渠密布，自吳沙率眾拓墾以來，便一直是臺灣有名的穀倉。這塊土地，不僅提供了農民們生活的所需，也維繫了我國傳統的農業社會的形貌。這形貌之一，便是舊式的大家族制度下，各式各樣大家族的存在。

傳統的大家族，都是由眾多的人所組成。許多不同的輩分、親戚，在族長一人的領導之下，共營團體生活。舉凡一切生產、分配和消費等活動，都由族長一人依循一定的倫常秩序來決定。在往昔以勞力為基礎的農業社會裡，大家族確實能夠發揮較大的生產力量，因而普遍地存在廣大的農業社會中。

然而，時代在進步著，當農村以外的工商業不斷地成長，以較高昂的代價吸引人力時，農村裡原有的人力開始外流了。而且當工商業所生產的具有較高效率的生產工具進入農村，取代了部分的勞力，更促成了農村人口的外移。傳統的大家族的家庭結構，便在這樣的時代變遷中，逐步地踏上了崩潰的命運。

不過短短的二十餘年間，臺灣農村的變化是夠驚人的。傳統的農村，已在現代化的衝擊下，變得面目全非；而做為這個傳統支柱的大家庭，更是支離破碎，再也難以尋到完整的面目。所以，當礁溪鄉的沃土上，至今依然保存著這麼一個完整的大家庭後，不只令人感到驚訝，更令人感到無比的興奮，我們終於得以一睹大家庭的原貌。

三、碩果僅存的大家族

林氏家族聚居在礁溪鄉六結村一個叫桂竹林的村落內。這是一個僅有二十餘戶農家的小村墟，村民們全部姓林，同屬一位遠祖的後裔，迄今為止，已是第八代的子孫。雖然關係已漸漸疏遠下來，但若攀親附戚，認真點的話，大家都還是一家人。因此，這個桂竹林本身就像個大家庭。

林氏家族，即座落在這桂竹林的尾端。兩年前，這兒還是三落的紅磚大厝，如今有部分已改建水泥的平頂房屋。這些錯落參差的屋宇，大致圍成一個大天井。天井內另有新建的水泥房子，但也殘留著老舊的紅磚磨房、豬舍、工具間以及庫房等等，不一而足。

從外表上看來，這些建築都是農村中常見的景觀，並沒有什麼獨特的地方。可是這兒卻聚居了一個七十多人的大家庭，分住在裡面的十七個房間裡，這也許是臺灣現存的最大的家庭了。

在這七十多人中，每年都有人結婚、出嫁；每年都有人被徵集去當兵；也有更多的嬰孩誕生到這個家庭來。因此，連這個家族的族長們，都不知道他們確實有多少人。逢到別人問起時，總是說七十人左右，這左右兩字好耐人尋味。

這個大家族，是以林火壽、林阿源、林阿真、林阿妙、林進天五兄弟為核心。五年前，當他們的母親林氏溘然長逝時，並沒有要求他們弟兄繼續在一起生活。但他們弟兄體念老人家多年來一手肩負這個家庭所付出的苦心，從來不曾有過異議，而且大家在一起生活久了，家庭裡一向融洽愉快，每個人都已習慣了這種生活方式，也便因循地生活了下來。

老大林火壽今年六十六歲，為眾兄弟之長，也就順理成章地成為這個家族的總管，掌管家中一切事務。眾兄弟都站在襄理的立場，共同來維持這個百餘年的家業，因此這個家庭看似龐大蕪雜，其實是井井有條地。

四、堅守祖先的根基

林家現時的財產，除擁有這棟大厝外，尚擁有十餘甲的水田。此外，還向林務局承租了六、七頃的山坡地，種著一些柑橘之類的水果。農忙之餘，還要上山照顧果園，因此一年到頭都是忙碌不休地。

往昔，當農村景氣良好的時候，眾兄弟們從土地所獲取的報酬，完全投資在另一塊土地上。從小，他們便從母親那兒了解到土地對人們的重要，他們堅信，惟有土地是恆久不變的財產。所以他們辛苦的勞動，只為了獲得更多的土地。在他們母親的手中時，僅有的幾分薄田，終於擴展成今天的十甲水田，他們認為這是差可告慰於祖先的一點成就。

如今，擁有了土地後，農村的好景卻消失了。人力外流，工資暴漲，農產品的價格反倒一蹶不起，整個農村都陷在愁雲慘霧的哀嘆聲中。

在這樣窘困的環境下，有些人將農田變賣了，投身到都市去謀生；有些人將田地挖成魚池，改養鰻魚；有些人將土地蓋成雞棚，改營雞場。可是林家兄弟依然堅信土地至高的價值，他們依然播種，依然插秧，依然流下了他們的汗水。

林火壽老先生自嘲地笑著說：「憨人吃飽換飫，我們家裡人手多，就賺自己的工錢吧！」田裡正是插秧的時節，分散在廣大的田野中的林家田產上，大批的林家子弟們每天在烈日的烤晒下，植下一株株嫩綠的生命。五個兄弟們的身手雖不若往昔的矯健，但年輕的後生，甚至連讀小學的孫兒輩，都踩著穩健的步伐趕上來了。

勞動便是這個家族唯一的家訓，男人們在田裡辛勤地耕植著，像永遠不知疲勞似的。「去囉！去囉！」林老先生時常這麼說，這去的地方指的正是田地。

五、輪值料理家務事

當男人們在田裡做活時，林家的煙囪冒著一蓬蓬的輕煙，廚房裡，一個媳婦也在忙碌著。時近中午，負責挑點心的一個妯娌正等著將點心送到田裡去。她們忙著裝卸好，目送著她將點心挑走了，那個媳婦又連忙回到大灶邊，拿起巨型的菜匙，在大鍋裡翻來覆去地炒著菜。油煙四起，瀰漫了整個廚房。據她說，每餐飯他們都要吃掉一斗米，因此，廚房的勞作也是相當辛苦地。

這個堅決不肯吐露姓名的村姑，矮矮胖胖地，一臉的和氣，一臉的羞赧，也是一臉的汗水，她說今天輪她當值，所以特別忙。不但要忙著煮三餐、煮點心，還要餵雞鴨、打掃地；黃昏時還要燒開水供家人洗澡，農忙的時候，簡直忙得喘不過氣來。

由於林家的媳婦眾多，為了免於爭執，便由總管制定了輪流的辦法，由大家輪流當值。現行的辦法係由十個媳婦擔任，每五天輪流一次，依次類推。若剛好輪值期間生產，便跳過去，隔一次不輪。再輪到下一回時，已是五十天以後的事。

這種巧合的例子，並不在少數。因為林家媳婦中，幾乎每個月都有人懷孕，胎兒若能靜觀其變，看準了母親當值期間趕來投世，必能獲乃母歡心。一旦中的，母子盡歡，真乃花落蓮成。

即使是這樣，接替的妯娌也都很樂意的接受，因為生產是家族中的一樁大事，為這種喜事多盡一份心力，總是應該的。逢到過年過節，或者拜拜、歡宴這些較大的場面時，一個人忙不過來，便由大家自動來幫忙。這種妯娌間的相處之道，正是奠定這個大家庭和諧愉快的基礎。

不輪值的女人，對什麼公家的事都可以不管，他們稱之為「休息」。在休息期間，只做些私人的事，如洗洗自家的衣服、抱抱小孩、縫補衣褲等等。

有些較勤快地，便趁這個機會到外面的針織廠、皮件廠、木耳栽培廠做些零工，掙取一些工錢。這些錢不用繳公庫，悉由婦女們處置，對她們來講，是一筆很好的外快。而公公婆婆們也盡量鼓勵，使得她們興趣大增，頻頻往外頭的工廠跑。

六、一個蘿蔔一個坑

林家兒孫的眾多，在當地幾個村子間是出了名的，單是孫子這一輩，足足就有三十多人。只要是在桂竹林一帶玩耍的孩子，不用問，一定是林家的子孫。

這三十幾個孩子中，年紀最大的是十六歲，已念完國中；最小的還沒有滿月，尚在襁褓中的還有五、六個。其中以五、六歲之間的孩子占最多數。

這些毛頭小子們，一個個黑黑壯壯地，像一只只灌飽了氣的氣球，東蹦西跳，滿屋子亂跑，令人眼花撩亂。沒事的時候還好，一打起架來，乒乒乓乓，哭啼聲此起彼落，簡直要將屋頂掀翻了。

每天晨起後，這些孩子們便成群地在晒穀埕上玩耍。紮一隻紙鳶，或在棍子上綁著碎布條，他們就可以追逐一個上午。中午吃飯時，人手一碗，一個個爬到桌子上挾了菜，或者吵著要什麼魚肉，被大人打發後，便坐到石階前扒著飯。一排望過去，密密麻麻地，像電線上排列整齊的麻雀，頗為壯觀。

吃過飯後，是看電視的時間。林家共有三部電視機，其中一架設在寬闊的大廳裡，並備有五、六張長板凳，是專為這些小毛頭們而設的。他們最喜歡看卡通，有的一面看一面扒著飯。大家全神貫注，一言不發，那種聚精會神的樣子，從後面看起來實在很可愛。

下午四點多，是小孩子們洗澡的時刻，當值的媳婦早就燒好了一大鍋的熱水。這些小鬼們一個個光著屁股、抹著肥皂，在天井裡跑來跑去，滑溜溜地像一尾尾鰻魚，捉都捉不住。有時還須動用棍子，才能逼他們乖乖就範。因此有哭聲、有笑聲，也有拍手叫好聲，小鬼們一個個玩水玩得不亦樂乎，卻氣壞了燒開水的嬸嬸們。

晚飯後，他們又聚在電視機前看電視，看完卡通，接著又看似懂非懂的連續劇。這時大人們也都回來了，每個人抱著自己的孫兒，親暱一番，小女孩們乘機撒撒嬌。不久之後，他們一個個便垂下眼皮，在大人的懷抱裡睡著了。

面對著這麼眾多，且一樣大小的孩子，我最感興趣的問題是：如何來區分他們呢？比如名字，他們家人是否會叫錯人，或認錯人呢？

據他們長輩表示，平時大概不會有這種問題，到底都是自己的兒孫嘛，怎麼搞不清楚。但最後他們也承認，在情急之下，也常有喚錯人、打錯人的時候；或者竟半天叫不出名字來。比如說：「喂！你是什麼人的後生？怎麼可以在這裡撒尿，小心我把你的小鳥割掉。」恫嚇一番，小鬼飛快地收回小鳥溜掉了，大人還是不知道他叫阿土或阿水。

小孩不斷地生下來後，帶給他們的另一個難題便是名字愈來愈難取了。林火壽先生說，以前的話，只要是男的便叫木火、金土；女的便叫美麗、阿花。但孩子一多，一些好名字都取光了。為避免重複，只好集思廣義，多動腦筋，因此也有像林文隆，或林明傳這種文謅謅的名字。

七、一本陳舊的帳冊

從土地得來的，必歸之於土地。土地是最可靠的投資對象；你給它多少，它便還你多少，這便是林家的報酬率。

林家的主要收入，端賴田裡及果園的收成，每年他們大約可從那裡收到六十萬元的代價。當然，在當前的經濟環境下，這六十萬元似乎略嫌單薄了一點。

這六十萬元算是公款，由林火壽老先生掌管運用，用以支付各種租稅、生活費、教育學雜費等等。扣除這些開支後，這六十萬元也就所剩無幾。

除了田裡的所得，林家還有幾位在外謀生的年輕子弟。他們有的在城裡經營小生意，有些在遠洋漁船上當船員，由於他們沒有參加家庭裡的生產，故他們所掙取的錢，有大部分要寄回來充做公款，少部分留著自己花用，不夠時再由家庭支付。

至於婦女們在外上班做工賺取的錢，算是私房錢，不歸公家，完全由自己支配運用。大部分的主婦，都拿來給孩子們添置衣服、買零食。有錢的盡可穿得好、吃得好，別人家決不干涉。但除了必要的開支，他們大部分還是積蓄下來。

這套經濟制度，頗有井田餘風。雖然略嫌老舊，但卻公私兩清，涇渭分明，人人稱便。由於弟兄們都能多所研商，在許多重大的決定參與意見，這套制度才能行之有年，成為結合大家庭的一個重要因素。

八、田園生活的輕鬆面

農忙過了，穀子收成了，生活的節奏也跟著緩慢了下來，林姓家族們也有他們輕鬆的一面，盡情地享受田園生活的甘美。

老人們最喜歡釣魚，尤其遇到下雨天，悶在家裡沒事做時，幾個兄弟便披上塑膠斗篷，拿著釣竿，到那雨中的河沼邊釣魚。淋上半天的雨，看著雨絲綿綿地落，雖是半百老農，依然能享受那池畔生青草的美境吧。尤其釣得滿筐鮮魚，拎著回去晚上眾兄弟下酒淺酌，誠是人生的一大樂事。

此外，家族裡還喜歡外出旅行遊覽。每年二、三月間，春光正明媚，忙完了田事後，他們便相率地外出觀光。每一對小夫妻帶著自己的小兒女，南南北北走一趟，所費不多，卻足以盡興。不久前，林火壽老先生也接受了青果合作社的招待，免費的環島一圈。

林老先生說：只要不妨礙正常的工作，他非常鼓勵族人多往外面走走，一方面是遊覽；一方面也可以看看別人的稻子種得怎樣了。

每個月的初一、十五，他們全族人都要攜帶牲禮，到礁溪的協天廟拜拜。這種信仰的活動，也都包含著徒步健行的意義，為他們的族人喜愛著。

這個大家庭，要讓全家人真正能夠團聚的機會實在太少了。可是每年的除夕夜，外出謀生的子弟們，無論如何也要設法回來團圓吃年夜飯。也只有每年的這一天，他們的族人才能真正地到齊。因此，這一天對他們十分珍貴，大家在一起下棋，玩骰子，小輸小贏一番。第二天新年時，便租了大卡車，全家載到外面去遊玩，盡興而後返，充分享受著大家庭中的這一份溫情。

九、誰來吃這一大鍋飯？

慈祥愷悌，孝悌忠信，我國固有文化的精髓，盡蘊乎大家庭的人倫之常中。傳統的大家庭，不僅是個子孫賴以滋養生息的地方，也是倫理道統賴以延續發皇的絕好環境。在大家庭制度的運作下，終能保存下這一脈五千年來的道統。

然而到了我們這一代，大家庭一個個瓦解了。固然這和整個時代背景有關，是時代進步的必然趨勢，然而有多少人，曾好好地珍惜過它，愛護過它呢？

桂竹林的林家，是少數有的例子了。在一切講究效率、速度及利益的現代社會中，它不為所動地依然站牢在它所生存的土地上，用無比的愛心和耐心，來支撐著它、溫暖它、堅定它古老的根基。

對這個大家族中的七十餘位老老少少來說，他們也許不知道什麼道統、什麼固有文化。他們只是珍惜彼此間的這份感情，這個大家庭所給予他們的溫暖，所以他們都堅定地說：他們喜歡在一起吃那一大鍋飯。

是的，這一斗米煮成的大鍋飯，對他們來說，比什麼都重要。它餵飽了他們的肚皮，為他們生下更多的子孫，給他們開拓了更大片的土地。林氏家族將是最後的、也是永遠的一個大家族！

一九七九年八月十日

原載《時報周刊》七十七期

多納村的新娘

一、神祕的龍頭

在行政區域上，茂林鄉屬於高雄縣，可是對外的交通卻大部分倚賴屏東縣，因此在地理上，或者居民的活動上，與屏東的關係反較密切。層層的山巒，隔開了它行政上的母體，這個隱匿在東南邊陲地帶的山地鄉，便宿命地將它唯一的一扇小門，開向屏東低緩的丘陵地。

老一輩的魯凱族人，長年在羊腸小徑上跋涉，他們只辨識山水的起伏流向，這些行政區域的劃分，對他們並沒有什麼實質的意義。在那茂密的山林深處，覆蓋著的便是他們靜謐的山居歲月，魯凱族人的生活誠然是與世無爭的。

可是塵世的紛爭，還是侵擾到這兒來了。前鄉長王文金因浮報出差費而遭革職的事件見諸報端後，一向鮮為人知的茂林鄉，一時成了人們注目的焦點。而人們也從而知道，它那僅有一千五百三十二人的人口，大概是全臺人口最少的一個鄉鎮。

從屏東到茂林，約有一個小時的車程，沿著一八五號公路兩旁，盡是屏東平原上著名的椰林和水田。到終點大津時，這一片椰影水光便戛然而止。濁口溪從山裡流出來，寬闊的河床，將這一帶的風景切割成二段。河床彼岸，到處都是聳立的峰巒，一座緊接一座，淺綠深黛，塗抹得十分有致。從這兒級級上升，便是茂林鄉所擁抱的廣闊山野。

這裡不僅是茂林鄉的鄉界，同時也是高雄與屏東的縣界。壁壘分明，景觀殊異。濁口溪上原有一座吊橋，因年代久遠，現已廢置不用，腐朽的鋼纜木頭，仍懸在兩岸之間擺盪，增添了一份古老的情趣。新建的水泥橋就緊挨在它身邊，筆直寬闊，使得交通更形便捷。

茂林鄉至今還是山地管制區，平地人來到這裡，先得辦好入山證才能入山。因此橋邊設有一處檢查哨，專門檢查來往車輛行人。近幾年來，隨著遊客不斷地增加，已開放為乙種觀光管制區。遊客只要憑身分證登記，當場就可取得入山證，十分地方便。

從檢查哨溯濁口溪而上，是鄉內唯一的一條產業道路。三年前，鄉公所花了三十二萬元，在這兒鋪上柏油後，居民們才有一條比較像樣的道路。沿著濁口溪蜿蜒的河床，除了便於行走外，也可以欣賞濁口溪那壯闊粗獷的風景。

這段柏油路只鋪到茂林村，跨過村子中比較熱鬧的小街之後，便又陷入高低不平、塵埃滿天的土石子路。萬山、多納，另外的兩個村子，還在更深更遠的山裡頭。濁口溪像一條見首不見尾的神龍，舞在深山幽壑裡。

二、茂林中的部落

茂林鄉原名多納鄉，多納兩字則來自日語「屯子」的譯音。日據時代，日本的統治力量進到這裡後，採取了相當嚴苛的手段。原住民不滿日人的高壓政策，乃奮起抵抗，憑藉著山川天險，與日人纏鬥不休，日警時有傷亡。後來日人調來了大批軍警，在「屯子」一役中，猛烈的砲火終於壓住原住民們的番刀箭矢，迫使原住民歸服，日人為了紀念這次戰役，乃以屯子為名。

初時的茂林村，原聚居在萬年山下，即現在的萬山村的後山，榛莽森林，人跡罕至。日警為了便於統治，強令他們遷居現址，名為瑪雅社。萬山村原在麻里山腳下，號稱萬年蘭社，也是草莽未闢之境，民國四十五年經政府輔導後，才遷居現址。

多納村則無甚變遷，日據時代的屯子社，即是當時的鄉治。光復後改為多納村，仍是鄉的行政中心。民國四十六年，始改為茂林鄉，鄉公所也由多納外遷至茂林。在這兒蓋起了美侖美奐的辦公大樓，街道日益整齊美觀，不僅是茂林鄉的行政中心，也是最熱鬧的市集，目前轄有茂林、萬山、多納三村。

當地居民是排灣、魯凱族支系的一小支，並有少數外來族，如布農及平地人，因此三個部落的語言各自不同。茂林村為「達兒魯卡」，萬山村為「布農禾」，多納村則為「可娃特宛」。但因相處日久，互通婚姻之後，語言已無甚障礙，而以魯凱族自稱。

往昔，魯凱族人在日警的淫威之下，曾有過慘澹不堪的日子，長年處在瘟疫、饑荒的悲慘生活中，因此人口少有繁衍增加，當時僅有六百人左右。光復後，在政府的積極扶持下，生活才有顯著地改善，人口也逐告增加，目前已增至一倍以上。可是地廣人稀，與外界稠密的人煙相較之下，這山地裡頭還算是十分疏落。

三、靜謐的山中生活

魯凱族人世居務農，作物以水稻、甘藷、玉米為主。小米、花生、樹薯也經年不斷。在河谷兩岸，或平緩的山坡地上，約有三百多公頃的保留地，被拓墾成美麗的田園。魯凱族人每在田地附近，搭蓋起簡單的茅草房子，平時供做休憩，農忙時則住在裡頭，他們還在田地四周，圍以布條和金屬片。被風一吹，那些五顏六色的布條便飄揚起來，金屬片也喇喇地響起，大約是趕雀子用的吧！

工作之餘，魯凱人在茅屋裡抽菸，以特製的搖籃哄睡小孩。田野上的金屬震動聲，不時驚起一群群的麻雀，往山谷掠去，呈現出悠閒自在的田園生活。

在居住的環境上，魯凱族人有相當值得驕傲的地方，那些黏板岩砌成的石板屋子，充分發揮冬暖夏涼的特性，而其古拙的造形和寬敞的庭園，更是一般建築所不及。石板屋為四方形，屋裡的陳設也是清一色的石板：石板鋪地、石板砌牆，僅以木材或茅草做為支架。看起來似乎低矮黝黑，然而身處其中，才能體會出居家的溫暖和涼爽，對用慣了冷暖氣的現代人來說，無疑是奢侈的享受。

魯凱人深懂得生活的情趣，一方面表現在他們的庭園設計上，幾乎每一戶人家，都擁有自己的庭院，種滿了扶疏的花木。尤其是波斯菊，正當盛開的時候，一簇簇深黃色的鮮花，在風中顫動搖曳，把那青灰色的石板屋簇擁得更是美麗。

有些人家還有精美的雕刻，屋宇棟粱，處處可發現原住民藝術充沛的生命。在多納村頭目家的庭院中央，擺設著一座石板雕像，大大的眼睛和厚厚的嘴唇都被鑿空，看不出什麼雕琢的痕跡，可是那真是一件活生生的藝術品。

可是這麼富於傳統色彩的建築，也漸漸地遭到破壞。除了多納保存得較完整外，茂林和萬山這兩個新遷移的部落，竟找不到石板屋。水泥屋子遍布在這兩個村子的每一個角落，顯得雜亂而擁擠，自然缺乏多納那種整體的美感。

居住環境的改變，帶起了小小的市街，二層的平頂樓房，在茂林觸目皆是，市招和張貼，增添了小街的生氣，也製造了更多的髒亂。魯凱人在小店翹腿閒坐的時候，也愈來愈遠離了他們的家園。

四、一對青年的婚禮

我們在茂林逗留的期間，剛好遇上一對魯凱族青年結婚的大喜日子。傳統的山地歌謠，透過擴音器的喇叭，一刻也不曾歇息地在空中飄著。村子好像沸騰了一般，裡裡外外都洋溢著歡樂的氣息，令人衷心地感到一股愉快、幸福的歡娛，流淌在村人的心中。

新郎宋能正是多納村人，今年二十四歲，是跆拳道三段的高手，身體黝黑魁偉，目前在左營訓練營擔任跆拳道教練。新娘田玉英是茂林村人，也是二十四歲，在茂林鄉衛生所當護士。這一對學有專精的青年的婚禮，自然更引人注目。

我們到達的時候，新郎正在新娘的家準備迎娶。雙方的親友們圍在旁邊觀禮。他們都穿上傳統的服飾，頭上戴著小菊花綴成的花環，身上披掛著各種飾物。像耳飾、頸飾、琉璃珠、珠腕環、臂環等，琳瑯滿目，走動時全身都會叮噹作響。

在魯凱族傳統的風俗裡，婚姻有一定的儀節。婚前男女之間的交往，先由男方選定對象，然後徵詢對方。女方若同意，雙方即交為朋友，互相到家中拜訪。交往之後，如覺情投意合，男方即以飾物贈與女方，做為定情禮，女方也須以飾物回贈。

男女互贈定情禮後，男方即請媒妁至女家求婚。如女家同意，男方則須備置酒、豬、糕、檳榔、菸、花環等禮物，送到女家為訂婚禮物，女家則以酒食招待親戚觀禮。

一個月之後，女方也須以同等的禮物回贈男方，男方這時就要準備聘禮。從前的聘禮有鐵器、銀飾、陶罐、肩帶、番刀和飾珠等。如果是頭人地主，則更有土地、番租、漁區。送聘迎親時，須由親屬中的長輩陪同新郎前往女家，女家則以飲宴招待。

宴後，新娘先藏匿於戶外隱蔽處，由姊妹數人保護，再由新郎偕其同伴找尋新娘。通常新郎須先以禮物賄賂姊妹，才可以尋到新娘。尋到後，即背返男家，女家族人也結隊相送，場面十分隆重。

然而演變至今，這些傳統的風俗，都已經平地化了。新郎固然西裝筆挺，新娘也白紗一襲，搖搖曳曳迎出家門，相偕到山邊拍照。嫁妝禮聘，變成了電視、冰箱、梳妝臺、彈簧床，再也看不到番刀鋤頭。迎親的車隊，也取代了早期的抬轎，或更早的徒步背負。

五、多納村的狂歡

從茂林到多納，崎嶇不平的產業道路上，灰塵蔽天，車子一路顛躓，還是阻擋不了魯凱人的熱情。緊隨在新娘車後的親屬朋友們，在敞篷的卡車和鐵牛上又唱又叫，兩部小貨卡擠滿了人。雖然擁擠不堪，卻仍然笑語不絕，大家都要趕到多納去喝喜酒。

兩個多小時的山路，車子開進多納村時，已是中午時分。多納村的擴音器一樣播放著歡樂的歌聲，新郎家擠滿了賀客，嚐嚐嗡嗡的人聲，混雜著持續不斷的歌聲，被太陽蒸騰得四散飛逸，整個村子都彌漫著這股喜氣。

中午的宴席，設在多納國小的籃球場，足足擺了三十五桌，聘請了平地的大廚師來掌廚，幾乎全村的人都到齊了。村人們一樣穿著最華貴的傳統服飾，小孩子們的頭上也都套著花圈，爭妍鬥麗，喝酒猜拳，一直鬧到兩點多，眾人才扶醉歸去。

嗜酒幾乎是所有原住民一致的習性，魯凱人也不例外，離開了喜宴的會場後，老人們又擁到新郎家裡去喝酒。部落裡的長老和頭目都到齊，人手一瓶，喝到向晚時，大家都東倒西歪了。

這股歡樂的氣息，到天黑之後又掀起了高潮。擴音器的音樂更大聲了，婦女們又重新披戴起來，小女孩子們在褲子上放了更多的鈴鐺，準備在跳舞時跳出更悅耳的節奏。

我彈著吉他阿拉誰來唱
唱出了歌兒阿拉會舒暢
咱們的字典沒憂傷
唱歌的人兒啊
阿拉要堅強
我唱的歌兒阿拉也會
知音的人阿拉比花香

九點時，擴音器裡傳來新娘田玉英柔情的歌聲，多納國小的籃球場上，新郎輕輕地撥著吉他，兩人凝望著唱著這支山地情歌。結婚舞會的序曲，就從這兒拉開。

沒有篝火，四周的水銀燈照得比火光還要亮；沒有鼓聲，小孩子們清脆的歌聲，卻震動了沉靜的山谷，聽起來何等地莊嚴、神肅。結婚，是多麼令人憧憬嚮往的日子，魯凱人生生世世，都在期待這個日子的來臨。不只沉靜的山居歲月，需要這些歡樂的氣息來調劑，對他們來說還是一種緬懷和追念。在這一天，他們又穿起了傳統的衣飾，戴著綴滿菊花和珠珮的花環，在空曠的黑夜裡盡情地狂歡著。

大家手牽著手，臂交著臂，盡情地歡唱著。遠離故里的年輕人回來了；多年不見的老友出現了；生命中的激情，又在他們的身上流動了；生命的光輝，又在他們的眼睛中燃燒了。友誼、愛情，人世間最珍貴的祝福和承諾，最美麗的憧憬和期待，在月牙西傾，冷露襲人的當兒，卻溫暖著他們彼此的心房。

婚姻不是愛情的結束，而是人生另一階段的開始。在古老的魯凱族的星空上，永遠閃爍著這個千古不易的承諾。那是責任和擔當，每一對魯凱族的青年男女，都會在這兒尋找到新的指標，引領他們走向另一個未來。

一九八〇年十月三十日

原載《時報周刊》一四一期

綠島小夜曲

一、蒼莽的熱帶島嶼

入秋之後的東臺灣，溽暑已被海風吹散了，可是颱風的影子，似乎仍潛伏在周遭的海上。飄忽無蹤，將空氣壓縮成暴烈、緊張的狀態，海風颯颯，日夜吹拂不停。

從臺東飛往綠島，只要十幾分鐘的時間，永興或臺航的 BN-2 型的小飛機一升上空，就可看到那一座濃綠的島嶼，孤獨地蜷臥在太平洋的波光間。雲層稍低時，烏雲籠罩在那小島上，迷迷濛濛地，仍可辨識那孤單的影子。這時，不期然地，便會讓人想起那一支熟悉的曲子。

這綠島像一隻船，在月夜裡搖啊搖……

或許是這支曲子的旋律太美了，或許是美黛的歌聲太迷人了，十幾年來，餘音裊裊，這曲子始終縈迴在人們的心中。雖然歌詞中的綠島，並不是指這個綠島，可是大多數的人聽到這首歌時，都會聯想到這兒來。因而使得這座小島平添了一股浪漫氣息，像一首情詩，充滿了羅曼蒂克的情調。

然而事實上，這種停駐在歌曲上的印象，畢竟是一種幻想。當小飛機飛臨綠島上空，掠過那起伏的小小山巒、那散布在山腳下稀疏的住家，再衝向那條僅僅三百公尺長的跑道，在著陸的剎那間，抒情的美感消失了，小夜曲的旋律也戛然停止。強烈的海風吹拂下，裸裎在這兒的是一片蒼莽的熱帶島嶼景觀。羊齒植物爬滿了海邊，林投的枝幹鬱結在山頭，這兒仍是一塊荒疏的處女島。

二、從火燒島到綠島

綠島原名火燒島，又稱青仔嶼，西方人則逕稱之為「沙拉沙哪」（Sanrasana）。據《臺東州採訪冊》所載：「火燒島，在卑南東海中，嶼大十餘里，居民男女四百餘人，皆閩產，以耕魚為業。」是這個名稱見於文獻之始。

據清光緒年間所編修的《恆春縣誌》記載：「嘉慶九年五月，有福建泉州人自小琉球乘帆船赴恆春，途遇風暴，漂流至此，見島上景色如繪，適於居住。」這些人回到小琉球後，便由陳必先率領來此開拓，是為綠島居民的先祖，迄今已有一百七十八年歷史。

關於「火燒島」這個名稱的由來，當地的居民有兩種傳說。一說拓荒初期，在今阿眉山與觀音洞之間，常可看到一個大火球，往來滾動，熱燄逼人，居民們十分惶恐，因以名之。另一種說法較有根據，謂初期島民出海時，常迷失於濃霧中，家屬乃在山上燃燒柴火，以指引船隻歸航。長年以後，山上草木皆被焚毀而致光禿。臺灣光復後，以火燒島名稱不雅，始改稱「綠島」。

綠島面積僅有十五・三四平方公里，為一山丘縱橫的火山島，大部分為集塊岩所構成。中南部為丘陵地帶，山巒綿延，直逼海岸，因此危崖聳立，浪花飛濺，景色十分壯觀。西北部較為平坦，山腳下，中寮灣和南寮灣擁抱在一起，擁住了一小片的平原谷地，是居民們主要的聚落區，也是島上主要的農業區。南寮、中寮、公館三個主要的村落，便是沿著這一孤美麗的海灣，由南往北，均勻地散布在主要的三個點上。

三、聚落的捕魚生活

回溯過去，這批來自福建泉州六五店的移民，於明末清初渡海來臺時，曾先棲息在嘉義附近的蘇厝寮，後又遷至屏東小琉球，抵綠島開拓時，不過三十餘人。一百七十八年後的今天，已繁衍至六百多戶，人口增至三千六百多人。其中有部分居民又遷至臺東、成功一帶，另謀生活。

由於地處海隅，受到地理環境的限制，早年島民的生活，大多停滯在孤立、閉塞的狀態之中，因此地方上的建設發展，相當有限。

現時的行政組織，以鄉公所為最高單位，底下轄有南寮、中寮、公館三村。公館為居民早期定居之處，南寮則為現在鄉治的行政中心。這幾個村落，都發展出了市街的雛型，但僅限於一兩條小街，販賣著日常雜貨、菜蔬食品，其他的交易就較少見。

因此，走遍了那些小街，僅有的一家旅社，是中寮的日光旅社；僅有的一家館子，也是位於中寮街口的綠島飯店。由於少有旅客，這兒只供應非常簡單的食宿，可是索取的價錢，卻十分昂貴。

公館鄰近，有較現代化的建築，幾座司法單位的監獄，都蝟集在這裡。一棟棟整齊的水泥房子、高大的圍牆、穿著藍色制服的衛兵，把這兒圍攏成一塊森嚴的禁地，閒雜人等，不得越雷池一步。倒是那些警總的士兵，經常在街面上走過，還顯出了一點熱鬧繁忙的氣息。

南寮由於占了鄉治所在地的優勢，兩旁屋宇林立，櫛比鱗次。它們都是一些政府的機構。像鄉公所、鄉民代表大會、鄉民服務中心，以及郵局、農會、銀行等。一面面國旗懸在屋頂上款款飄揚，使得小街生色不少。

可是除了偶爾在街道上走動的三兩個婦女外，也少有行人的蹤影。狹窄的店鋪裡，堆著雜牌飲料的空瓶子，似乎已有許久沒人光顧，因此到處都顯得冷冷清清地。到底人都到哪裡去了呢？居民們會說：都到海上打魚去了。果然不錯，南寮灣裡，漁船拖著白浪來來去去，大家都忙著到海上討生活，只剩下老弱婦孺，看守著家園。

四、黑潮帶來豐富漁產

靠山吃山，靠海吃海，是島嶼的特性。時至今日，漁業收入仍為全鄉的經濟命脈。居民之中，有百分之八十五以上的人口均靠打魚為生。

綠島附近的海域，因有黑潮過境，漁業環境相當優異。近、中程距離的漁區，蘊藏著經濟價值極高的鮪魚、旗魚、鰹魚、鯔魚，以及底層的鯛類和珊瑚等海洋資源，且藏量豐富，具備了長程開發的遠景。

據南寮村的老漁民李石生說，他們每天凌晨兩點就出海，到晚上十點才回來。若遇較遠的行程時，則經常出海長達一星期之久。遠至蘭嶼、巴士海峽，都是他們的漁區。但自從發生菲律賓軍艦侵擾漁民的海盜行為之後，他們就較少遠行了。據說中寮就有幾位漁民被菲律賓海軍扣押，到後來還是家屬付了贖身費後，才被釋放回來，至今漁民們談起來仍心有餘悸。

每年春、秋兩季，是捕鮪魚的好季節，大批的漁船圍堵在漁場的周遭，總是滿載而歸。每條鮪魚都重達三十斤，以每斤一百二十元的批發價格出售，每條都能賣到六、七千元以上，因此每個漁民都發了財。

五、六、七三個月分是颱風期，海上的風雲變幻莫測，漁民們都不敢輕易出海，只在近海附近捕些鬼頭刀、破雨傘等經濟價值較低的魚類。到了冬天時，旗魚出現了，漁民們又忙碌起來。四十匹馬力的漁船整天砰砰砰地響個不停，南寮灣上浪波翻湧，漁船奮不顧身地在波浪間競相追逐，綠島海域真是漁民們活躍的天地。

由於五年計畫經費的有效使用，政府大力投資於漁港船澳的擴建，綠島現在已擁有一座一萬兩千平方公尺的小型漁港，四座船澳，動力漁船的噸位也顯著地增加，現已增至一百餘艘。去年度的漁獲量計有八十六萬公斤，價值一億五千萬元。

由於這些港埠和漁具的擴大、更新，綠島上已成為臺灣開發東太平洋及北呂宋漁區航程最近的基地。漁民們充滿著信心的眼光，正在注視著更遠的漁場，那兒蘊藏著等待他們去追逐更多的財富。

五、呦呦不斷的鹿島

除了漁業之外，養鹿業在綠島也是相當悠久的一項行業。當地由於受到海洋性鹽質氣候及火山島集塊礁岩的影響，使得可耕地相當畸零稀少。但因雨量充沛，山谷間林野遍地，滋生了豐沃的野草。尤以養鹿的圓葉草最多，因此百餘年前，島民們就在這裡飼養梅花鹿。

時至今日，幾乎每戶人家的院子裡，都建有大大小小的各式鹿寮，從旁邊走過，經常可看見鹿仔們一雙雙骨碌碌的眼睛在黑暗中轉動；或者伸出頭來，好奇地注視著外面的天空。這些鹿隻數量之多，居全臺之冠。因此綠島也是一座名符其實的鹿島，呦呦之聲相聞，充滿了祥和氣氛。

當男人出海捕魚時，女人家便在家裡照應這些鹿仔。鹿仔本性馴良，喜好乾淨，飼養簡單，又不容易得病，照顧起來相當省時省力。女人家多擇住家附近的山坡地，種植約莫三分的圓葉仔，每天只要利用兩個小時割草和飼養，可說是一般人家最好的副業。

每年九月間，是鹿隻發情的時候，雌雄交配之後，到翌年七、八月間產下頭胎。小鹿斷奶三個月後，就可自己生活。到翌年七、八月，滿週歲時，就可割茸了。

春天的時候，鹿茸成長甚快，夏天時進入旺季，到秋天便是採收的季節。由於鹿茸、鹿鞭，都是傳統的滋補聖品，因此價錢頗昂貴，每兩約可賣到五百元。一頭鹿通常可割茸二十兩，平均一頭鹿的收益就有一萬元。假若一戶人家飼養八頭鹿，每年約可生產五頭小鹿，每頭小鹿以兩萬元計，已達十萬元的收益。再加上鹿茸的價錢，合計每年可從鹿身上收取十三萬元的利潤，的確比飼養其他家畜更有厚利可圖。

事實上，居民早年養鹿，一直停滯在墨守成規的守舊狀態。到民國六十五年，實施改善離島居民生活的五年計畫之後，才發展出新的畜牧方式。如改建四坪以上的鹿寮、增設鹿隻運動場、給水設備，並加強種植青飼料的牧草，加摻精飼料等，飼養的效果已大為改善。

據鄉公所表示，該鄉擬擴充鹿隻至數千隻，並選擇避風而有水源的谷地或林野，設立鹿苑或牧場，使之具有觀光的價值。這個構想若能實現，則島民的生活，必可因造產與觀光事業的發展，而獲得實質上的改善，進一步繁榮地方。

六、海灣名勝待開發

提起觀光，便讓人聯想起綠島四周那一弧弧美麗的海灣。北從中寮灣以下，連接著西邊的南寮灣，繞過龜灣鼻，再聯接起沙質的龜灣；乃至經帆船鼻，進入東邊望不盡的太平洋。沿岸那些岩壁礁石、嵯峨奇洞，蘊藏著綠島最動人的風光，原始的粗獷與秀麗，都一齊融在這條海岸線上。

沿著東五〇號公路前進，從馬蹄嶺、大白沙，經大湖至觀音洞之間，是環島公路的精華地段。沿途綠草如茵，間有嶙峋奇石聳立。斷崖緊逼海洋，海蝕洞穴星羅棋布，背山面海，視野大開，不下於野柳名勝。

在大湖滾水坪的珊瑚礁中，有一口海濱溫泉，又稱做旭溫泉。漲潮時沒入海水之中，水溫隨之下降。退潮後，水溫又回升至五十四度。是臺灣唯一可資開發利用的海濱溫泉，也是綠島最奇特的天然景觀。

當地最負盛名的，要算是觀音洞。該洞位於觀音臺地上，為一深邃曲折的天然岩洞。洞內供有一象徵性的觀音石像，善男信女常趨往膜拜，成為鄉民信仰的中心，也是觀光客們登臨必訪之地。

中寮西北方的岩礁上，聳立著一座燈塔。傳說一九三七年時，美國豪華郵輪「胡佛總統號」首航新加坡途中，因濃霧彌漫，致觸礁擱淺於此。國際人士鑒於該航道之重要，乃集資在此興建燈塔，指示夜航船隻。每當夜幕從天際撒下，海水逐漸蒼茫時，燈塔上的燈泡，便閃亮起來，一回一轉，成為綠島最佳的標幟。若登樓遠眺，天氣晴朗時，可看到臺灣本島巍峨的大武群山，聳立在白雲繚繞中，益顯得氣魄渾厚，雄姿煥發。

這些天然的海景，說明了綠島蘊含豐富的觀光資源，可是在相關條件的搭配上實在不盡理想，因此觀光事業還停滯在草創的階段。

七、打破交通的僵局

就交通來看，綠島現有一座小型的機場，由臺航、永興兩家公司空中的士（Cessua）及BH-2型機每日定期飛行。雖然方便，但機場跑道僅有七二〇公尺，尚不敷使用，且這些小飛機只能載客七、八名，遇到強風時就無法飛行，也無法運載較多的貨物。

因此貨物大多經由海運，由臺東縣輪船管理處所屬客貨兩用的「新蘭嶼輪」，負擔起本島對外的交通。新蘭嶼輪定期航行於臺東、綠島與蘭嶼之間，運輸量雖然較大，但速度緩慢，且颱風季節風浪較大時，經常停航，綠島對外的交通即陷於絕境。

近年來，迭經地方的爭取，警備總部已局部開放漁船兼載日常貨品，以補交通船航次的不足。比起從前，海運雖已改善，但仍嫌太慢，仍不足以供應島民的需要。

在改善居民生活的五年開發計畫項下，投資最大的是陸上交通。自從民國六十五年開始實施以來，環島公路（即東五〇號綠島公路）已銜接起島內的交通，並已完成了三分之二的混凝土及柏油路面。這段路面上，現有鄉公所經營的兩輛公車定期行駛，但乘客十分稀少，幾有難以為繼之虞。

在這種疏漏之下，叫客計程車即大肆活躍。大多是一些退伍下來的榮民，買了幾部逾齡的計程車，就在機場和各個村落風景區間兜攬生意，收費頗貴。但只此幾家，別無分號，旅客雖有怨言，仍得坐他們的車子，是旅客感到最不方便之處。

另一方面即是食宿的不便，旅客來到了這裡，會發現島上竟然一無所有。既沒有夠水準的旅社，也沒有合乎衛生標準的館子。勉強住下，為了吃一餐飯，要跋涉半個小時之久，怪不得觀光客裏足不前。

鄉公所有鑒於此，正在籌建一所大型的國民旅社，目前已在積極規劃中，由名建築師吳明修承建。規劃中的國民旅社，將位於一片高原之上，可遠眺海景，並有高爾夫球場等遊樂設施。這所旅社落成之後，綠島的觀光事業在有較好的條件搭配下，必能有所進步。

八、一步步走上坦途

民國六十五年，綠島的五年開發計畫，對這個偏遠的孤島來說，無疑是一記足以振奮人心的響雷。一百七十餘年的孤苦歲月，終於走到了盡頭，三千六百多居民，從此邁向一條嶄新的道路。

這五期的開發計畫，包括改善島內交通、整建基本生產、整建國土保安，及改善生活環境。總計九千零二十八萬八千元的龐大預算，分別由中央、省、地方撥列下來，散布在這不足十五．三四平方公里的海島上。

於是，環島公路蜿蜿蜒蜒地伸進山谷了，碼頭的南、北防潮堤加高了，村落中的船澳加深了。漁業、農業、畜牧業都呈現出一番欣欣向榮的氣象。水電的供應，也即將步入正常的運作。新的綠島就要在這一切努力中誕生了。

當永興航空公司的小飛機迎著凜冽的海風倏地升起來時，這熱帶島嶼的輪廓，又清晰地映入我的眼底。我的心中再度迴旋起那首熟悉的情歌，隨著人們的懷念和期盼，這綠島真像一條船，終必駛向更進步、更美好的遠方！

一九八〇年十月七日

原載《時報周刊》一四八期

丁字褲上的死結

一、永遠不變的石頭

在雅美人最著名的飛魚節慶典儀式中，雞和小豬是必備的祭品。他們在海邊割斷這些牲畜的脖子，讓鮮紅的血滴進盤中，有小孩子的男人，就將血握在兒子的手中，再緊壓小孩的手，讓他們帶著血跑到海浪洶湧的海灘，將血塗抹在一顆圓石上；沒有小孩子的，便自己將血塗到石頭上，再回到船邊。

據雅美人的傳說，這些石頭若永遠不變地待在那裡，他們也會跟它們一樣，永遠不變地停留在那裡。

幾千年的時光過去了，這支大馬來族遷徙時零星遺留下來的種族，來到臺灣東南海邊的小島——蘭嶼——之後，與馬來民族的交流也斷絕了。在與世隔絕的太平洋海濱，單純、平靜的島嶼生活，使他們像一塊漂石，孤獨地聳立在激越的時光之流裡。當物質的文明像排山倒海的浪濤，一波波地沖向臺灣本島時，距離不過六十五公里的海島，仍然以它悠閒的步調，鼾睡在太平洋的浪花裡。

然而，時代的潮流，已不可避免地進逼到他們面前來了，儘管他們丟棄的石頭仍然屹立在海邊不動，可是海灘被沖散了，石頭也慢慢地鬆垮了。

一九六〇年，島上完成了第一個現代化的港口，較大的船隻得以泊岸。一九七〇年，有了固定的飛機班次，同時建立了第一家現代化觀光旅館。一九七三年，環島公路銜接了島上六個分散的部落，雅美人悠長的夢境，終於被現代的文明打破了，那些永遠不變的石頭，正尷尬地面臨著改變之後的命運。

二、原始的蘭花島

從空中俯望下去，蘭嶼恰似一隻方頭歪尾的蟾蜍，靜靜地浮游在太平洋的萬頃碧波中。

這座島嶼的面積僅有四十五平方公里，因位於北回歸線之內，因此夏天相當酷熱，也顯得特別潮濕、漫長。蓊鬱的熱帶林密集在山間，羊齒植物和林投則爬滿了沿岸和海邊的礁石，島上無法生產蔬菜和水果，可是名貴的蘭花卻遍放在島嶼上的林木間，因此被稱做蘭嶼。

在蒼翠的山巒和蔚藍的海洋，使得蘭嶼看起來像一塊被人遺忘的樂土。雅美人沿著美麗的海灣，在島上營建了六個部落，紅頭、漁人、椰油、朗島、東清和銀野，這些小小的部落，都是由一間間的茅草屋和小木屋所構成。

雅美人的住屋，共包括了主屋、工作房和涼亭三種格局。主屋即是冬日屋，以堅固的木材，深深地築進洞穴內，屋頂剛好凸出地面。夏日屋則築在地面上，屋頂上蓋著稀疏的乾草，高高地像個涼臺，當海風吹拂時，乾草便沙沙地乾響著。溫暖的春秋屋剛好俯視著地面，兩邊的牆可以打開，裡面鋪著寬闊的木板，是雅美人工作的地方。

在這個幽靜的居住環境裡，雅美人在住家的四周種植著青嫩的草坪，草坪上覆蓋著平整的石頭。從冬日屋爬出來，踩著陡峭的石階，立刻就可以上到夏日屋，再輕輕滑幾步，就到了工作房。

冬日屋因建在地下，冷風鑽不進去，還有火爐可供取暖，因此裡面十分溫暖，適合冬天居住；夏天時，雅美人大多坐在涼臺上觀賞海景，清爽的海風陣陣吹過，男人們一邊工作，女人們一邊哺乳，小孩們則在一旁瞌睡，夜晚悶熱時，他們也經常露宿於此。

男人們的工作包括築屋、造船、捉魚、開墾、撿拾柴火和舂小米，女人們則烹煮簡單的食物，在水田裡種植水芋，在山坡上挖馬鈴薯和小米，或坐在紡織椅上，紡織著美麗的布匹。

很顯然地，雅美人比任何現代的民族更懂得享受生活的藝術，他們在工作和休閒之間尋到了一種和諧美滿的旨趣，連工作都附帶著幾分快樂。就像那彌漫在空氣中的蘭花的芬芳，原始、單純的島嶼生活也是甘美香醇地，假如不介入現代的文明，他們仍能以這樣悠閒的生活方式，繼續生存下去。

然而，文明的浪潮，已迫不及待地席卷而來，雅美人正面臨著一項前所未有的劇變。

三、觀光熱潮的投影

急湍的黑潮，循著蘭嶼東西兩側北上，給雅美人帶來了豐盛的漁獲。一九六〇年以後，黑潮仍持續著，可是經由臺東而來的貨輪航線，所掀起的觀光熱潮，更像一股勁烈的洋流，從此源源不斷地湧進了這座平靜的島嶼。

衣著入時、背著相機的觀光客，帶著無限的好奇來到這裡，在部落低矮的涼臺屋宇間鑽進鑽出，相機的快門滿足了他們獵奇的心理，平靜的雅美村落，遭到了許多無謂的干擾。

這些養尊處優的觀光客，大部分的興趣似乎專注在男人的丁字褲和女人裸露的胴體。一個在芋田工作的婦女，可能會被要求停下來拍張照片；而在夏日的涼臺上午寐的男人，也很可能被要求與他們合照一張。雅美人穴居的冬日屋裡，貯存的飛魚乾和壁上的雕刻、飾物，可能會被貿然的闖入，觀光客們在門外伸長了脖子，在那些飾物間輕蔑地、好奇地玩弄著，然後以一種不以為然的奇特表情，索然地離去。

隨著觀光人潮持續的增加，十年之後，第一家觀光旅館開張了，小型的客運機可以讓旅客更輕易地來到這裡。各種包機、團體訂房，妥善的食宿安排、觀光的專用車輛、紀念品特產店充斥在島嶼的上空、地上、和每一塊可供觀賞玩樂的地方，旅遊業者賺飽了鈔票，可是雅美人除了像動物園裡的動物被觀賞外，一毛錢也拿不到。

金錢貨幣的交易，在這個自給自足的單一、封閉的經濟體系中引起了巨大的震撼。鮮豔的衣著和進步的產品，也在雅美人傳統的價值觀念中發生了重大的歧異。面對著這股優勢文明的入侵，雅美人一方面充滿了羨慕渴盼的孺慕之情，一方面在回顧自己的當兒，卻又難堪地被傷害了。

雅美人並不願意接受這種傷害，他們開始伸出手來索取他們的代價。拍照要錢、進屋參觀要錢，在很理所當然地索取他們的回饋之餘，一方面又很拘謹地、靦覥地向觀光客們說：「鍋蓋，他爸哥。」（你好，給我一根菸好嗎？）近乎一種卑躬的行徑。

這種衍生的交易行為，漫無節制，愈演愈烈，於今在機場、在港口、在每個觀光旅社的門前，都可看到這些待價而沽的老人和小孩，在等待觀光客按下快門，然後拍著巴掌談交易；一聲是五十元，兩聲是一百元。在部落裡，年輕人更是虎視眈眈地提防著觀光客的鏡頭。有時他們還會奪去相機，或將拍照者團團圍住，使得觀光客的遊興大減，連村落也懶得進去。

觀光事業的介入，本是一個落後地區往上爬升的助力，可是在蘭嶼，卻出現了這種緊張的局面，值得觀光業者和觀光客思考。暴露在這個新興的事業，所代表的現代文明之前，雅美人顯得太脆弱了。他們幾乎沒有應變的能力，傳統的部落生活，已在這兒被破壞殆盡，而我們又提供了他們什麼呢？

四、傳統根基的動搖

一九六六年開始，政府為改善雅美人的居住環境，開始在漁人、椰油兩個部落建築水泥平房的國民住宅。到一九七八年年底，共完成五〇一戶，免費贈送雅美人居住。

可是這些國宅的設計，完全依照都市低收入者的標準，居住空間的觀念，還停留在十五年前。在只有十坪左右的面積裡，分成兩房一廳廚房浴室，外加一個糞坑式廁所。這種設計，對雅美人來說等於綑縛了他們的手腳，在實用和精神上，都不敷雅美人日常活動的需要。

為了事實上的需要，雅美人只好拼搭違建。他們利用屋後空地搭出廚房，利用前窗建了涼臺，更在屋側拓建出工作房。由於建材不一，許多玻璃破了，只隨便釘上木板，因此整個房舍在外觀上顯得極度凌亂，殘破不堪。加上道路不修，沙塵飛揚，這些新落成的國宅社區，根本無法與花草環繞的傳統住家相比。因此許多年老的雅美人寧可遷回原來的舊屋，也不願住那形同蒸籠般的國宅。

除了居住上的不便之外，國宅的興起更破壞了雅美人的社會地位和結構。往昔，雅美人多以能自營自建房子為榮，住家的大小、裝飾，代表了他們一定的社會地位，也可引發他們的「成就動機」。可是這種冀求上進的社會信念，已被國宅摧毀無餘，低階層和老年人失去了這唯一的精神依靠，大多變得無所適從。

雅美人須賴大部分的漁產為生，因此他們除了住家之外，最重視的就是木舟。每座村莊附近都有小海灣，灘上總擱著木舟，每一艘木舟都是一件精緻的藝術品，鐫刻著雅美人的信仰和智慧。

目前匏木舟的結構已在變化了，朗島和部分紅頭村的漁船，船底部分多改用整塊木頭削成，不再是用木板拼成。對他們來說，施工上較方便，而且不會漏水，傳統的匏木舟已逐漸變成典型的獨木舟了。

現行的國宅，由於面積狹小，沒有船屋可供放船，漁船只好放在海灘上任由風吹、日晒、雨淋。木板腐壞後，漁船的壽命大為減短，令雅美人十分痛心。

在種種現實的壓迫下，雅美人的觀念也慢慢地在轉變。以往大家最關心的新船下水典禮，因花費昂貴，他們已無力負擔。常常勉為其難地修改舊船，抽換腐朽的船板，也不再講求精美的雕刻，做成相當草率的「陽春船」，這種現象正慢慢地擴大起來。

在漁撈技術上，雅美人已經改用多船同時張網來網魚，不再使用釣或鏢殺的老方法。這對漁獲量當然大有裨益，可是其他的相關條件，如冷藏、批發、經營海產食堂等，卻付之闕如，這種改變只會使雅美人出海作業的次數減少。

即以今年飛魚季來說，出海的情形很差。主要是找不到足夠的人手，漁業局和省政府補助的新式塑鋼漁船，由於安全性差和不會修理維護，大半已毀棄，雅美文化最重要的基礎之一：海上漁撈，正面臨著存亡絕續的關頭。

五、變形的舞臺

一九七九年雙十節的國慶慶典上，雅美族青年興致勃勃地將他們演練許久的歌舞，帶到臺北來，準備在總統府之前的民間遊藝活動中盛大地演出。臨要演出之前，意外地竟遭到某些要員們以「丁字褲不甚雅觀」為理由，不准他們演出，另外安排了他們在新公園的音樂臺。雖然演出時吸引了不少的觀眾，可是這些要員們的阻撓，對懷抱著滿腔希望與理想的雅美族青年來說，確是一次嚴重而殘酷的打擊。他們怏怏地回到蘭嶼，對於自己的傳統歌舞文化，產生了前所未有的質疑。

這次鎩羽而歸之後，這層陰影，始終籠罩在他們的心頭。因此後來臺北的新象活動推廣中心前來邀請他們在國際藝術節中表演時，便遭到了朗島青年們斷然的回絕；新象不得已，只好改邀椰油村的青年舞蹈團。

一九八〇年二月八日，這二十幾個雅美青年所組成的舞蹈團，首次在「國際藝術節」的首場「中國傳統之夜」中演出，壓軸大戲就是雅美族的勇士精神舞。這次的演出，國人終於正式肯定了雅美舞蹈的藝術成就。

雅美人的舞蹈，原只是為配合祭祀或慶典的一項活動，並沒有特殊發展。幾年前，朗島的一些青年到臺灣工作，或其他緣故，參觀了花蓮阿美文化村、烏來民俗村、臺北板橋大同水上樂園等地的山地歌舞表演後，促成了他們研究改良自身傳統舞蹈的動作。再經過一段時日的演練後，即經常組團到上述各地表演。影響所及，椰油村的青年也起而仿效，造成了雅美歌舞勃興的契機。

可是這些歌舞給外人的感覺卻是愈來愈「阿美化」或「漢化」，他們卻認為是一種進步或理所當然的事。這種弱勢文化面對強勢文化的必然反應，已漸漸地失去它應有的特色，雅美人應該猛然覺醒，重新來調整他們的舞臺。

六、文明的矛盾

在時代潮流猛烈的拍擊下，蘭嶼島上的雅美部落裡許多倫理秩序、人際關係，也都發生了微妙的變化。以往，慷慨大方，原是雅美人人際關係最具體的表現。由於相互幫工的關係，所得利益須依照公平原則，分配給與群體相關的關係人，以確保自己在未來的歲月中可無虞匱乏。

然而時代進步了，遷往外鄉工作讀書的人日漸增多，傳統的社會群體關係也跟著鬆動了。大家只注重一己的私利，不再視慷慨大方為一種美德。

這種變化，使得雅美人有足夠的藉口，不再舉行各種祭典；新船不雕刻、國民住宅更理所當然地忽視了新屋落成禮，使得觀光客失去了親身體驗雅美文化的機會。

很顯然地，當雅美人開始「得到」的同時，它也在「失去」，這種文明的矛盾，似乎在每個落後的地區反覆地重現著。這一支孤島的子民，在現代文明大量湧到之前，為之困惑、迷惘了。徘徊在他們歷史性的時刻，他們何去何從呢？他們如何抉擇呢？

就像國宅帶給他們的困擾，身為文明人的我們，實在沒有越俎代庖的權利。他們所需要的，是透過他們特定的歷史環境和社會結構，對邁向未來的自我思辨，我們無須以平地人的標準強加在他們身上。讓我們對冀盼他們進步的一致願望，在這些問題上再加思考吧！須知，即使他們的丁字褲是個死結，終究只有他們自己的雙手，才得以解除，才得以拋棄或接收！

一九八〇年六月三十日
原載《時報周刊》一二三期

後記：雅美族為日本人類學家鳥居龍藏在一八九七年的調查報告中所用的名詞，一九九八年經行政院原住民委員會正名為達悟族，並沿用至今。

學經歷及創作年表

古蒙仁，本名林日揚

一九五一年十月　出生於臺灣省雲林縣虎尾鎮虎尾糖廠

一九七一—一九七五　輔仁大學中文系畢業

一九八三—一九八四　美國威斯康辛大學東亞研究所碩士班畢業

工作經歷

一九七八—一九八五　中國時報編輯、撰述委員

一九八六—一九九五　中央日報國際版「海外」副刊主編、副總編輯兼採訪主任

一九九五—二〇〇一　國家文化藝術基金會獎助處處長、副執行長

二〇〇二—二〇〇五　雲林縣政府文化局局長

二〇〇六—二〇〇八　慈濟人文志業中心經典雜誌副總編輯
二〇〇八—二〇〇九　文建會主委辦公室主任
二〇一〇—二〇一六　桃園國際機場公司經理、航空科學館館長

教學經歷

一九八四—一九八五　中興大學中文系講師
一九八五—一九八七　中央大學中文系講師
一九八七—一九八八　銘傳大學大傳系講師

榮譽

一九七二　首次以古蒙仁為筆名，在中央日報「副刊」發表短篇小說〈盆中鰲〉，並入選「六十一年年度小說選」。
一九七四　短篇小說〈夢幻騎士〉入選「當代中國小說大展」，並刊登於中國時報「人間副刊」
一九七八　第一屆時報文學獎報導文學推薦獎，獲獎作品〈黑色的部落〉
一九七九　第二屆時報文學獎小說推薦獎，獲獎作品〈雨季中的鳳凰花〉、

報導文學優等獎，獲獎作品〈失去的水平線〉

一九八七　中興文藝獎

一九九一　第三十二屆中國文藝協會文藝獎章

第十屆吳三連文藝獎

一九九八　〈吃冰的滋味〉入選國中國文教科書，之後亦被「康軒」、「南一」、「翰林」書局選入迄今。

二〇〇八　行政院新聞局金鼎獎

著作

一九七六　狩獵圖（小說）

一九七八　黑色的部落（報導文學）

一九七九　夢幻騎士（小說）

一九八〇　雨季中的鳳凰花（小說）

失去的水平線（報導文學）

一九八一　古蒙仁自選集（小說）

一九八二　蓬萊之旅（報導文學）

天竺之旅（報導文學、攝影）

一九八三　台灣社會檔案（報導文學）

台灣城鄉小調（報導文學）

一九八七　人間燈火（報導文學）

流轉（散文）

一九九〇　小樓何日再東風（散文）

一九九一　第二章（小說）

一九九四　天使爸爸（散文）

一九九六　同心公園（散文）

二〇〇一　吃冰的另一種滋味（散文）

二〇〇四　大哥最大（散文）

凝視北歐（散文、攝影）

二〇〇八　溫室中的島嶼（報導文學）

二〇〇九　台灣山海經（報導文學）

二〇一〇　虎尾溪的浮光（散文）

二〇一一　大道之行（報導文學）

二〇一四　花城新色（報導文學、攝影）

二〇一七　青埔悠活（報導文學、攝影）

二〇一八　木藝之都—大溪的木藝家族（報導文學、攝影）

　　　　　浯島春秋—金門新誌書（報導文學、攝影）

二〇二二　司馬庫斯的呼喚—重返黑色的部落（報導文學）

展覽

一九八六　優詩美地（Yosemite）（攝影個展）

二〇〇四　凝視北歐（攝影個展）

新人間叢書 347

司馬庫斯的呼喚：重返黑色的部落

作　者—古蒙仁
主　編—羅珊珊
責任編輯—蔡佩錦
校　對—蔡榮吉　蔡佩錦
內頁排版—新鑫電腦排版工作室
封面設計—黃子欽
封面、書名頁攝影—古蒙仁
行銷企劃—趙鴻祐
總編輯—龔槵甄
董事長—趙政岷
出版者—時報文化出版企業股份有限公司
108019台北市和平西路三段二四〇號四樓
發行專線—（〇二）二三〇六—六八四二
讀者服務專線—〇八〇〇—二三一—七〇五
（〇二）二三〇四—七一〇三
讀者服務傳真—（〇二）二三〇四—六八五八
郵撥—一九三四四七二四時報文化出版公司
信箱—10899臺北華江橋郵局第九九信箱
時報悅讀網—http://www.readingtimes.com.tw
思潮線臉書—https://www.facebook.com/trendage
法律顧問—理律法律事務所　陳長文律師、李念祖律師
印　刷—勁達印刷有限公司
初版一刷—二〇二二年三月十一日
定　價—新臺幣四八〇元

時報文化出版公司成立於一九七五年，
並於一九九九年股票上櫃公開發行，於二〇〇八年脫離中時集團非屬旺中，
以「尊重智慧與創意的文化事業」為信念。

司馬庫斯的呼喚：重返黑色的部落 / 古蒙仁 著. -- 初版. -- 臺北市：
時報文化出版企業股份有限公司, 2022.03
368面；14.8 x 21公分. --（新人間叢書；347）
ISBN 978-626-335-035-9（平裝）
863.55　　111001560

ISBN 978-626-335-035-9
Printed in Taiwan